冥界転生

JN198558

眞邊明人

サンマーク出版

冥界転生

☆

夜は冥《くら》い。

互いの輪郭すら見失う暗がりは、来たる不穏の色を煮詰めたようだ。

山中。その夜の暗さに木陰の漆黒まで重なる人里離れた獣道の半ばに、二人の人影があった。一人は男で、もう一人は少女である。男は緑色の狩衣《かりぎぬ》を纏《まと》い、少女は旅装で手荷物を抱えている。二人の表情は、この夜のように冥かった。

別れの際《きわ》である。

「……秀次《ひでつぐ》様には、申し訳ないことをした」

男は、絞り出すような声で沈黙を破った。その言葉には幾重もの悔恨、そして憤りが込められている。

「私の力が及ばなかったばかりに……。太閤《たいこう》の力が、まさか……あれほどとは……」

「久脩《ひさなが》さまのせいでは」

聞き取れぬほど小さな声で少女が言った。透き通るような白い肌が月明かりに照らされる。

歳のころは十歳前後で、その大きな瞳は彼女の聡明さを表している。

「いいや、私のせいだ」

男は首を左右に振った。少女とは対照的な浅黒く痩せこけた頬《ほお》が、歪《ゆが》む。

わかっていたはずだった。

そう男は考えている。僅《わず》かな期間とはいえ苦楽をともにした貴人の壮絶な死もあり、激しい自責の念は、もはや男には制御のつかないものになりつつある。

第六天魔王と呼ばれた織田信長が本能寺で斃《たお》れ、その天下を掠《かす》め取った太閤・豊臣秀吉は、もはや信長以上に酷薄な闇の王となっている。そのことを男は、十全に理解していたはずであった。だが、そこから導き出された想定が甘くなかったかと問われると、なにも言えない。

やはり、考えも実力も足りなかったからこその結末なのだろう。確かな現実の前では、少女の慰めなど雨粒の一つよりも儚《はかな》く意味のないものだ。

黙り込む少女に男は、すっと獣道の先を指差す。

危険が迫っていた。

関白・秀次による秀吉暗殺の目論見《もくろみ》が露見した以上、その背後にいる己の存在が太閤に知られるのは時間の問題である。この企みに陰陽師が関わっていたことは、すでに知られている。為すべきは、隣を歩く少女を太閤の手から逃すことだ。この少女さえ生きていれば、かの偉大な安倍晴明《あべのせいめい》の真の力は、この世に残り続ける。

「行きなさい」

男は足を止め、まっすぐ延びる暗い細道の先へと促す。

「私はここまでだ」

それは先の見えない、子供一人で進むにはあまりに恐ろしい道である。

「行きなさい、お前は行かねばならぬ」

「しかし、久脩さま――」

ためらう素振りで、少女は不安げに男の名を呼ぶ。怖気《おじけ》づいて当然だった。山には血に飢えた獣がいて、崖があり、賊もいる。保護する者のない旅路を行くには、少女はあまりに幼かった。男の胸は痛んだ。しかし他に道はない。ともにいることこそが、すべてに勝る危険なのだ。

「行け！」

厳しい声に少女の肩がびくりと震える。小さな唇をきつく閉じ、目には涙が浮かんだ。だがその涙を流すことはなく、少女は一つ頭を下げると踵《きびす》を返して暗い細道をひた走る。

男は黙ったまま、その小さな背が闇を駈けゆくのを確認すると、懐《ふところ》から白い人形《ひとがた》の和紙を取り出した。〝擬人式神〟と呼ばれるその紙に息を吹き込み、風に乗せる。式神は微《かす》かに光り、まるで意思があるかのように少女の後を追った。

それが男にできる最後の、正統な血筋に向けた奉公であった。式神の行方を見届けると、男はただ一人、虚《むな》しくうつむいた。ゆっくりと一重のまぶたを閉じ、涙が一筋流れ落ちる。

夜の暗がりに明かりが灯《とも》されることは、まだない。

文禄四年某日、土御門《つちみかど》家当主であり陰陽頭《おんようのかみ》・土御門久脩は数多《あまた》の陰陽師とともに尾張国《おわりのくに》に追放の処分を受け、陰陽寮にあるさまざまな書物が焼き尽くされる、いわゆる焚書《ふんしょ》が行われた。これは秀次切腹事件に連座したものと言われている。短くも華やかな豊臣時代の、血塗られた一幕であった。

☆

そして現代。


「吸気を体に溜め、一気に吐き出す」

白い斎服《さいふく》に身を包んだ明知《あけち》凛《りん》は、父親の指示に従って鼻から息を吸い、それを強く吐き出しながら、数メートル先にある蝋燭《ろうそく》の炎に向けて腕を振った。炎はわずかに揺れたが、それ以上の変化はない。

夜明け前の午前五時、世田谷にある明知家から少し離れた明知神社での日課である。

「呼気を固め、それを玉にして放つイメージだ」

凛と同じく斎服姿の父はそう言うと、呼吸を操り軽やかに腕を振った。斎服の袖が暗がりのなか白い軌跡を描き、一陣の風を起こす。蝋燭の火は、いとも簡単に消えた。

「もう一度やってみなさい」

父は蝋燭に火を灯し、促した。

凜は息を吸った。早朝の新鮮な空気が肺を満たす。それを固めるイメージができぬまま、息を吐きながら腕を振る。今度はほんの少し風が起きたが、灯された火が消えることはなかった。

「難しい」

凜は今年で十七歳になる、都内の私立高校に通う二年生だ。抜けるような白い肌と、スラリと伸びた手足。長い黒髪、そして長いまつ毛と切れ長の目が印象的な顔立ちは、清楚《せいそ》さと知性を兼ね備えており、誰もが目を奪われるほど美しい。ただ一つ、左頬にある大きな赤い痣《あざ》を除けば。

「少しずつだが、うまくなってきている」

父が慰めるように言った。父、明知光太郎は今年で五十二歳。身長は百八十センチを超え、贅肉などない細身の体を維持している。鼻筋が通り、凜と同じく美形。安倍晴明を祖とする陰陽師の流れを汲んだ明知神社の神主だが、現在は民政党の衆議院議員でもある。

「では、祈祷《きとう》を始めよう」

光太郎は凜を伴い、神社の小さな本殿に入った。通常の神社と違うのは、板の間に五芒星《ごぼうせい》が描かれていることだ。凜は、その五芒星の中心に座る。父はその周りをゆっくりと歩きながら、祈祷を行う。

「元柱固具、八隅八気、五陽五神、陽動二衝厳神、害気を攘払《ゆずりはらい》し、四柱神を鎮護し、五神開衢《かいえい》、悪鬼を逐い、奇動霊光四隅に衝徹し、元柱固具、安鎮を得んことを……」

五分ほど続く。凛は目を閉じたまま手を合わせる。父の太く伸びやかな声は、不思議なほど凛の心を落ち着かせた。祈祷が終わると、父はそっと凛の左頬を覗き込んだ。

「また少し大きくなったか？」

凛の左頬に痣ができたのは、小学五年生の頃だ。最初は小さな染《しみ》のようなものだったが、しだいに大きくなり、今では左頬全体に広がっている。

「はい……」

凛は目を伏せながら答えた。この年ごろの女子に顔の痣は残酷なものだ。

「やはり凛は、さらら姫の再来だ……。痣の形が人形《ひとがた》になっている」

父は深刻そうな表情になった。それは娘の頬に痣ができたこととは別の心配によるものだ。

凛は、三年前に母が亡くなってから父娘で暮らしており、この毎朝の不思議な慣習が唯一、父と会話をする時間となった。

明知家が特殊なことは、凛はさんざん聞かされてきた。

安倍晴明を始祖とする土御門家の支流にありながら、時の権力者と戦い続けた陰陽師の頂点に立つ家柄。その家系に連なる者は皆、運命が定められ〝さらら姫〟と呼ばれる伝説の姫復活の鍵を握る者もいるとされる。あまりに荒唐無稽な話だが、幼少期から幾度となく聞かされるうちに、なんの疑問も抱かなくなっていた。

「我が家の始祖、土御門久脩様が書き残した書物に〝姫の復活は頬に人形の痣がある者に託される〟とある。これはまさしく予言で、凛こそが託されし者ということだ」

父の表情からは苦悩の色が見てとれた。

「凛。ここ最近、さらら姫につながる夢を見たことがあるか」

明知家では代々、さらら姫は特別な存在と語り継がれている。聡明で陰陽師としての能力も高く、時の権力者だった豊臣秀吉と戦い打ち破ったなど、一般的な日本史とはかけ離れた話が伝わっているのだ。そして忽然《こつぜん》と姿を消した姫が、いつの日か復活する。そのために明知家は存在する。いつ、そのときを迎えてもいいように、明知家では陰陽師としての術を代々磨き続けているのである。

「特に見ていません」

いつからか凛は、父に敬語を使うようになっていた。もともと言葉遣いには厳しい家なので、おかしなことではないかもしれないが、やはり父への態度としては距離がある。

「そうか……」

父は、安心したような残念なような複雑な表情を浮かべた。

「新しい力の発現はあったか」

凛はもう一度首を横に振った。

「特には」

「凛の年ごろには、父さんは悪鬼の方角が見えるようになったのにな」

〝悪鬼の方角が見える〟とは、災害や突発的な事故が起きる方角を読む力で、陰陽師としての基礎的な能力の一つだ。

「いまだ発現しないのは、なにか理由でもあるのか……」

父のつぶやきに凛が答えることはなかった。明知家は代々、一人しか子をもうけておらず父の光太郎も祖父も一人っ子だ。それが明知家の力を継承するための定めだからだ。それだけに唯一の継承者である凛の能力が発現しないのは、由々しき問題だった。

「凛」

父は凛の前に座った。

「言っておかなければならないことがある」

「なんでしょうか」

凛の他人行儀な言葉に、父はその秀麗な横顔を少しだけ歪めた。

「父さんは夢を見た」

「夢?」

「命を落とす夢だ」

不吉な夢は逆夢と言い、吉夢であるとも言われる。たかが夢ではないかと思う向きもあるだろうが、明知家において夢は予知夢であり重要な意味を持つ。

「いつかはわからない。しかし、いずれ……いや近いうちに死ぬことになる。その意味を考えている」

父が死ぬ。とてもではないが現実的に感じられない。だが父は母の死をも予言した。凛は胸が苦しくなり言葉が出なかった。

「父さんは明知家の当主として、国の役に立つ人間になると決めた。だから反対を押しきって政治家の道を歩んでいる」

祖父の明知康次郎は一貫して、明知家の当主は神社の守護に徹することを是《ぜ》としていた。世が乱れれば好むと好まざるとにかかわらず、明知家は役割を果たすことになる。なにもなければ静かに社《やしろ》と血筋を守ればいい、という考えだった。しかし光太郎は運命に身を委ねるだけの考え方に反発し、大学卒業後、官僚の道を経て政治家になった。

「凛の痣は、さらら姫につながるものだろう。だとすると、この世に乱れが起こり、父さんは国のために死ぬことになる。それは本望だ。ただ気がかりなのは、凛がさらら姫の復活の鍵を握りながら、その役目を果たせなかったときの……」

「お父さん」

凛は父の言葉を遮《さえぎ》った。

「そんな不吉なこと言うの、やめてください」

母の死も、まだ受け入れられていない。明知家に嫁いだ母は身内との縁を切っていたので、凛は母方の親族も知らない。今の凛には、父が唯一の身内なのだ。その父まで失ったらどうしたらいいのか。

凛は父のことが嫌いではない。おそらく世間一般の娘に比べれば尊敬しているほうだろう。ただ父は、明知という家にあまりに縛られ過ぎているとも感じている。家や国といった抽象度が高いものの存在が、父を凛から遠ざけているのだ。凛の言葉に込められた拒絶の意思に、父は少し戸惑ったようで、話題を変えた。

「では今日はここまで。遅くなりそうだから夕食は済ませて帰る。もしなにかあれば斎藤さんに連絡を取ってくれ」

「わかりました」

私設秘書の斎藤は、まだ三十代前半の女性である。父と娘だけになった明知家を、なにかと助けてくれている。

「最近、学校の話を聞かないが、困ったことはないか」

「特にありません」

凛は首を横に振った。それがまったくの嘘だと父は気づいていないし、今後も気づくことはないだろう。予知夢の話は凛の心に重くのしかかったが、どうすることもできない自分の無力さに、ただ塞ぎ込むしかなかった。

寝苦しい夜であった。

☆

第百二代内閣総理大臣・板垣清次郎は、首相官邸の寝室で高熱にうなされていた。風邪を引いたまま地方への視察を強行したことが原因かもしれない。

板垣は今年で総理二期目を迎えている。五十四歳。熱狂のなか圧倒的多数の与党・民政党の若きリーダーとして就任したのが昨日のことのようだ。貴族的で優しげなルックスと長身、政治の世界に似つかわしくないタレント性が国民の期待を押し上げた。

しかし、わずか二年で世間の評価は一変する。長引く不況、激しさを増すヨーロッパの国家間紛争と、中国、北朝鮮の軍事的圧力。すべてが板垣の双肩に重くのしかかり、国民の不満を抑えきれない状態にある。

高熱で意識が朦朧《もうろう》とするなか、板垣の五感が動いた。何者かが部屋にいる。

「陽子か」

板垣は低く、声を発した。妻の陽子は白金の私邸にいるはずだ。いや、秘書官から発熱の連絡を受け、心配して来たのかもしれない。思いを巡らせる最中に暗闇から返ってきた言葉は、想定外のものだった。

「起きられよ」

陰鬱《いんうつ》でしゃがれた男の声が聞こえた。板垣の心臓が大きな音を立てた。一気に意識が覚醒する。自分を恨む者が侵入したのかもしれない。跳ね起きて声をあげようとしたが、どうしたものか金縛りにあったように体が動かない。

「心配するでない。わしはおぬしを害す者ではない。気を静め、そろりと体を起こすがよい」

男の声は穏やかだが不思議な威厳があり、板垣は言われるがまま静かに体を起こした。舌の根は緊張で膨張し、喉の奥を圧迫している。暗闇に目を凝らすと、異形の者がいた。髪を剃り袈裟《けさ》を纏っているため僧侶のようだが、妖しげに光る鋭い目は赤い。真っ赤な唇がぬめぬめとしており、肌は浅黒く闇に溶け込んでいる。体は大きくないが、分厚い胸板が威圧的だ。

「わしは平 清盛《たいらのきよもり》と申す者」

異形の者は闇の中で名乗った。

「冥界から地上に参った」

荒唐無稽なことを言っている。平清盛は平安時代の人物だ。天皇家を取り込んで初めて武家政権を樹立し、その一族は栄華を極めた。やがて彼が追い落とした源 頼朝《みなもとのよりとも》を棟梁《とうりょう》とする、源氏及び東国武士団に滅ぼされた。歴史に詳しくなくとも、日本人なら耳にしたことがある偉人だろう。気でも触れているのだろうか。それにしては、この異形の者には人の心を掴《つか》む不思議なオーラがある。

「わしはおぬしを助けに来た」

清盛を名乗る男はしゃがれた声で板垣に語りかけてきた。危害を加える様子ではないため、板垣は少しずつ冷静さを取り戻している。

「私を、助けに？」

驚くほど静かな声が出た。助けを呼ぶ考えは浮かばなかった。目の前の異形の者に惹き込まれている自分自身を、まるで他人事《ひとごと》のように俯瞰している感覚。板垣は自分の精神の動きが静止したかのような感覚をおぼえていた。

「お前は呪われておる」

異形の者は厳《おごそ》かな口調で言う。目が慣れてくるにつれ、その容貌の詳細が掴めてきた。跳ね上がった猛々しい眉と、その下の鋭い目、思いのほか面長である。鼻下の無精髭《ひげ》が精悍《せいかん》さを醸《かも》し、僧侶というより武将と呼ぶにふさわしい。男は静かに板垣に語りかけた。

「この国を治める者でありながら、民に憎まれておる。それは、お前を陥れる者の呪術のせいじゃ」

男の言葉に板垣は眉を寄せた。体に籠もった熱が徐々に板垣の脳を熱していく。

「呪術……」

「その昔わしもお前と同じく、民や同胞の憎しみを一身に受けた。わしを陥れようとする、頼朝に取り入った陰陽師の仕業であった。人の憎しみを浴び続ければ、やがて気を病み体まで蝕《むしば》まれてゆく。わしは業火に焼かれるが如く体から熱を発し、命を落とした。わしを倒した頼朝は平家を皆殺しにし、国を掠め取りよった。卑劣な男じゃ」

闇の中で男は目を細めた。赤い目は猫のように瞳孔が縦長になる。

「業火に焼かれ死んだ者は、冥府に堕ちる」

「冥府……」

「冥府とはいわば、この世で英雄と呼ばれつつ、その存在を憎まれた者が堕ちる場じゃ。天下に号令した英傑のため神のごとき力を持つが、その力ゆえ成仏もできず地上のはるか下、地獄のさらに下で同様の者たちと永遠に争い続ける。果てなき戦じゃ」

男はため息をついた。

「しかし、そこから逃《のが》れることもできる。この地上が混乱し憎しみに溢れたとき、冥府から地上への扉が開く。そうしてわしは、お前を見つけた」

男の赤い目が細くなった。

「天下を治める立場にありながら、憎しみを一身に受ける者。しかもお前は、弱い」

男の言葉は板垣の胸に刺さった。確かに自分は弱い。祖父が元総理ゆえ政界のサラブレッド、期待のプリンスなどと持ち上げられてきたが、その二つ名にふさわしい実力はない。すべて国民の思い込みだということは、自分がいちばんよくわかっていた。地位さえ得ればとの思いもありはしたが、己の弱さを確認しただけだった。最近では最側近とも言える官房長官と党の幹事長までが、板垣の退陣を画策するありさまだ。

「よいか。お前もかつてのわしと同じじゃ。民や同胞の憎しみを浴び続けておる。このままではわしと同様、死あるのみ」

その言葉に、思わず板垣はうなずいた。このところ日々、死について考えている。憎しみや裏切りが無間地獄かのように襲いかかり、ＳＮＳに溢れる嘲《あざけ》りと侮蔑の言葉は、見ないようにしても次々頭に浮かぶ。こんな苦しみが続くなら、と思う自分がいるのも事実だ。これが覚悟もなく、血統によって担ぎ上げられた自分の弱さだという自覚もある。

「抗《あらが》え」

清盛はそんな板垣の心を見透かしたかのように言った。

「殺される前に殺せばよい」

闇の中で男の唇が歪む。

「殺される前に……」

「殺すのだ」

念を押す言葉に全身の肌が粟《あわ》立つのを感じた。

「お前を憎み、お前を陥れ、なおかつ力のある者を二名挙げよ」

「二名……」

男は肩を震わせ嗤《わら》った。

「今のわしの霊力では、それが手一杯じゃ。力を得れば増やせるがな」

男は無重力下のようにふわりと立ち上がり、顔を寄せた。息がかかるほど近いのに、この者からは呼吸を感じない。いや、呼吸はしていなかった。眼前にあるのは空気のような物質だ。

「名を挙げよ。わしが始末してくれよう」

夢であろう。板垣は思った。これは夢だ。夢ならば心奥の鬱屈を吐き出してもいいはずだ。

「官房長官の椎名岳人と、党幹事長の赤根誠……」

「承知した」

男はその赤い唇を歪め、長い舌を出した。

「その者ども、必ず仕留めてくれよう。しかし、ただとはいかぬ。わしが役目を果したら、お前の体を貸せ」

「体を？」

「我ら冥界の者が地上を生きるには依代《よりしろ》が一つ必要じゃ。他の者は置き換えればよいが、一人はこの地上の者に寄生せねばならぬ。お前は苦悩、怒り、悲しみを受け止め、この国を治める者。すべてが揃っておる。依代には至適じゃ。わしに体を貸せば、歴史に残る英傑たり得るぞ。この清盛入道のように」

かかかか、と男は乾いた声をあげた。不気味な音が板垣の鼓膜を打った。

「どうじゃ」

どうせ夢だ。混濁する意識のなか板垣は自分に言い聞かせた。夢であっても、裏切った椎名と赤根に一矢報いたい。心に溜まった怨念が理性を押しきった。板垣はうなずく。

「約定成立じゃ」

男は満足げに言った。そして分厚い掌をぽんと合わせた。

「行け」

男が闇に向かい声をかけると同時に、板垣はベッドに倒れ込み、眠りに落ちた。


翌朝。

板垣は軽い頭痛を引きずり、執務室に向かった。嫌な夢を見た。このところのストレスが見せた夢に違いない。腹の底に、ずんと響くような不快感が残っている。

執務室に入るや否や、真っ青な顔をした秘書官の菊池が飛び込んできた。痩身で神経質な菊池が、メガネを曇らせ唇を震わせている。

「総理!」

絞り出すような声とただならぬ様子に、嫌な予感がした。

「どうした?」

声が上ずる。

「幹事長と官房長官が意識不明です！」

心臓が飛び出るかと思うほど驚いた。背中からは一気に汗が吹き出す。

「ど、どういうことだ」

「わかりません。お二人とも今朝、ご自宅で倒れた姿で発見されました」

動悸が激しくなり、昨夜のあの異形の者の顔がフラッシュバックする。あれは夢だったはずだ。手が震える。

「じ、事件性は？」

声がかすれた。もし二人が襲われたのなら、指示したのは間違いなく自分だ。

「詳細はわかりかねますが、外傷もなく事件性は低いのではないかと。それにしても、お二人同時というのは……」

菊池の言葉にホッとする。ありえないことだろうが、もし二人が事件性なく同時に倒れたら、党内は大混乱となり政権の延命は図れる。それどころか彼らの後任を決める際に、自分の優位性が一時的であれ上がるのではないか……。不謹慎極まりないが、追い詰められていた板垣は一筋の活路を見出した気持ちになっていた。

怒濤《どとう》の一日を終え、板垣がベッドに身を横たえたのは午前二時を回っていた。椎名と赤根は依然、意識不明。二人の代役は、それぞれ官房副長官、幹事長代理が行うことになり、状況次第では後任を決めることになった。おかしなもので、目の前にポストが現れると、敵対していた者が続々と靡《なび》く。板垣の直感に違《たが》わず、政権与党内の主導権は板垣に戻った。いつもと違う安心感に、気づくと意識は遠のいていく。

どれくらい眠ったのだろう。いや、まだ夢の中かもしれない。板垣の意識は闇を漂っていた。その闇から、あの陰鬱な声が聞こえてきた。

「起きよ」

まるで操り人形のように、板垣は体を起こす。

暗闇に、あの異形の男がいた。

「約束は果たしたぞ」

椎名と赤根のことだ。昨夜の記憶が蘇る。

「この清盛、できぬ約束はせぬでな」

赤い目が横に広がり、ぬめぬめとした唇が裂けるように横に広がった。

「その証を見せてやろう」

異形の者は背後に首を傾けた。もう一人、男がいた。

赤毛の蓬髪《ほうはつ》、髭だらけの顔に、薄茶色の大きな瞳。身長は二メートル近い。粗末な着物から逞《たくま》しい腕が見え、まるで赤鬼のようだ。異様とも思える長い腕の先には、丸い物がぶら下がっていた。赤毛の男は両腕をぐいっと前に突き出す。それを目にした瞬間、板垣は息を呑《の》んだ。

「お前が望んだ、椎名と赤根の首じゃ」

異形の者が愉快そうに言った。赤毛の男の両の拳には椎名と赤根の髪の毛が絡まり、生首が風鈴のようにぶら下がっている。鋭利な刃物で切り取られたであろう首からは鮮血が滴《したた》り、生気を失った真っ青な顔に貼りついた筋肉はゆるみ、垂れ下がっている。

「わしは約束を果たした。お前も果たしてくれるだろうな」

異形の者は板垣に言った。その目は真剣そのものであった。

「な……なにをす……」

声がかすれた。

「なに、たいしたことではない」

異形の者はゆっくりと言った。

「簡単なこと。お前の首をわしの首にすげ替えるだけじゃ」

声にならない悲鳴をあげ、板垣はベッドから逃げようとした。しかし次の瞬間、赤毛の男が板垣めがけ跳躍していた。男の両手に、生首ではなく刀が握られているのを確認したところで、板垣の意識は、途絶えた。

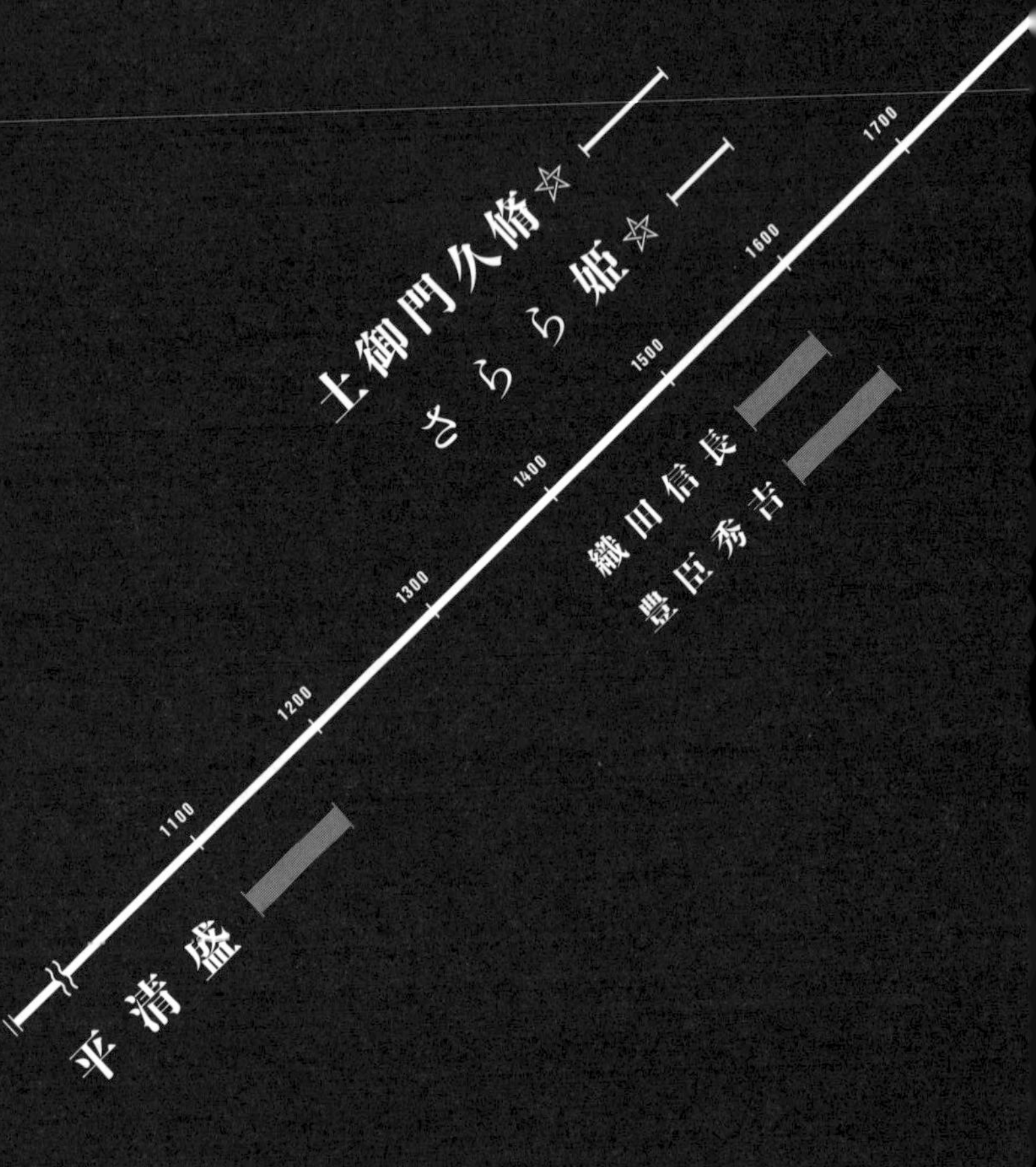

冥界転生年表

冥界転生　目次

主要登場人物

明《あけ》知《ち》凛《りん》　衆議院議員を父に持つ女子高生

明《あけ》知《ち》光《こう》太《た》郎《ろう》　土御門家の血を引く明知神社の神主。衆議院議員

板《いた》垣《がき》清《せい》次《じ》郎《ろう》　第百二代内閣総理大臣。祖父が元総理の世襲議員

赤《あか》根《ね》誠《まこと》　圧倒的多数の議席を持つ政権与党、民政党幹事長

椎《しい》名《な》岳《がく》人《と》　内閣官房長官として板垣総理を支える

平了《たいらりょう》　昭和初期に政府転覆を企てるも失敗し処刑された。平将門の末裔を名乗る

柳生《やぎゅう》十《じゅうべ》兵衛《え》　柳生新陰流で最も才覚に恵まれるも父に毒殺された不遇の剣豪

沖《おき》田《た》総《そう》司《じ》　幕末に新撰組の天才剣士として名を馳せるも若くして肺結核に倒れる

かみまる　和紙を人の形に切り抜いてつくられた式神。伝説の姫を守るために放たれた

平清《たいらのきよ》盛《もり》　平安時代に天皇家を取り込んで武家政権を樹立。栄華を極める

北《ほう》条《じょう》義《よし》時《とき》　権謀術数を巡らせ政敵を排除し鎌倉幕府の実権を奪い取る

井《い》伊《い》直《なお》弼《すけ》　幕末に開国派として反対派を徹底的に弾圧する安政の大獄を指揮

宮《みや》本《もと》武《む》蔵《さし》　二刀を用いる二天一流の開祖。生涯無敗の剣聖として後世に名を遺す

第一章

東京・永田町政変

誰が死んだとか倒れたとか、そんなニュースばかりで嫌になる。

『それでは次のニュースです。先日、椎名岳人官房長官と赤根誠民政党幹事長が、自宅で意識不明の状態で発見され緊急搬送された件で、板垣首相が緊急会見を開き――』

明知凛はテレビの電源を切った。

平日、昼のワイドショーは凛にとって暇つぶしにもならない。ただでさえ芸能人の不倫だのスキャンダルだのにうんざりなのに、興味の欠片《かけら》もない政治家の病気だのが来たら見る気が余計失せる。

誰もいないリビングで制服のままソファに横たわる凛は、そんなことを考えながら冷めた表情でリモコンを机の上に放り投げると、スマートフォンに手を伸ばす。ＳＮＳの通知を確認するためだ。

時刻は午前十時を回っている。凛は父の光太郎に嘘をついていた。高校二年生の彼女は、今年の五月ごろから登校していない。朝の修行が終わると制服には着替えるも、早い時間から仕事に出かける父を見送ると、自宅でダラダラ時間を潰す日々だ。いずれ学校から連絡が来るかもしれないが、もうすぐ夏休み。それまでは、この調子で父を欺《あざむ》いておく。

国会議員の父は年中、忙しく各地を飛び回っている。朝のほんのひとときを凜と過ごすが、それ以外はほぼ無干渉と言っていい。

凜は、二階に上がって自室で制服を脱ぎ、ルームウェアに着替えた。シンプルなデザインが気に入っているフルーツオブザルームの紺のスウェットだ。なにより着心地がいい。ベッドの上にポンと身を投げ出す。

凜が学校に行かなくなったのは、顔の痣のせいだ。最初はファンデーションやコンシーラで誤魔化していたが、どんどん赤黒い色が濃くなってきたため、もうメイクでは誤魔化せない。日増しに大きくなる痣は、凜の心を蝕んだ。もともと飛び抜けて顔の造形が整っているがゆえに、その痣はかえって残酷だった。クラスメイトも教師も気を遣って不自然に接する。それが凜を、さらに追い詰めていく。

特に揶揄《やゆ》されるでも同情されるでもなく、痣そのものがなかったかのように扱われるのが苦痛だった。痣などないかのように話しかけてきても時折、左頬に移る視線が心を抉《えぐ》る。そして事情を知らない人たちは一様に、好奇か同情の目を向ける。こんな思いをするくらいなら、もう誰とも関わりたくない。

ベッドの上でスマートフォンの画面をスワイプさせる。

「あらら。今日も学校には行かへんの？」

部屋の中に甲高《かんだか》い関西弁が響いた。凛は物憂げに、視線を声の主に向けた。

じつは凛は、不登校以外にも大きな嘘をついていた。

それは彼女の陰陽師としての能力についてだ。父にはなにもないと言っているが、一つだけ顕現させている。

「いい加減、行ったほうがええんちゃうかな」

凛の視線の先で関西弁を操るのは、人の形に切られた〝紙〟だった。その紙は空中で、まるで人間のように体をくねらせている。

「行きたくなったら行く。行きたくないのに行くのはおかしいから」

凛は憮然とした表情で、空中に浮かぶ紙の人形に反論した。

陰陽師には、式神と呼ばれる鬼や妖怪を下僕として扱う術がある。最も有名な陰陽師である安倍晴明は、この式神を操ることで知られている。もちろん、それは伝説だろう。現に父の光太郎も、その術を使えない。しかし凛は、この不思議な紙の人形を召喚できるようになってい た。いや正確には、この不思議な紙が現れるようになったのだ。最初は戸惑っていたが、明知家に生まれた凛には超常現象を受け入れる素地があったようだ。

「そんなこと、かみまるは気にしなくていいんだよ」

かみまる……凛はこの不思議な紙人形をそう呼んでいた。凛が気を許せる唯一の友人と言っていいだろう。

「まぁ、うちに関係ないって言ったらないけど、学校に行ってないってご当主さまが知ったら、凛さまえらい怒られんちゃう」

「お父さんはボクの学校のことなんて気にしてないから」

父の前では敬語で話す凛だが、かみまるには話し方が違う。正確にはかみまるの前でだけ素の自分をさらけ出せる。学校ではクラスメイトにも敬語でしか話せなかった。彼らの視線が痣に刺さることを感じると、たちまち凛の心は閉ざされる。紙切れであるかみまるには〝目〟がないため、視線もない。だから恐怖心を抱くこともなく自分自身でいられるのだ。ボクという一人称は、ゲームやアニメのキャラクターに自分を投影する一種の逃避のようなもの。この一人称を使っているときだけ、凛は痣に縛られない自分を演じられる気がしている。

「そんなことないと思うけどなぁ」

かみまるは、その薄っぺらい体を左右にゆすったり上下に飛び跳ねたりしながら、意思表示する。それで感情が伝わってくるのだから、おかしなものだ。

「ご当主さまは心配してると思うで」

「お父さんが心配してるのは、さらら姫のことだよ。なにかあればさらら姫、さらら姫ってそればっか。こっちは、この痣でどれだけ悩んでるか……」

凛は、指先で痣を押さえながら頬を膨らませた。

「さらら姫の夢を見ていること、ご当主さまに伝えたん？」

「伝えてない」

父にはさらら姫の夢を見たことはないと伝えたが、本当は三日に上げず、それらしき少女の夢を見ている。雪が降り積もる神社のような場所にいたり、女王のような人を前にしていたり、暗い野道を走っていたりするような夢だった。印象的だったのは、その少女にも自分と同じ痣があったことだ。

「伝えたほうがええんちゃう」

「そんなこと言ったら、お父さんはボクがさらら姫の生まれ変わりとか言い出すからやだ」

凛は首を横に振った。

「そう言えば、かみまるはさらら姫と会ったことあるんでしょ」

かみまるが最初に凛の前に現れたとき、自分はさらら姫を捜し、はるか昔からやってきたと説明していた。

「んー。あると言えばあるし、ないと言えばない……」

「え、どういうこと？」

「ご主人からさらら姫を追うように命じられて追いかけたんやけど、なんていうか神出鬼没というか……。ま、ありていに言うと、近くで見たことはないねん」

「いい加減！」

凜は吹き出した。陰陽師の式神は、さまざまな能力を持ち陰陽師を助ける存在と父から聞いていたが、このかみまるがなんの役に立つのかまったくわからない。

「そんなこと言われてもなー、とにかく、さらら姫は逃げ足が速いいうか……」

「逃げてばっかり。本当に凄い人なの？」

「そら、凄いで！」

かみまるは跳び上がった。

「なんちゅうても、あの太閤・秀吉を一人で封印してしもうたんやから」

「封印って？」

「冥界に送り返すんや」

「冥界？」

普段は、さらら姫についての話を聞くことはなかった。知ってしまえば明知家にまつわる厄介事がどんどん降りかかってくる気がしたからだ。しかし、この日はどういうわけか聞きたくなった。明知家に残る伝説の姫ではなく、実際のさらら姫がどんな人物だったのかを。

「冥界いうのは、神の国やねん」

「神？」

「うん。まぁ正確に言うと、天界で起きた神々の戦いに敗れた者が堕ちる場所。本当は神なのに、地獄より下の世界に押し込められてん。堕とされた神は、それをえらく恨みに思ってな。自分らの力を蓄えるために、現世で非業の死を遂げた英雄を冥界に集め始めたわけや。それだけやない。生きている英雄に取り憑いて操るようにもなったんや」

「操る?」

「この世界は、天界・地上界・冥界という三界に分かれてるんや。冥界に堕とされた神々が天界に戻るには、まず地上を制さなあかん。そのために、生きている英傑を動かして地上を制圧しようとしたんやな」

「ふーん」

どうにもリアリティがない。しかし、しゃべる紙人形を前にすると、それもなくはないように思えてくるから不思議だ。

「かの豊臣秀吉も、その一人や」

かみまるは声のトーンを落とした。さも重要なことのように言うのが、少し滑稽に感じる。

「太閤・秀吉は、冥界と取り引きして第六天魔王と呼ばれた織田信長の後を継ぎ、この国を支配した。さらには朝鮮、中国にまで侵略しようとしてん」

凛は明知家に生まれただけあって、日本史にはそこそこ詳しい。秀吉との話は耳にタコができるほど聞かされている。

「はいはい。それを防ぐために、陰陽師の頭だった土御門久脩が関白・秀次と組んで秀吉を倒そうとしたけど、バレて秀次は妻子含め殺され、陰陽師は都を追われたんでしょ」

「そういうことや」

「そのあと、さらら姫はどうやって秀吉を倒したの」

土御門久脩が残した古文書には、さらら姫が秀吉を倒したことは書かれているが、経緯までは記されていなかった。

「さらら姫は久脩さまが逃がしたんやけど、その道すがらで偶然さらら姫のことを助けた人物がおったんや。それが柳生宗矩《やぎゅうむねのり》や」

「柳生……確か将軍の剣術指南役、だっけ」

「そう」

かみまるはうれしそうに体を折り曲げた。

「まだ若く家康に仕えたばかりの宗矩は、さらら姫の存在を家康に知らせ、服部半蔵率いる伊賀者と柳生一門の協力のもと姫を大坂城に忍び込ませて、秀吉と対決させた。そこで見事打ち倒したというわけや。表向きには秀吉は病死とされてんけど」

「そのあと姫はどうなったの？」

「そこなんや」

かみまるは困ったように体を揺らす。

「秀吉を倒したら忽然と姿を消してしまわれたんや。のちに宗矩の息子・十兵衛が久脩さまのところに現れ、さらら姫の伝言を残してん」

「伝言?」

「また地上に自分が必要になったときに復活する、その鍵を握るのは同じ痣を持つ者だと」

「それが、うちの家に伝えられてんのね」

凛は父ほど素直に明知家の伝承を信じてはいないが、完全に否定することもできずにいた。このかみまるの話は、伝承を補完するにあまりある。

「その意味では、凛さまは復活の鍵を握る者なんやけどな」

「迷惑」

凛はつぶやいた。

「まぁ……そうやろな」

かみまるは気の毒そうに言った。

「でも、さらら姫はどこに行ったんだろう。死んじゃったのかな」

「うーん、うちが思うに人じゃなかったんちゃうかな」

「どういうこと?」

「うちらのような式神みたいなもんかもしれん。確証はないけど」

かみまるは頼りなげに言った。

「仮にボクがさらら姫復活の鍵を握る者だとして、なにをすればいいの」

「うーん」

かみまるは体をくねくねとさせた後、

「わからへん」

とつぶやく。

凛は、大きなため息をついてスマートフォンの画面に視線を移した。

☆

あと少しであった。


福原に遷都し、この国を解き放つ。京の都に押し込められ、くだらぬ政争に明け暮れる貴族どもが統べる世を、海に開かれた新しき姿にする。古き衣を脱ぎ捨て新しき時代をつくる。海を中心にした国だ。公家の犬と扱われてきた武家の世をつくる。そのために親兄弟を葬り、娘を天皇に嫁がせ、すべての権力を手に入れた。

「小僧……。お前がわしを倒すは私欲。我が政《まつりごと》は私欲にあらず。それでも倒すと言うか。お前を助けたわしを……」

声をあげても誰も助けに入ってこない寝所。まるで異世界に閉じ込められたようだ。清盛は枕元の刀を抜き、眼前の若武者を睨みつけた。

小柄で貧相な体をした若者だ。しかし、その瞳は涼やかで、まるで感情というものが見えない。その若者の後ろには、少女が。

「牛若丸……恩を仇《あだ》で返すか」

「牛若丸ではない。九郎義経《くろうよしつね》」

若者は答えた。

「わしを討ったところで源氏の天下は来ぬぞ」

「そのようなこと、どうでもよい」

若者は穏やかな笑みを浮かべた。

「平清盛。お前は冥界の使者となり地上に厄災を起こす。この九郎は、それを防ぐために来た。我もまた私欲にあらず」

「その小娘は？」

九郎の後ろに控える少女に目をやった。長いまつ毛と濡れたような瞳、この世のものとは思えぬ清らかさと儚さが同居している。その美しさとは対照的に、左頬には禍々《まがまが》しい痣が広がっている。清盛は本能的に、この少女に恐れを抱いた。

「冥界を封じるお方」

九郎は静かに答えた。少女は黙って清盛を見る。その瞳には深い哀しみが湛《たた》えられていた。清盛に注がれる視線は憐れむかのようでもある。清盛の中に喩《たと》えようのない、怒りに似た感情が沸き起こった。

「わしの行いは間違いと言うか。ならば聞く。京の都における一握りの公家どもが謳歌《おうか》する世が正しいのか」

「正しくはないが、いまや平家が同じことをしている」

「馬鹿なことを」

清盛は九郎を睨みつけた。

「わしの望みは、この朝廷での栄達ではない。この国を変えることじゃ」

「平家にあらずんば人にあらず。都の者どもはそう申しておる」

九郎は鼻で嗤った。

「わしが官爵を望んだのではない。帝が与えた。それにこの国を変えるには、まずは朝廷を、権力を握るほかない」

「方便」

九郎は冷ややかに反論した。

「清盛入道は朝廷に屈した」

「屈してなどおらぬ！」

清盛は叫んだ。しかし、九郎の言葉は清盛の心を抉った。

そう、取り込まれた。

清盛自身は違えども、我が子を含め平家一門は朝廷から与えられた栄達に酔いしれ、我が世の春を謳歌している。清盛にも止められぬことであった。武家としての牙を抜かれ朝廷に取り込まれた。確かにそれは〝敗北〟だった。

しかし。

まだ負けてはおらぬ。都を福原に移しさえすれば。その日は迫っているのだ。

「わしはここで止まってはおれぬ。小僧、悪いがお前を斬る」

清盛は目を細めた。眠っていた武門の血が老いた肉体に蘇る。かつて、この九郎の父であり、清盛にとっては盟友だった源義朝を戦で打ち破り、今の地位を手にした。同じことをするまで。

負けてはならぬ。

勝つことだけが己の証明なのだ。

清盛は咆哮し、跳躍した。渾身の力で大刀を振り下ろす。

その瞬間、目の前にいたはずの九郎が消えた。そして背中に焼いた火箸を押し付けられるような激痛が走る。たたらを踏むように、その身が前につんのめる。

その清盛の視界一杯に、少女の悲しみに満ちた表情が広がった。

少女の指が印を結ぶのが見えた。

「やめよ！」

目を見開き、とっさに叫んだ。だが遅かった。

清盛の全身は炎に包まれ、地獄の灼熱に叫び続けた。

一一八一年閏《うるう》二月四日。稀代の英雄、平清盛死す。享年六十四。

死因は病とされたが定かではない。ただ、その遺体は焼け爛《ただ》れたように黒かったという。

同じ失敗はできぬ……。

☆

「幹事長と官房長官が無事退院され、職務に戻られたのは政権にとって大慶。政権の団結を図り政務に邁進《まいしん》する所存」

眩《まばゆ》いフラッシュを浴びながら、板垣は無表情のまま記者団にコメントした。急な病に倒れていた官房長官の椎名と幹事長の赤根が退院し一週間ぶりに復帰したことを受け、板垣総理へのぶら下がり会見が行われていた。椎名と赤根による板垣降ろしの画策は周知の事実ゆえ、記者たちの関心は板垣が二人をどう処遇するのかに集まっていた。

「退院されたとはいえ、お二人の体調に不安があれば交代のお考えはありますか」

記者の質問に、板垣は首を左右に振った。

「かけがえのない盟友である彼らを替えるなど、考えたこともない。今宵、二人を招き、改めて今後について話し合うつもりだ」

「今夜ですか⁉」

記者たちは色めき立った。椎名と赤根が退院したのは昼。すぐに首相と会談を行うとは意外だった。

「我らの仕事はこれからだ。話せることがあれば、そのときに話そう」

板垣はそう言うと、浴びせかけられる記者たちの質問に背中を向けた。


時刻は午後九時を回っていた。総理大臣執務室に秘書官の菊池が入ってきた。

「椎名官房長官、赤根幹事長、お見えになりました」

「通せ」

低い声で、板垣が言った。数日前までの自信なげでつねに怯えているような姿はどこにもなく、天下人さながらの威厳を備えていた。菊池がその威に気圧《けお》されるように頭を下げて部屋から出ていき、すぐに椎名と赤根を伴い戻った。

「三人で話す。何人もこの部屋に入れてはならぬ」

板垣に厳命された菊池は髪が薄くなった頭を深く下げ、部屋を出た。忠誠心に篤《あつ》い菊池なら門番の役目を忠実に果たすだろう。板垣からの要望で、首相執務室の窓をすべて潰し、壁は分厚い黒のカーテンで覆ってある。昼でも日の光が差し込まず、照明も最低限の明るさしかない。

「座るがよい」

板垣は席を立ち、打ち合わせ用の円卓に移動した。椎名と赤根も薄暗い室内を進んで椅子に腰掛ける。官房長官の椎名岳人は今年で五十歳ちょうどだ。長身の痩せ型、狐目で頬骨が高く迫り出し、いかにも神経質という印象を与える。一方、幹事長の赤根誠は今年六十三歳。党内きっての曲者と言われた赤根は、小柄ではあるが引き締まった体をグレーのスーツに包み、白髪をオールバックに撫でつけ、日焼けした顔に鋭い眼光、眉間《みけん》には深いしわが刻まれている。

「堅苦しいのは抜きじゃ。かりそめの姿を解かれよ」

板垣はそう言うと、部屋の明かりをすべて消した。瞬《また》く間に闇に包まれる。板垣の姿が溶けるように消え、次に浮かび上がってきたのは法衣を纏った僧形の怪人であった。

「平清盛じゃ」

怪人は特徴的なしゃがれた低い声で言った。すると向かいに座る椎名と赤根の姿も闇に溶け、羽織袴《はかま》を纏った大柄な武士と烏帽子《えぼし》姿で老齢の武者が現れた。

「井伊直弼《いいなおすけ》でござりまする」

椎名の姿だった大柄な武士が頭を下げた。広い額とゆるんだ頬、色白だが、まるで酒を飲んだかのような赤みがある。やや奥目で、いかにも頑固そうな顔つきをしている。

「このような形で清盛公とお会いすることになるとは……。北条 義時《ほうじょうよしとき》にござりまする」

赤根から変形した老齢の武者が頭を下げた。こちらは、しなびた茄子《なす》のようなしわくちゃの顔で色黒、小さな目は油断ならぬ狡猾《こうかつ》さを秘めている。

「我が平家を滅ぼした憎き北条と、こうして同じ席につくとはの」

清盛は肩を震わせて嗤った。

「誠に、なんの因果か」

北条義時は表情一つ変えず、清盛の言葉にうなずいた。

北条義時——第二代鎌倉幕府執権。源頼朝につき従い平家打倒を果たすと、権謀術数を巡らし幕府内のライバル達を悉く《ことごと》排斥した。ついには父親である初代執権・北条 時政《ほうじょうときまさ》をも追い落とし幕府の実権を奪い取ることに成功する。姉の北条 政子《ほうじょうまさこ》は頼朝の正室で尼将軍と呼ばれた。

「地上に呼ばれたのは我らだけにございましょうや」

義時の言葉に清盛は苦笑いした。

「霊力が足りぬ。この世に憎しみや呪いの霊気が満ち溢《あふ》れねばの。なにせ戦もない時代じゃ」

清盛はトントンと、その太い指でテーブルを叩いた。

「人の恨みや呪いを一身に浴び、それを操った其方《そなた》たちじゃ。じきに霊力を集め他の者も呼び出せるであろう。まずは、この内閣すべてを我ら冥界の者にすげ替える。我らは同じ冥界の女帝に選ばれし者じゃ。冥界の使者として先陣の栄誉にあずかっておる。頼りにしておるぞ」

清盛は目を細めた。

「ありがたきお言葉。この北条義時、かの殿上人《てんじょうびと》であらせられる平清盛公にお仕えできることと、震えるほどの喜びにございまする」

義時は、やはり無表情のまま頭を下げた。

「心にもないことを。まぁよい、仕事の話をしよう。わしは無駄が嫌いでの」

清盛は鼻を鳴らすと身を乗り出した。

「まずは我が民政党における反乱分子の粛清じゃ。この板垣という者、力がなかったと見える。裏切り者がたんまりいそうじゃ。身内の引き締めを行い、権力を盤石にしてから国全体に取り掛かりたい。井伊直弼。其方はどう思う」

清盛は義時の隣に座る男に声をかけた。

井伊直弼――第十六代彦根藩主であり幕末に大老職で辣腕《らつわん》を振るった人物。開国派として日本の近代化の道を開く一方、反対派を徹底的に弾圧する〝安政の大獄〟を指揮し吉田松陰《よしだしょういん》ら十余名を処刑、百余名を次々と処罰していった。

その生涯は、反発した水戸の脱藩浪士らに桜田門外で襲撃を受けて閉じることとなる。

「仰せのとおりに存じます。まずは民政党を固め、それから野党をすべて殲滅《せんめつ》するのが宜しいかと」

直弼は甲高い声で答えた。感情の抑制が利かなそうな、独特の声色だ。

「義時。そちの意見を述べよ」

「まず、海老沢保を始末すべきかと」

義時は答えた。海老沢は民政党最大派閥・紫山会の領袖《りょうしゅう》であり、総理経験もある大物だ。

「はて、この板垣の記憶では、海老沢は反対勢力ではなかったがの」

清盛が首をひねった。彼らには憑依《ひょうい》した人間の知識や経験が、そのまま引き継がれる。したがって現代科学の進歩や社会常識の変化などに、戸惑いはない。憑依された人間の思考を奪い取っているだけ、と言っていいだろう。当然スマートフォンやパソコンなども扱える。

「反対派かどうかは問題ではありませぬ」

義時はわずかに唇を歪めた。

「かの者が党内最大の力を持っていることが問題です。始末すれば、たちどころに党内の勢力図は崩壊し混乱に陥りまする。要石をはずすのでござる」

「確かに」

直弼が興味深げにうなずいた。

「海老沢に反乱の意図ありと噂を流し、さんざんに煽ったのち始末しまする。この策は、かつて比企《ひき》一族を葬ったときに使ったもの」

比企一族は頼朝の後を継いだ頼家の後見人で、頼家の権威を背景に、鎌倉幕府における御家人*筆頭である北条家を脅かした。義時は、頼家が病に倒れている隙に比企家の当主・能員《よしかず》をおびき出すことに成功。そこで殺害し謀反の罪を着せて一族を滅ぼした。この事件で頼家は勢力基盤を失い、やがて死に追いやられることになる。

「人は疑心暗鬼に弱い。一つ混乱が生み出されれば根も葉もない疑いも真実に変わりまする」

「至言じゃな」

清盛は満足そうにうなずいた。

「海老沢の死後、海老沢の配下に次々と汚名を着せて排斥します。罪状などなんでもよい。さすれば民政党の者は恐怖し、瞬く間に己だけは助かろうと我らにすがりつくでありましょう」

義時は無表情のまま言った。ともに戦った仲間を次々と葬り、その手を血に染め上げた冷酷さが、顔面に刻まれたしわに深い陰影を与える。

「海老沢を殺す刃を貸し与えよう」

清盛はそう言うと、右手を挙げた。鍛え抜かれた体躯の男が闇から浮かび上がる。蓬髪に鷲《わし》

*御家人　土地の所有を認められる代わりに戦の際に戦うという契約をした武士

のような鼻、大きな薄茶色の瞳、汚れた着物からは逞しい胸筋と腕が覗き見え、屈強な傭兵のようだ。なによりも、この男が放つ圧倒的な殺気がただ者ではない。

「宮本武蔵と申す者。この清盛の最強の刃じゃ」

☆

「若い侍の夢？」

かみまるが、凛の膝の上にふわりととまった。

「うん」

時刻は午後十時を少し回っていたが、父はまだ帰宅していない。明知家の二階にある静かな自室で、凛はかみまると話している。机の上には食べかけのカップ麺。父は外食とのことなので適当な夕食だ。父が家で夕食をともにする日は、凛が台所に立つ。

「たぶん病気の人じゃないかな。暗い部屋で泣いてた」

「その部屋に、さらら姫はいた？」

かみまるは体を折りたたむようにした。考え込んでいるときのポーズだ。

「痣のある綺麗な女の人がいたけど、いつもよりだいぶ年上だった。二十代じゃないかな」

「その歳だと姫じゃないかも」

「じゃ、ただの夢か」

「なんとも言えへんなぁ」

かみまるの返事は頼りない。

「陰陽師の夢に無意味なものはないらしいから、ちょっと気になって」

凛はスマートフォンのゲームを起動しながら言った。夕方、うたた寝をしたときの夢だ。たいした意味はないかもしれない。夢はかみまるとの数少ない共通の話題だ。凛は引きこもり中なので一日中、ゲームか動画三昧。かみまるでさえ話題に困るありさまだ。

「侍はいつごろの人やったかわかる?」

「うーん。なんとなくだけれど、幕末ぐらい?」

侍や女性の身なりが、時代劇で見る江戸時代の感じだった。

「それに〝薩長〟と戦いたいとか言ってたから」

「なるほどなぁ」

かみまるはふわりと宙を舞った。

「その時代に冥界のもんと戦ったという話は、聞いたことないなぁ。凛さまのご先祖さまかもしれんで」

「先祖?」

「これはうちの勘やけど、明知家には、さらら姫を引き寄せる能力がある方がいたんちゃうかな。ただ、現れることが起こらなかったとか……」

「どういうこと？」

「冥界のもんが現れなかった」

「じゃ、ボクにもなにも起こらない場合があるってこと？」

「ま、うちの勘やから……なんとも……」

やっぱり頼りない。

「あの女の人も痣で悩んだろうな」

夢で見た女性が実在したかはわからない。しかし年ごろの女性にとって顔の痣は、単なる痣ではない。心の傷だ。哀れみも嘲りも無視も励ましも、すべてが痛みにつながる。あの女性も人目につかないように生きていたのかもしれない。そう凛は思った。

「こんなこと、うちが言うのもなんやけど……」

かみまるは空中で体を揺らした。

「痣のことで人目を気にしないほうがええんちゃうかな……。凛さまにはいいところがいっぱいあるから」

「いっぱいって？」

凛は、かみまるを睨んだ。

「ボクのいいところ、言ってみて！」

「それは、その……やさしいし……料理上手な気がするし、ゲームもうまいし……」

かみまるはしどろもどろになり、体を折り曲げながら懸命に言った。その姿に凛は思わず吹き出した。

「ありがとう」

「いや……そんな……」

「でもね」

凛は少しだけ強い口調になった。

「他人には、この痣がボクのすべて。あの痣がなければ綺麗な子なのに……あんな痣があってかわいそう……なんであんな痣ができたのかしら……他人はいつも、ボクのすべてを痣に結びつける。この痣に支配されてる。だから誰にも見せたくない」

凛の言葉を、かみまるは空中に止まったまま聞いている。どう反応しようかを考えているようだ。

「明知家にとっては、この痣は大事なものかもしれない。だけどボクにとっては災難以外なにものでもないんだ」

怒りや悲しみなどではない。そういう感情を痣に抱くには長すぎる付き合いだ。すでに諦めの境地にある。もう不幸だとか不運だとかは思っていない。ただ、自分が置かれた状況にふさわしい生き方を選ぶ権利くらいはあっていいはずだ。凛にとってのそれは他人と会わない生き方で、それが学校に行かない理由でもある。凛は、そう言うとスマートフォンの小さな画面に視線を落とす。そこに広がるゲームの異世界だけが凛の居場所だ。

「ただいま」

そのとき、階下で玄関の扉が開く音がした。父が帰ってきたようだ。

「凛。話がある」

父の声には厳しさが混じっていた。

「下りてきなさい」

凛はスマートフォンを置いて立ち上がった。

「ご当主さま、機嫌悪そうやな……」

かみまるが心配そうな声を出した。凛は部屋にかみまるを残し、黙って一階に下りた。リビングでは父が、難しい顔をしてソファに身を沈めている。スーツの上着も脱いでいない。凛は、父の向かい側のソファに座った。

「今日、学校から斎藤さんに連絡があった」

父の言わんとすることを瞬時に理解し、凛は顔をこわばらせた。

「学校に行ってないらしいな」

予感は的中した。いや、今まで発覚しなかったことのほうがおかしかったのだが。凛は頭を下げた。

「すみませんでした」

父は厳しい表情を崩すことなく、他人行儀な娘を見ている。しばらくの沈黙のあと、静かに口を開いた。

「責めているわけじゃない。理由はなんだ」

凛は頭を下げたまま唇を噛《か》んだ。言葉が喉につかえて出てこない。そんな娘に父は深いため息を一つ、ついた。

「痣が原因か」

凛は答えなかった。胸が痛んだ。これまで父は、さらら姫との関連でしか痣について話さなかった。それが救いだった。父には、この痣のことで同情のようなものを示してほしくなかったからだ。

「先生は痣のことを気にしてじゃないかと言っていた。凛」

父はそっとソファから立ち上がり、凛の隣に座った。そして凛の肩に手を置く。父の温かさが伝わってくる。

「気づいてあげられなくて、すまなかった。母さんなら、もっと凛の気持ちに寄り添えたのかもしれん」

なにかが弾けた。凛は父の手のひらを振り払うように立ち上がった。

「そういうのじゃないです」

「凛……」

「すみませんでした。明日からちゃんと行きます」

「そういうことを言ってるんじゃない、凛！」

父の声を振りきった。そんな同情がほしいわけじゃない。いつもどおり明知家の運命とやらを説いてほしかった。父には、自分を傷つけるばかりの世間から遠く離れた存在でいてほしい。この痣が父にまで負担になって、世間一般の親と同じようなやさしさを見せられたら、自分がみじめになるだけだ。

階段を駆け上がると、そのままベッドに倒れ込んで頭から布団をかぶった。かみまるが話しかけてきたが無視した。父は部屋の前まで来たようだが、そのまま階下に下りていった。自分への嫌悪感だけが凛を支配する。

☆

政局は大混乱に陥っていた。政務に復帰した幹事長の赤根が突如として、党最大派閥紫山会の領袖である海老沢が政権転覆のクーデターを企てていると指弾したのだ。それは、海老沢が野党を巻き込んで内閣不信任案を提出するというものだった。赤根は記者会見を開き、海老沢の行動を党への重大な裏切りと断じた。そして、この記者会見に呼応するかのように、官房長官の椎名も海老沢を非難する声明を出した。

首相の板垣は沈黙を守るも、前代未聞の党幹事長と官房長官の発言に永田町は大騒動となった。いきなり糾弾された海老沢は当然、この二人の発言に事実無根と抗議したが、赤根は続いて、海老沢が総理大臣任期中に汚職を行った疑惑があると再び爆弾発言。ただでさえ支持率が下がっていた板垣政権の自爆とも思える行為に、関係者は首をひねるばかりだったが、不思議な現象が起こった。内閣支持率が急上昇したのだ。

総理大臣の執務室は、いつものように暗闇に包まれていた。清盛（板垣総理）は満足げに義時（赤根幹事長）を見た。

「北条殿の読みは見事でしたな。ここまで支持率が上がるとは」

直弼（椎名官房長官）は、その独特な甲高い声で感心したように義時に言った。義時は片頬を歪めて軽く直弼に会釈した。

「お褒めいただき恐縮にござる」

「義時は何故、こちらに人心が傾くと思ったのじゃ」

清盛は興味津々といった体《てい》で身を乗り出し、義時に尋ねた。

「人とは、嫉妬深く怠惰なものにござる。彼奴《きゃつ》らは努力を重ねて高みに上るより、高みの者の転落を望んでおりまする。それを自らに毛ほどの危害も及ばぬ場所から冷ややかに眺め、侮蔑の言葉を吐いて溜飲を下げる。つまり地に落ちた者を鞭打つことに無上の喜びを感じておりまする。その卑しき心を誤魔化すために〝正義〟などというまやかしを求め、その〝正義〟とやらを、海老沢の不正を糺した内閣に見出しただけにござる」

「政権与党の要職という高みにいた海老沢を叩く喜びを得た対価として、我らを支持したということじゃな」

「そうにござりまする」

義時はうなずいた。

「海老沢の行いが真《まこと》かどうかなど関係ありませぬ。かつて私が鎌倉幕府で比企一族を追い落としたときも、同様にござりました。御家人どもは我ら北条を憎みながらも、己より高い地位にいる比企一族を蹴落とす喜びを優先した。いつの時代も人は同じにござりまする」

清盛は膝を打って喜んだ。

義時は己の首に、しわだらけの手のひらをトントンと当てながら言う。

「次は海老沢に死んでもらい、配下の者どもに次々と疑いをかけまする」

「恐怖の段階ですな」

直弼は薄い唇の端を吊り上げた。

「頭を狩れば群れは弱いもの」

義時は答えた。短い言葉に、この男の恐ろしさが滲《にじ》み出る。義時は、この手で梶原、比企、和田といった有力御家人を葬ってきたのだ。

「紫山会を潰せば、上様に逆らう者はいなくなるでしょう」

直弼から上様と呼ばれた清盛は、目を細めた。

「直弼。事が成れば、この国を真の開けた国にしようぞ」

「御意」

「義時。それで海老沢はいつ始末するのじゃ」

清盛の問いに、

「今宵」

義時はこともなげに答えた。


雨が降っていた。

窓を叩く雨音は夜が更けるにつれ強くなっていた。今年は梅雨が長い。七月半ばになっても雨が続いていた。ただでさえ沈んだ室内の空気を、さらに雨音が憂鬱にする。

「これほど理不尽なことがあるか」

明知光太郎は憤懣《ふんまん》やるかたないといった様子でつぶやく老人の前に、コーヒーを淹《い》れたカップをそっと置いた。

「板垣の退陣を仕掛けたのは椎名と赤根ではないか。私はむしろ止めた。その私が、なぜ首謀者になるのだ」

明知にとって目の前の老人・海老沢保は、政治の世界に足を踏み入れるきっかけをくれた恩人だ。海老沢が財務大臣だった十年前、財務官僚だった明知の才を認め、民政党の公認をつけて政界への道筋をつくった。それ以来、明知は、海老沢の総理大臣在任中は官房副長官として支え、退陣後も公私にわたりサポートしている。

「お怒りはもっともです」

明知は静かに答えた。今の明知には、海老沢の怒りに同調するくらいしかできない。

「派閥の者も皆、私を避けよる。そばにいてくれるのは君だけだ」

海老沢は寂しそうに言った。この言葉どおり、派閥に属する議員は海老沢批判が世間で広がるにつれ距離を置き始めた。以前なら、この私邸の客間は大勢の客で溢れていた。しかし、今は側近中の側近である明知が訪れるくらいで、派閥議員の訪問は途絶えている。さすがに派閥を離れる者まではいなかったが、それでも彼らは明確に巻き添えを恐れていた。幹事長の赤根が、海老沢以外にも造反者がいると発言したからだ。

「私は赤根や椎名を見誤っていた」

海老沢はカップを口に運び、窓のほうに目をやった。すっかり白くなった髪は乱れ、白い無精髭は手入れされていない。満足に寝ていないのだろう。目の下にはくっきりと隈《くま》ができて、小さい目が余計に小さく見える。この数日でかなり痩せたようだ。部屋着の袖から出ている手首の細さが目についた。

「あの連中は、まだまだひよっこと見くびっていた。だから板垣退陣の仕掛けに私は反対した。思い返せば、あのときから私を追い落とそうとしていたのかもしれん」

明知は海老沢の言葉になにも返せなかった。明知は椎名や赤根とさほど親しくなく、彼らのことをよく知っているわけでもない。官房副長官のポストも自力で掴んだものではなかったため、赤根や椎名は遠い存在なのだ。

「私は議員辞職するほかないのだろうか」

海老沢は弱々しくつぶやいた。

「今は我慢のときです」

明知は海老沢を励ました。

「今回の件は明らかに濡れ衣です。時が経てば必ず疑いは晴れます。それまでは耐えるのが一番です」

気休めだ。時間が経てば、赤根はさらに海老沢の印象操作をして疑惑を確定的なものにするだろう。しかし打つ手がないのだ。総理時代の汚職の疑惑については、すでに検察が動き出しているとの話もある。

「私なりに考えてみます」

「そうか……」

明知の言葉に海老沢はうなずいた。

「君だけが頼りだ」

明知などが頼りになるはずもない。しかし、そう言わざるを得ない海老沢の心情を思い、明知は暗澹《あんたん》たる気持ちになった。

「失礼します」

明知は深々と頭を下げ、ソファに身を沈めている海老沢を残して部屋を後にした。海老沢の私設秘書・深井に見送られながら玄関を出て、腕時計を見る。午後十一時を過ぎていた。ため息をつく。昨夜の凛の態度に心を痛めていた明知は、今日ぐらいは早く帰って娘と食事をするつもりだった。

結局、自分は娘にとって意味のない存在ではないか。すべてを妻に任せきりにしていたことをいまさら悔いても仕方がないが、せめてこれからの関係は変えていかねばならない。そのためなら自身の政治活動に制限をかけることすらやむを得ない、そう明知は思っていた。

凛の痣は、この世の乱れの始まりを表す。明知は父の言葉を思い出していた。父の康次郎は、臨終に際してこう言った。

「さらら姫が現れたとき、明知家はすべてをなげうって尽くさねばならん。当主であるお前は、必ず死をもってその任を果たすことになる。それだけは覚えておけ」

さらら姫の象徴である痣が凛に現れたとき、明知は動揺した。だが、もう覚悟はできた。これから凛にも過酷な運命が待っているだろう。それだけに、今は少しでも寄り添ってやりたい。

「明知先生、また先生の顔を見に来てあげてください」

深井の声で我に返った。深井はかけていた丸眼鏡を上げると、その目はうっすら潤んでいた。深井は二十年来の海老沢の秘書だ。海老沢の置かれた状況の厳しさをいちばん近くで感じているのは彼だろう。明知はうなずき、

「もちろんです。海老沢先生をよろしくお願いします」

そう言い残して一礼し、折り畳みの傘を開いて海老沢邸の広大な庭から正門に向かう。雨は容赦無く傘を掻い潜り、スーツを濡らした。湿気と熱気がまとわりつき、不快感が増す。タクシーを呼ぶべきだった。ただ正門を抜ければ、すぐ往来の多い大通りに出られる。

雨が一瞬強くなった。そして鼻をつく獣の臭いに、明知は振り返った。傘が手から離れる。激しい雨でできた霞《かすみ》の中に、着物姿の男の広い背中が見えた。明確な殺気が放たれている。明知はそれに打たれたように立ち止まり、男を凝視した。

男の足が止まった。

そしてゆっくり振り返る。顔立ちまではわからなかったが、尋常ではない鋭い目が明知を捉えた。男が一瞬、驚いたような顔を見せると、その姿は溶けるように消えた。

明知は少しのあいだ雨に打たれたまま立ち尽くし、その後いくらか目を凝らしても男の姿はどこにも見えなかった。

☆

「学校はどうやったん?」

ベッドに寝転んで、スマートフォンのロールプレイングゲームをダラダラと続けている凛に、かみまるが尋ねた。

「どうって」

「いや……楽しかった?」

「そんなわけないでしょ」

凛はスンと鼻を鳴らした。かみまるを一瞥もしないし、明らかに不機嫌だ。

「嫌だったの?」

「別に」

凛は冷たく返した。

昨夜の件もあって凛はひさびさに登校した。梅雨の蒸し暑い最中に、顔を覆い隠すようなマフラーとマスク、それに伊達メガネという異様ないでたちだ。マフラーは母が凛のために編んだもので、使い古してところどころ傷んではいるが、身につけていると母がそばにいてくれるようで安心する。

教室に入ると、それまで騒がしかった室内が一瞬、静まり返った。誰も凛に声をかけるわけではない。凛が席に着くと何事もなかったかのように話し始めたが、彼らが不自然なのは、すぐわかる。それとなく向けられる視線に、凛は気づいていた。

「皆、どうしていいかわかんないんだよ」

凛はつぶやいた。

「凛さまはどうしてほしいの？」

「ボク？」

他人にどうしてほしいかなんて考えたことがなかった。しばらく沈黙したあと、

「わかんない」

と答えた。

「凛さまがどうしてほしいかわからなければ、誰も凛さまにどう接したらいいかわからないと思うで」

かみまるはふんわりと凛の肩先に止まった。

「それはご当主さまも同じちゃうかな。凛さまにどう接していいかわからないんや」

「ボクが悪いって言うの？」

凛は、かみまるを睨んだ。機嫌は悪くなったが怒っているわけではない。むしろ、かみまるの言葉が胸に刺さった。

「ボクはなんのために生きているのかわかんない。明知家の役割を果たすため？　さらら姫とかいう人のため？　だったら学校とか親とか関係なくない？」

「うーん」

かみまるは体をひねった。

「もちろん、さらら姫のことは大事やけど、それはそれ。凛さまは凛さまやと思うで。伝説は、もうなるようにしかならへん。でも凛さまの生き方は別やんか」

「でも、どうしたいとか、どうしてほしいとかないもん」

「どう生きたいかなんて決まってる人のほうが少ないしな。でも声かけてほしいとか仲良くしたいとかいう気持ちがあるなら、伝えたほうがええんちゃう」

「別にそんなこと思わない」

かみまるに説教めいたことを言われ、思わず語気が鋭くなった。それが本心かというと微妙なところだ。腫れ物のように扱われたくない。それだけだ。

「うちは、凛さまには友達たくさんつくってほしいけどな」

「余計なお世話だよ」

凛は頬を膨らませた。

「この痣がある以上、みんな変に気を遣うんだよ。それがボクにとって重荷なの」

「わかるけど……」

「かみまるにはわからないでしょ。紙なんだから」

「まぁ……それはそうや……」

顔のないかみまるが困っているように感じるのは不思議だが、話しているうちに少し心が軽くなった。

「友達がいらないわけじゃないけど、自分からは行かない。だってボクからだと〝お願い〟になるじゃん。みんな同情して友達扱いしてくれたところで、それはもう友達じゃない」

かみまるは、ふわりふわりと宙を舞った。

「また明日からお休みしちゃうの？」

「しないよ」

凛は即答した。

「行く」

「本当に？」

かみまるは驚いたようにクルクル回った。

「学校のことであれこれ言われるのはやだ」

父のことが嫌いなわけではない。ただ、これ以上心配をかけたり同情されたりするのは避けたい。凛は凛なりに自分のことをわかっているつもりだ。学校も勉強も嫌いではないが、人の集う場にいると〝異質さ〟を突きつけられる。凛の顔に広がる痣は境界線であり、心に広がる闇でもあるのだ。

「つらくない？」

かみまるが尋ねた。

「学校まで行けばなんともない。いないように扱われるだけだから。むしろ行くまでのほうが苦痛かな」

街ゆく人々は遠慮がない。凛が飛び抜けて美形なだけに自然と視線が集まり、マフラーやマスクでも隠しきれない痣に好奇の視線が突き刺さる。無遠慮に顔を覗き込もうとする者もいた。

「うちもついて行こうか？」

かみまるは心配そうな声を出した。

「そうしてもらおうかな」

凛は冗談まじりに言った。

「かみまるを見たら、みんな腰を抜かすんじゃない」

「普通の人には見えないと思うけど……」

かみまるは、おどけたように空中を舞う。

「もし凛さまがよければ、うちはついていきたい。家にいるのは退屈やし」

「じゃあ一緒に行こう」

人の溢れた場所であればあるほど、誰とも違う自分に孤独を感じる。たとえ人でなくともかみまるが一緒なら、ほんの少しだけ気持ちは上がる。

「かみまるのために、行くよ」

「恩着せがましいなぁ」

そう言いつつ、喜びを隠せない様子でかみまるが飛び回る。見ていた凛も、すっかりうれしくなった。ひさしぶりのあたたかい感情だ。

「それはそうと、ちょっと凛さまに聞きたいことがあんねん」

かみまるは、凛の目の前に移動してきた。

「なに？」

「ご当主さまは、どれくらいの霊力持ってんのかな？」

「霊力？」

「術式とか」

「うーん」

凛は首をひねった。

「風は起こせるよ」

「そっか……」

「どうして？」

「いや……」

かみまるは口ごもった。

「なんか最近、この家の霊気が強くなった気がするねん」

「霊気？」

「そう、でも凛さまのものやない。とするとご当主さまいうことになるんやけど……」

「特に変わったことはない気がする」

朝の修行でも、父から特別なものは感じない。

「ご当主さま、うちみたいな式神を召喚できるのかな」

「わかんない。少なくともボクは見たことない」

術式と予知能力においては凛よりはるかに優れているが、父が召喚の術を使ったところは見たことがないし、そんな話を聞いたこともない。

「そっか……」

かみまるは困惑した様子だ。

「霊気が増えてるってことは、なにを意味するの？」

凛の質問にかみまるは少し躊躇《ちゅうちょ》しながら、ぼそっとつぶやいた。

「この家には、うちよりはるかに強力な式神……いや〝ヒトガタ〟がいるかもしれん……」

☆

あの女と出会ったのは、厳島神社《いつくしま》であった。京の祇園社《ぎおんしゃ》で神人《じんにん》と揉め事を起こしたわしは延暦寺《えんりゃくじ》と対立し、窮地に陥っていた。家中の者は異母弟の家盛を父・忠盛の後継に推すようになり、朝廷もそれを望んでいた。家盛は穏やかな性格で、母は父の正室・藤原宗子だ。父も家盛を推す気持ちに傾いておった。

父・忠盛は瀬戸の海の利権を手にし、巨万の富を築いた。その富をもって朝廷に働きかけ、公卿《くぎょう》への昇進を目指していた。なにをしでかすかわからぬわしが後取りでは、昇進の妨げになると考えておったのであろう。

しかし公卿などという慎ましやかな夢は、わしには噴飯ものであった。瀬戸の海の利権で強大な武力を持ち、この国を海の国として、遠くは宋《そう》をも征服する巨大な力を持つことこそが男子たる者の夢と考えた。

それを叶えるには伊勢平氏の棟梁の座を得ねばならぬ。わしは、その願掛けで厳島神社に出かけたのだ。わしが祈りを捧げておると、背後に人の気配を感じた。振り返ると、漆黒の着物を身に纏った若い女が立っておった。

美しい女であった。

そして、その女の顔は半分が爛れたような痣に覆われておった。

女はわしに話しかけてきた。取引せぬか、と。そして、こう言った。

「そちの望みを叶えてやろう。そののち我ら冥界の者に、その魂を譲り渡せばよい」

「譲り渡すとはいかなることか」

わしは尋ねた。

「お前が死ねば、その魂は冥界に堕ちる。それだけのこと」

女は美しい瞳でわしをじっと見ておった。

「死ぬまではなにもせぬのか」

「せぬ。お前は為したいことを為せ。決して平穏を得られぬであろうがの」

平穏など望んだことはない。この世は修羅の道じゃ。わしは答えた。

「応じてもいい」

わしは女を試すことにした。いや、試すという言葉で己を納得させたのかもしれぬ。

「願いは伝えぬ。それでも叶えば、わしの魂とやらを好きにするがよい」

わしの言葉に女は妖艶な笑みを浮かべた。

それから二月後、弟の家盛は突然の病で死んだ。

わしは伊勢平氏の正式な後継者となり、次いで安芸守《あきのかみ》に任じられ瀬戸の海の制海権を得た。

それは莫大な利益をもたらした。富と武力を得たわしは伊勢平氏の棟梁になるだけだった。

そして家盛の死から四年後、父、忠盛は病に倒れ死んだ。

わしが願ったのは、父・忠盛と弟・家盛の死であった。

あの女との取引は成立した。

わしが九郎に葬られる二十八年前のことである。

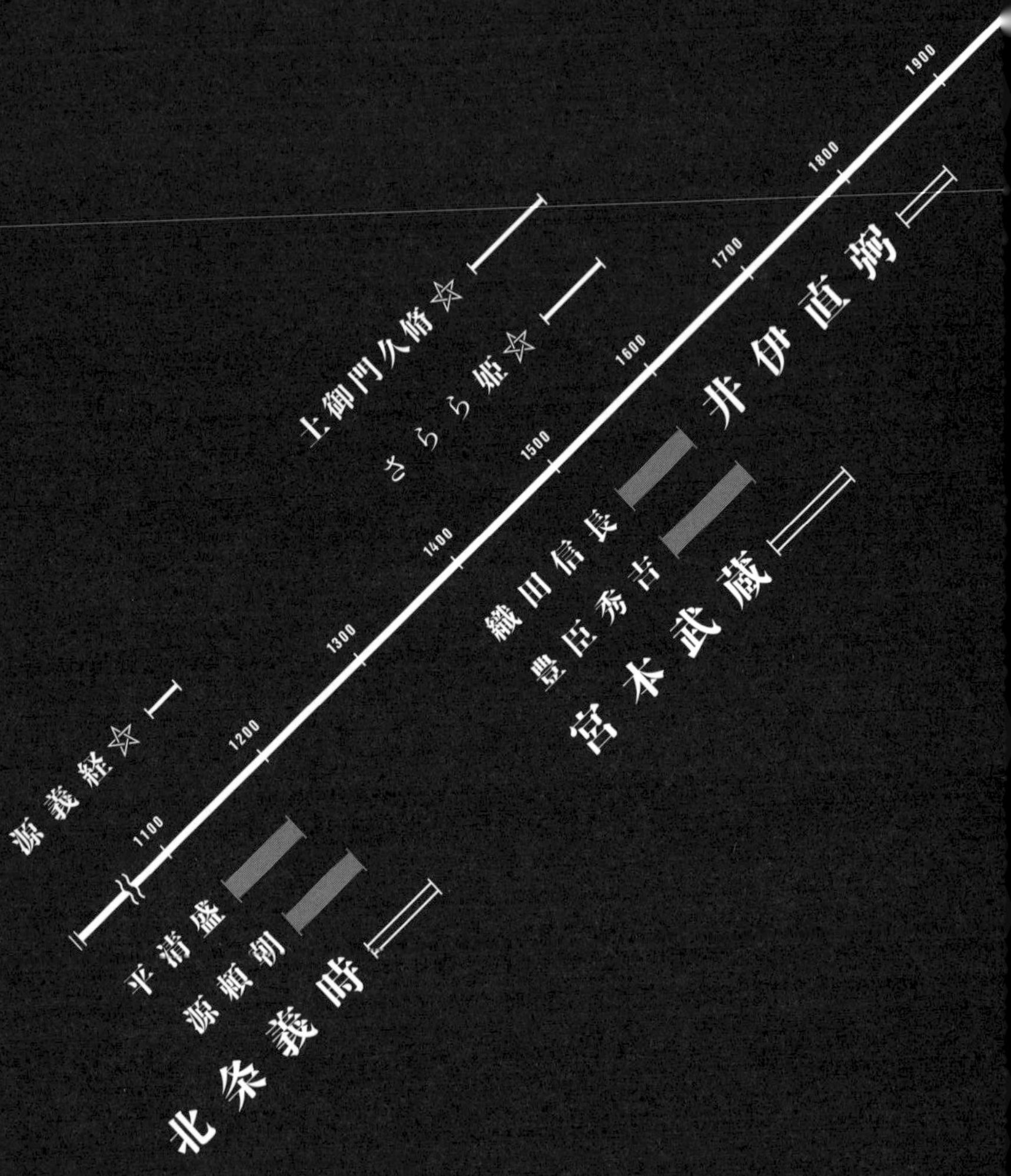
源義経☆
土御門久脩☆
さらら姫☆
1100
1200
1300
1400
1500
1600
1700
1800
1900
平清盛
源頼朝
北条義時
織田信長
豊臣秀吉
宮本武蔵
井伊直弼

冥界転生年表

第二章

東京・大手町怪異

紫山会会長である海老沢の自死は、政界に衝撃を与えた。海老沢は、自分にかかったすべての疑惑について認否を遺書に認《したた》め、自室で首を吊った。紫山会は解散に追い込まれ、さらに海老沢とともに疑惑に名を連ねた幹部も次々と議員辞職した。幹事長の赤根は海老沢に哀悼の言葉を送りながらも、民政党の派閥をすべて解散させ党執行部に全権力を集中させることに成功。党内基盤が弱いと言われた板垣内閣は、類を見ない強力な内閣主導政権となった。


「見事なものじゃ」

清盛は義時に目を向け、唇を歪ませた。

「お褒めにあずかり、この北条義時、身に余る光栄にございまする」

義時はゆっくりと清盛に頭を下げた。

「頼朝めは良い家臣を持っておったものじゃ」

清盛はその分厚い掌を頬に当てた。いつもの会議の場である。暗闇のなか冥界の者たちは語り合う。

「上様、次はいかがなさりまするか？」

義時の隣にいた直弼が甲高い声で問いかけた。清盛は鷹揚にうなずく。

「わしの思う国造りを始めるころ合いじゃ」

「仔細、伺いとうござりまする」

直弼は身を乗り出した。幕末、動乱の幕府を運営した直弼にとって、清盛の思い描く国家は興味深いものだろう。

「貿易を盛んにし富を集める。これが第一じゃ。世界を相手に、さらなる交易を行う。外国に舐められるような国家であってはならん」

清盛はそう言うと、太い人差し指でトンと机を叩いた。

「そのためには強力な軍を持つ必要がある。他国に守られるなど、もってのほか」

「仰せのとおり」

直弼はうなずいた。

「軍を再編する。武力を持たねばの」

「憲法とやらを変えねばなりませぬな」

義時が首をひねった。いかに権力を握ろうと、現代は憲法によって規制される。

「それについては私に考えがありまする。それより、もう少し上様の国造りの話を聞きとうござる」

直弼は義時を抑え、清盛の話を促した。

「わしの国は、海の国じゃ」

「海の国？」

義時は首を傾《かし》げた。

「この東京にも海はあるが、狭い。わしは西に都を戻し、強力な海軍に守らせ広く世界と交易をする入り口としたい」

清盛は視線をはるか遠くに向け、恍惚《こうこつ》とした表情を浮かべる。それは黄金の日々を懐かしく思い返すようでもあった。

「大きな港の前に都を築き、異国の船が出入りすることで富を集約させる。民は活気に溢れ新しき国が生まれる……。東京は、その役割をすでに終えておる。ここに都を置き続けては、この国の者は活気を失い小さく己を守り、小汚く小さな富に固執する。この日の本はもっと偉大な国になるべきなのだ」

「上様の仰せ、この直弼、得心致しました」

直弼はその豊かな頬をゆるませた。

「それを、いかに為すかですな。この時代の仕組みごと変えねばなりませぬ。それには、より強い権力を得ることが必要でございまする」

義時は冷静だった。

「それなれば私に良き案がありまする」

直弼が目を細めた。肉付きのよい男だけに普段の表情は柔和だが、その目を細めると打って変わって残虐な陰影が浮かぶ。

「聞こう」

清盛は直弼の話を促した。

「この東京を混乱させるのです。それに乗じて反乱分子を始末できますし、民は混乱を鎮める力であればたやすく容認します」

「なるほど、鎮圧を口実に武の力で権力を集中させるのじゃな」

「そのとおりにござりまする」

「しかして、どう混乱を起こさせる。この時代に武力蜂起するような者はおらぬであろう」

「おらねば、つくればよろしいかと」

答えたのは義時だった。

「この時代の者どもは、我らが生きた時代と同じく人を妬み、恨み、憎むことに長《た》けておりまする。さらには、その噂をすぐに拡散させること、はやり病のごとくござります」

義時は、机上にスマートフォンを置いた。憑依した者の知識をすべて取り込んでいる冥界の者は、現代の先進機器を苦もなく使いこなす。

「対立を生む火種を一つ放り込み、煽る者を用意しておけばよろしいかと」

「その仕事にうってつけの者がおりまする」

直弼が義時の言葉を受けて言った。清盛がはたと手を叩く。

「その者なら、すでに呼んである」

暗闇に小柄な武士が一人、浮かび上がった。異様に広い額、薄い眉、まぶたを切り裂いたかのように鋭く細い目。

「間部《まなべ》詮勝《あきかつ》にござりまする」

小柄な体から出たとは思えない、太く低い声だ。

間部詮勝。越前鯖江藩主であり、直弼とともに老中として政敵を次々と葬った安政の大獄を指揮した人物だ。

「おお。これは」

直弼は詮勝を見て微笑《ほほえ》んだ。

「間部殿。来てくださったか」

「おひさしぶりにござる」

詮勝はゆっくりと頭を下げた。

「黄泉《よみ》より蘇り再びお手前と手を携え働けること、うれしゅうござる」

詮勝は生前、直弼と対立したこともある。しかし、その手腕は直弼と働いたときが最も輝いていた。特に安政の大獄における詮勝の働きは、抜群だった。

「間部には公安委員長の座を与えよう」

警察庁を管理するエリート集団の長に任じられた詮勝は、平伏した。

「ありがたき幸せ」

「恨みや怒りを集めた者を一人葬ったからの。それで霊力が増し、そちを召喚できた」

清盛は直弼、次いで詮勝の目を見据えた。

「よいか。わしはこの内閣の面々を冥界の者に置き換えるつもりじゃ。そのために必要なのは人の憎しみ、呪い、恨み。それらを増幅させてもらいたい」

「かしこまりました」

直弼と詮勝は頭を下げた。

「武蔵、出でよ」

清盛が声をかけると、まるで闇から浮かびでるように武蔵が現れた。相変わらず大きな瞳を見開いて、まるで獲物を狩る獣のような佇まいである。

「公安委員長の松崎を始末し、詮勝を憑依させよ」

武蔵はわずかに頭を動かし、清盛のほうを見た。

「その前に一つ」

低くかすれた声だ。獣が口を開いたことに清盛は一瞬、不快な表情を浮かべた。

「なんじゃ？」

「わしを見た者がおる」

「見た？」

清盛は眉根を寄せた。

「現世の人間がわしの姿を捉えた」

清盛、義時、直弼は目を合わせた。

「それは……」

「気のせいかもしれぬ。それを確かめたい」

武蔵は淡々と言った。

「もし見られたのなら」

清盛は目を見開いた。

「あの九郎のような陰陽師やもしれぬの」

清盛の脳裏に忌まわしい記憶が蘇った。

「そのときは」

武蔵は物憂げに清盛に視線を送った。

「斬って捨ておこう」

武蔵の姿は再び闇に消えた。

☆

「では、誰もこの部屋に入った形跡はないと……」
　明知は、海老沢の秘書である深井と、海老沢が遺体となって発見された寝室で向き合ってい
た。数日前まで騒然となっていた海老沢邸は、すでに閑散としている。ただ、部屋に漂う陰鬱
な空気が湿気とともに体に纏わりつく。警察の現場検証が終わったことで、部屋は綺麗に整え
られていた。
「あの夜、明知先生がお帰りになってしばらくしてから、先生は寝室に入られました。私は、
その後すべての部屋の戸締まりをしたので、外部から人が入ったとは思えません」
　深井は首を横に振った。今年でおそらく六十歳になる深井は、私設秘書として海老沢に二十
年仕えてきた。ずっと独身だった海老沢と同居する、まさに海老沢にとっては無二の友とも言
える人物だ。
「私がこの部屋に入るまで戸締まりは完全なままで、部屋には争った形跡もありません。先生
は、その窓枠に紐をかけられ……」
　深井は言葉に詰まり、うつむいた。明知は押し黙ったまま部屋を見回した。深井の証言に嘘
はない。元首相ということもあり、捜査が念入りに行われたことも警視庁の知り合いから聞い

ていた。スキャンダルで評判が地に落ちた海老沢を殺す動機を持つ者が、どれほどいるだろう。政治家である以上、恨みを買うことはある。ただ、今ここで海老沢を殺す者がいるとは、明知には思えなかった。しかし、ある確信はあった。それは、この部屋に流れるかすかに残る臭気だった。あの夜、一瞬見た野人のような男が纏っていたものだ。あの野人がこの部屋に来た、と明知の直感に訴えていた。だが、それを論理的に深井に伝える術《すべ》がない。

「ご心痛のところ無理を言って押しかけ、すみませんでした」

明知は頭を下げた。深井は穏やかな笑みを浮かべ、首を横に振った。

「とんでもない。私も正直、先生が自ら死を選ぶとは思えませんし、思いたくもありません。ただ、もし誰かに殺されたとするなら、それはそれで無念です。今は、先生のご冥福をお祈りしたい気持ちしかありません」

深井の言葉が明知の胸を打つ。確かに海老沢の死についていかに探ろうとも、生きて戻ってくることはない。

「おっしゃるとおりです。また先生を偲びにお伺いしてよろしいでしょうか」

「もちろんです。そして明知先生は先生の遺志を継いで、この国の未来をどうか良い方向に導いてください。先生は折に触れ、明知先生は自分の後継者になる政治家だとおっしゃっていました」

海老沢がどういうつもりで評価してくれていたかは、もはや明知には知る由《よし》もない。たとえ周りに人がいなくなった海老沢の近くにいたことへの感謝だったとしても、その言葉は重い。それだけに海老沢の無念を想うと、やるせない気持ちになった。

海老沢邸をあとにして、あの夜と同じく正門までの長いアプローチを歩いているとき、明知は背後から漂ってくる異臭に気づいた。湿った風に乗って臭いは強くなる。さらに、その異臭は確実に〝存在〟を示していた。

明知は振り返った。

「ほう」

明知の視線の先に、あの蓬髪の野人が立っていた。

「おぬし、やはりわしの姿が見えるか」

野人が明知に語りかけた。地底から響いてくるような声だ。ただ、その姿は霞がかかっているようで違和感がある。宙に浮かんだ人間の映像とでも言おうか……。

野人は、だらんと垂れた丸太のような両腕をほんの少し動かした。次の瞬間、ロケット弾のような勢いで明知に向かってきた。その一瞬で明知は身の危険を直感し、飛びかかってきた野人に対し無我夢中で右腕を振った。なぜそうしたかはわからない。反射的としか思えない行動だ。明知の右腕から、野人に向けて旋風が発生した。

今にも明知に襲いかからんとしていた野人は、その旋風を空中で身をよじってかわし、横っ飛びに回転して着地した。物理的な法則を無視した超人的な動きだ。

「やはり陰陽師か……」

野人は明知を見た。

「避けた……」

明知は驚きの声をあげた。初めて実戦で術を使ったとはいえ、かわす者がいるなどとは想像もしていなかった。明知は荒い息を吐いた。肩が激しく上下に揺れる。

「地上に、陰陽師の力を宿した者がおるとはな」

野人は身を起こし、光を宿さない瞳で明知を見た。その瞳の奥には、これまで遭遇したことのない殺気が充満している。野人はジリッと距離を詰めた。明知は蛇に睨まれた蛙《かえる》のように、一歩も動けなかった。

「たいしたものだ。だが、もはやわしの剣からは逃れられぬ」

そうつぶやいた野人の両手には、いつのまにか鈍く光る日本刀が握られている。野人は明知から十歩ほど離れた場所に立っているため、日本刀の長さからすると、すでに間合いの中だ。

「お前は誰だ……」

恐怖で舌の根が固まる。この男の全身から放たれる圧倒的強者のオーラが、明知を現実の世界から押し出していく。

「わしか……」

野人はニヤリと笑った。

「名などおぬしには意味がない」

野人は両の手に握った刀をゆっくりと上げた。まるで怪鳥の翼のように。

「ここで、死ぬからだ」

身動きができなかった。野人が跳躍すれば、もはや逃れる術はない。現実と幻覚のはざまで、明知は息を止めた。まるで時の流れが遅くなったかのごとく、野人の体がゆっくりと跳んでくるのが見えた。鈍く光る刀が自分の首に迫る。身動きが取れなかった。見えてはいても体は対応できない。できることはただ一つ、来るべき衝撃に備え目を閉じることだけだ。自分の意識が消し飛ぶ衝撃に備えて。

次の瞬間。

鋼と鋼がぶつかり合う、甲高い金属音が明知の耳を打った。野人の異臭とは違う、鉄さびのような臭いが鼻をつく。目を開けると、髷《まげ》を結った大柄の武士らしき男が野人の剛剣を受け止めていた。真っ黒な着物に袖のない革の羽織を身にまとい、その隆々とした背筋が、ただ者ではないことを示している。

「貴様は……」

野人が低い声で男につぶやくと同時に、その男は思いきり明知を後方に突き飛ばし、己は野人が繰り出した第二の斬撃を受け止めた。しかし斬撃の凄まじい威力で体勢が崩れる。その隙を見逃さず、野人はさらに斬撃を繰り出そうとしたが、なぜかその動きをぴたりと止めた。

「わしが背後を取られるとは……」

野人の後ろに、軍服に身を包んだ長身の若い男が立っていた。夜目にもわかる青白く病的な顔に鋭く切れ上がった目。野人や謎の武士と同じく、この世の者ならぬ不思議な存在感を纏っている。

「取引をしよう」

長身の男は野人に声をかけた。その病的な外見からは想像もできない野太い声だ。

「今宵はその男を見逃せ。その代わり我らの存在を清盛に知らせるがいい」

「ほう」

野人は背後の男に向き直った。その体からは殺気が消えた。

「見逃さねば、わしを斬るとでも」

「ここで我らと戦うは本意ではあるまい。なにより、この者を殺しては真の冥界の懸念は消えんぞ」

「真の懸念?」

「現世を生きる者に、陰陽師の力を宿す者がおる。それは、さらら姫がこの地におることを示す証」

「さらら姫?」

野人は眉根を寄せた。

「清盛に聞くがよい。お前は宮本武蔵だな」

長身の男の言葉に、野人・武蔵は目を見開いた。

「わしを知っておるか」

「我が知っていたわけではない。が、連れの男は知っておってな」

長身の男は、大柄な男を指した。

「柳生十兵衛三厳《みつよし》でござる」

大柄な男は刀を納め、頭を軽く下げた。

「柳生……」

「一度、お手前の姿をお見かけしたことがござる」

柳生十兵衛と名乗った男は、静かに武蔵に言った。

「おぬしが柳生宗矩の嫡男……」

「現世では相まみえることなかりしが、こうして貴殿と剣を交えられ光栄にござる」

「柳生であれば、いま一度手合わせしてもよい」

武蔵は獲物を狙う表情になり、再び全身から殺気が溢れる。

「武蔵、今宵はここまでだ。人が来る」

長身の男は体を背後によじった。誰か物音に気づいたのか玄関のドアが開き人影が見える。

「明知先生、どうされましたか」

深井は呆然と立ちすくむ明知に声をかけた。

「我の名は平了。覚えておくがよい」

長身の軍服男の言葉が終わるか終わらぬかのうちに、異形の者たちは明知の前からまるで蜃《しん》気《き》楼《ろう》のように消えた。

☆

凜には、父がここまで長く寝込んだ記憶はない。十日ほど前から高熱を発し自宅で臥《ふ》せている。一時は入院も考える状態だったが本人が嫌がり、凜も父の世話を願い出た。凜は父と距離を感じるものの、やはりかけがえのない存在だ。こんなときだからこそ自分がついていなければ、と凜は思ったのである。

凜が物心ついたころから、父はほとんど休んだことがなかった。それが政治家というものだとは理解していたが、父との時間を持てなかったことが凜の人格形成に与えた影響は少なくない。凜はずっと、心の奥底で父と過ごす時間を求めていた。

政治の世界に混乱が巻き起こっているのは知っている。父が所属していた派閥のトップである海老沢が汚職をし、自殺して派閥が解散したことも耳に入っていた。どのメディアも、その話題で持ちきりだったからだ。父は、その派閥で海老沢に最も近い議員だった。倒れるまでは、その後処理で家に帰っても休みなく働いていたので、精神的にも肉体的にも限界だったのだろう。凛は小さな寝息を立てている父の顔を見た。額に汗が浮かんでいる。用意した濡れタオルでそっと拭うと、父の表情がわずかに変化した気がした。唇が少し動く。

「ありがとう」

かすかに聞こえた声に凛はどう返事したらいいか迷い、視線を宙に泳がせた。時刻はもう午後十時を回っている。カーテンを閉めきった部屋には、ベッドサイドの小さなライトだけが灯されていた。オレンジ色の柔らかな光が父の横顔を照らしている。

「おやすみなさい」

凛はそう言うと、ライトのスイッチを切った。もっと父と話したいという気持ちが胸に溢れていたが、それを抑え、そっと寝室を出た。


「ご当主さま、どないやった？」

かみまるが心配そうに、すうと宙を滑空して凛の肩に留まった。

凛は、やや言いづらそうに父に聞こえない程度の声で答える。

「お医者さん、過労じゃないかって……。精神的な疲労もあるって言ってた」

「海老沢さまやったっけ、ご当主さまのご主君が亡くなったんやな」

かみまるが考え込むような仕草をするのに、凜は首をひねった。

「主君ってわけじゃないと思うけど……」

派閥のことは知っているが、それをかみまるにどう説明すべきかわからず、凜は口ごもった。

「凜さまは、その海老沢さまに会ったことあるん」

かみまるの問いに凜はうなずいた。政治の世界での海老沢はわからないが、凜にとって海老沢は思い出深い人物だった。

「ええ、……やさしい、すごくよくしてくれたおじいちゃんだった。自殺だなんて……」

最後に会ったのは高校の入学祝いをしてくれたときだ。父の恩人である海老沢は、父子家庭となった明知家を随分と気にかけてくれた。独身で子供がいなかったからか凜を可愛がり、痣のことでも全国の名医を紹介してくれた。

「年ごろの娘にとって痣は大病と同じ。なにがあっても治療する努力をしなさい」

そう父に言って、忙しくても凜を気に掛けるよう注意してくれた。凜にとっての海老沢は、血のつながらない祖父と言っていい。凜の前では、とても穏やかで茶目っ気のある老人だった。

だから海老沢が悪人と報道されても、凜は納得できない。彼の死から数日経っても、その事実を飲み込めないほど現実と記憶が乖離《かいり》している。別人じゃないかと淡い期待すらしてしまう。

置きどころのない悲しみで数日、ぼんやりと過ごした。

父は、凜とは比較にならないほどのショックを受けただろう。これが、父が倒れたいちばんの原因に違いない。凛は自分の部屋に戻りベッドに身を投げ出した。スマートフォンの画面を開く気力もない凛の耳元で、かみまるは囁いた。

「自殺やないで」

その言葉に凛は、生傷に触られたような言いようのない不快感を覚えた。

「ちょっと、いい加減なこと言わないでよ」

「冥界のもんの仕業や、間違いない」

かみまるに顔はない。紙の――丸く切られた白い頭をずい、と近寄らせて凛に言いつのる姿に凛はぐっと鼻にしわを寄せる。表情がないから妙に真剣に見えるのが嫌だ。

「いくらなんでもこじつけじゃない？　最近の話は知ってるでしょ」

SNSを通してテレビ番組を通して、海老沢の汚職に関する憶測と罵倒が今なお死者に鞭打ち続けている。それも当事者ともなれば命を投げ出したくなるほどおびただしい量だ。凛には汚職の話が事実かはわからない。しかし、やってもいないことで責め立てられるつらさは想像を絶するものという理解はあった。

だがかみまるは、それでもなお言いつのった。

「ご当主さまから、かすかにどす黒い冥界の気を感じるんや」

「冥界の気？」

「悪い気や。おそらく当てられたんやないかな、冥界の気は体に悪影響があるし……。その海老沢さまって方の家に行ってから体調を崩したんやろ」

「……」

凛は黙り込んだ。

確かにあの日、帰宅後の父はうわの空だった。思い悩むような酷く苦しんでいるような、そんな横顔を思い出す。それとともに父の背に残る、どことなく気味の悪い違和感も。

そして、それは今も続いている。

「……もしそうだったら、どうしたらいいのよ。お祓《はら》いにでも行けばいいの？」

苦々しげな表情の凛に、かみまるは、ようやく不安にさせすぎたと気づいたようだ。

「安心してええけど、ご当主さまにも霊力がある。しっかり休めば回復するはずや。ただ……」

「ただ？」

「冥界の気に当てられたっちゅうことは、ご当主さまが連中に目をつけられているかもしれん。すれ違っただけとかなら、ええねんけど……」

かみまるの気持ちとは裏腹に、示された情報は凛の不安を煽っただけだった。もにょ、と口ごもるかみまるに、凛はなにも言えずじっと睨む。頭の中にいくつかの言葉が浮かんだが、それらはすべて溶け、ため息となって口から流れ出た。

「凛さま？」

凛は首を一つ横に振ると、そっとかみまるに問いかけた。

「どうしたらいいの、その冥界の人達に帰ってもらうには」

胸のもやもやを晴らすのに、ためらう理由はない。冥界の者のことはわからないが、父に危害を与える者だとすれば排除するのが自分の役目だ。凜にはそう思えた。

「凜さま、ええこと思いついたで」

かみまるはくるくると空中を舞った。

「うちについて来て」

☆

凜とかみまるは、その日の深夜にこっそりと家を抜け出した。

自転車に乗り、時折スマートフォンで地図を確認しながら夜のオフィス街を走る。凜はシャツにカットソー、パンツを合わせた動きやすい服に着がえていた。凜の大人びた顔立ちによく似合う。マフラーとマスクで顔を隠し伊達メガネをかけた、いつものいでたちに帽子をかぶっている。背負ったリュックには懐中電灯や財布、護身用の防犯ブザーが収められていた。凜は自転車をこぎながら、普段は出歩かない時間帯の外出にやや過敏になりつつも、興奮を抑えられずぽつりとつぶやく。

「不良になったみたい」

ひょこ、と肩にしがみついたかみまるはからかうように笑った。

「確かに不良や、深夜やしな」

「変な人に会ったり、おまわりさんに声かけられたりしないよう気をつけないと」

「そんときは、どーんと頼ってええで！　うちが助けたりますってぇ。こう、こう！」

紙切れになにができるのかは疑問だが、凛は小さくうなずくに留めておいた。

自転車の向かった先は、オフィス街の一角を不自然に切り取った、やたら見晴らしのいい場所だ。

将門塚《しょうもんづか》。平将門《たいらのまさかど》の首塚だった。

東京史跡に認定された、いわくつきの塚である。見た目こそ日本一のオフィス街を見守る神聖さを感じさせる塚だが、凛はその敷地に一歩入るなり顔をしかめた。

気持ちが悪い――空気が重たい。視界が急に悪くなるような感じがする。

なるほど、この感覚に偽りなしなら、なにか恐ろしい者がいるに違いない。塚に近づくにつれ違和感は増していく。

「どういう場所なの」

あたりは静まり返り、暖色のごく小さな照明によって塚がうっすらと浮かび上がる。周囲には高層ビルが建ち並び、明かりがついた窓もあった。眼前の塚のあたりだけ、過去にタイムスリップしたようで不思議な感覚だ。

「昔、関東に平将門いう武将がおったんや。その武将はそら、えらい強くてな。いろいろ複雑な事情があったんやけど、結果的には朝廷に謀反を起こしたわけや」

かみまるはふわりと塚の周りを浮遊しながら凛に語りかける。

「あろうことか将門は、自分を〝新皇〟と称し天子さまに代わろうとしたわけや。最初のころは破竹の勢いで関東を制圧したものの、朝廷側が総力をあげて謀反を鎮圧し将門を討ち取った。将門は首を取られ京で晒されることになるんやけど、よほど無念やったんやろな。その首はある夜、京都から飛んで故郷に戻ろうとしたんや」

「首だけで？」

首塚の周りを飛ぶかみまるの姿がまるで将門の首のようで、凛は全身が総毛立つ。

「そうや。凄まじい執念やな。しかし、その首は故郷につく前にここで力尽きた。人々は将門の無念を想って、ここに葬ったんや」

「そうなんだ……」

「まあ、それが通説ってわけなんやけど、これには裏があるねん」

「裏？」

「将門は冥界のもんやってん」

「冥界の？」

かみまるの話はいつも飛躍する。ついていけないとばかりに凛は頭を抱えた。

「正確には冥界の使者に取り憑かれた者やな。だからこそ将門は無敵やってん。普通の兵では太刀打ちなんかでけへん。それを見抜いたのが当時、まだ十九歳やった天才陰陽師・安倍晴明さまやった」

安倍晴明……明知家の始祖にあたる人物だ。晴明については、幼いころから嫌というほど話を聞いている。

「晴明さまは当時、猛将として有名やった俵藤太《たわらとうた》に霊力を籠めた矢を授けたんや。藤太はその矢の力で将門を討ち取ったんやな。念には念を入れて首を胴から切り離したんやが、その首を晒したんがあかんかった。冥界は将門の首を取り戻し復活させようとした。それを阻止したのも晴明さまや。晴明さまは、ここに結界を張って将門の首を封じ込め、誰も入れないようにしたんや」

「その結界から冥界の者が出てきたっていうの？」

凛は首をひねった。かみまるは空中で動きを止め、ふわりと凛の目の前に移動した。

「結界も時間が経てば少しずつ劣化するんや……。これまでも何度か、冥界のもんがこの結界をすり抜けたことはあると思うで。見るかぎり結界に亀裂はありそうやし、冥界の気もかなり感じるし」

かみまるのなんとも曖昧な返事に凛は眉根を寄せた。同時にふと疑問がわいた。

「で、ここでなにしたらいいの？」

「そうやな……、とりあえず冥界の気を清めることが先決や。凜さまがばばっと浄化しちゃえば……」

そそのかされるままここまで来たが、凜はそう言われて思わず首を傾げた。

「浄化ってどうするの？」

「えっ」

かみまるはあっけに取られた様子で凜を見た。

凜は、この調子のいい式神の性格を掴みつつあった。せっかちで、ドジだ。

「……考えなしについてきたボクが馬鹿だった」

凜はため息をついた。

「そ、そんな顔せんでぇ！　今教えるから！　ええとー、そのう……」

もだもだとするかみまるに呆れ顔をしながらも、凜は見晴らしのいい塚の敷地内に留まっている最中に警察が通りかからないか心配になった。補導されたら、体調を崩している父に心労を重ねることになる。かみまるに言われるがまま来たが、果たしてそれは正しい選択だったのか……。

何から教えるべきか悩んでいるかみまるを横目に、凜は視線を道路側に向ける。一度、引き上げようと思った。そのときだった。

「……あれ？」

ふと凛は道路側に誰かが立っていることに気がついた。

「……」

顔ははっきりとは見えない。

男性だろうか。ゆらゆらと揺れ、酔っているのか、うわ言のようになにかつぶやいている。

内容は聞き取れず、首塚の入り口を塞ぐように立っていた。

「様子がおかしい、警察に通報――」

凛は小声でかみまるに話す。

幸い、まだ距離はある。その姿の主は背が低く髪は長い。よく見ると、足が短く異様に腕が長い。顔までは見えないが、明らかに異形の者だった。刺激しないようそっと距離を保つも、凛はポケットのスマートフォンに気を取られた。

その時点で気づくべきだった。危険が迫っていることを。

異形の者は瞬時に凛との距離を詰めた。

「あ」

混乱。恐怖。動揺。

赤い髪、しわだらけの顔に小さな目。まるで猿のようだが人だ。そして、その目は邪悪さがにじみ出ている。

97

「ほう……」

異形の者がつぶやいた。その小さな目がすうっと細く広がる。

「凛さまっ!!」

かみまるが叫んだ。

これまで絶対的な敵意を向けられた経験のない凛は、微動だにできなかった。視界の端でかみまるが、異形の者とのあいだに割って入ろうとしていたが、一瞬で吹き飛ばされた。凛は反射的に顔の前で手を交差させる。もちろん、それが無意味なことはわかっていた。もう目を閉じることもできない。

殺される……。凛の直感が死を知らせる。

そのとき、心地のよい風が吹いた。

「え、……え?」

鞘《さや》が走る音。

異形の者は凛の前で跳躍し、そのまま漆黒の闇に消えた。一瞬の出来事である。目を見開いたその向こうには、浅葱《あさぎ》の羽織を着た青年が立っていた。

涼やかな目元、薄い唇。決して華奢すぎない体躯《たいく》に黒髪を垂らした若い男は、流れるような動作で手にした刀を丁寧に鞘へと戻す。

コスプレ風の時代がかったいでたちなのに、異様なほどしっくり来ている。背すじを伸ばし、あるがままに強者であることが伝わってきた。

凛は震える声で、思わず問うた。

「あなたは……？」

「沖田総司。——新撰組一番隊組長、沖田総司」

☆

深い闇のなか、その男は一人瞑目している。

宮本武蔵。

不世出の天才でありながら、その存在は決して大きいものではなかった。まだ戦国の名残《なごり》があった時代、大坂の陣に島原の乱と、世は孤剣で戦う者より将に価値を置いていた。将軍家の剣術指南役である柳生宗矩は、武将でも政治家でもあったが、一介の剣術家である武蔵には兵もいなければ政治力もなかった。さらに島原の乱が終結すると戦そのものがなくなり、個の武勇の価値も暴落した。こうして武蔵は時代から取り残された。

老境に差し掛かった武蔵は、客分として迎えられた細川家を終《つい》の棲家《すみか》とすることになる。

細川家では、当主・忠利《ただとし》の厚意を得それなりの待遇に処されたが、武蔵は死期を間近にして自らの人生に疑問を抱いていた。宮本武蔵とは、なんだったのだろうか。

そのあまりに優れた体能力ゆえ、彼の技術は、余人に到達どころか理解すらされ得ないものになっていた。養子は迎えていたが、妻も持たず子も持たず己の血脈は残せない。彼の剣法は、柳生新陰流のように多くの門弟を残すものではなかった。彼と同じ体能力がなければ彼の剣は再現できず、そのような後継者もいない。

結局のところ宮本武蔵は、この世にただ存在していたに過ぎない。いかに剣に優れていても時間とともに忘れ去られる。

そんな無情に武蔵が鬱々としていたとき、その女は現れた。

恐ろしく美しい女であったが、その女の右頬には禍々しい痣があった。

いつから現れたかは定かではない。その女は、病に臥せた武蔵の身の回りの世話をしていた。奇妙なことに、女は言葉を発しなかった。

そして。

いよいよ死が迫った武蔵に、ある夜、その枕元で女が突然、口を開いた。

「宮本武蔵殿。お話があります」

意識が朦朧とするなか、女の声は地獄からの鳴動のように武蔵の体を震わせた。

「武蔵殿の苦しみ、お察し申し上げます」

「武蔵殿は武蔵殿という存在にしか、その価値はありませぬ」

女は冷たい視線を武蔵に下ろした。

「そちは……わしに恨みを持つ者か……」

若き日の武蔵は闘争に明け暮れていた。吉岡一門との死闘、佐々木小次郎との決闘をはじめ、武蔵が斬った者は数知れない。その者たちの縁者に恨まれるのは道理。そうした者に命を狙われたことも一度や二度ではない。

「わたくしは……」

女は妖艶な笑みを浮かべた。

「冥界から来た者」

「冥界……」

武蔵は唇を歪めた。この女はなにを言っているのだ。

「死は肉体を朽ちさせるだけ。恨みに満ちた強者の霊は消えませぬ」

「恨みに満ちただと……」

武蔵は鼻で嗤った。

「恨まれることはあっても恨むことなどない」

「恨んでおられるのは余人にあらず。武蔵殿ご自身を、です」

女は静かに答えた。武蔵は胸を刃で貫かれたかのような痛みを感じた。

「わし自身……」

「武蔵殿は修羅にございまする」

「修羅……」

「戦うことだけが貴方様《あなた》を生かすのです。戦うことしか貴方様はできませぬ。そして、それこそが宮本武蔵なのです」

戦うこと。

佐々木小次郎との決闘以降、武蔵は戦うことがなくなった。武芸者としての武蔵を恐れ相手が現れなかったこともあるが、世が泰平となり、武蔵自身もしかるべき大名家への仕官を求めたため無用な戦いは避けるようになった。しかし、それによって己の闘争心を満たせず、ある種の渇きが生じたことは間違いない。

闘い続ける日々にこそ、己の生を実感できていた。武蔵が妻子を持たなかったのも、死への未練や恐怖を抱かないようにするためだった。

闘争だけが己を証明できると気づいたのは、武蔵が細川家に腰を落ち着けてからだが、そのころには戦いへの気力を失っていた。それは彼自身の病のせいであった。もう、宮本武蔵の戦いができる状態ではなかったのだ。

「わたくしとともに冥界に赴《おもむ》かれませ。冥界では、貴方様が思い描く戦いを永遠に続けることができまする」

女はそっと武蔵の寝具をめくった。カサカサに乾いた皮が貼りつき骨が浮く、老い衰えた痩身があらわになる。その体を、女は絹のようにやわらかい手でそっと撫でた。

「冥界に赴き、修羅となり、戦いなされ。貴方様を待つ英傑がおります。その英傑とともに戦うのです。それこそが不世出の剣士、宮本武蔵の進む道。ここで終わりではなく、ここから始まるのです」

女の言葉に抗うことは、もはやできなかった。武蔵は黙ってうなずいた。女は微笑み懐剣を抜くと、その冷たい刃を武蔵の胸に突き立てた。

一六四五年五月十九日。宮本武蔵は、熊本の千葉城にある自邸にて、その死が確認された。細川家では病死として記録が残るのみであった。

☆

与党内を完全に掌握した板垣内閣は、矢継ぎばやに政策を打ち出した。その最大のものが、自衛隊の敵地先制攻撃も含めた、より国軍に近い位置づけにする方向性である。

「日本が独立した国なら、より自立した国防体制を敷かねばならない。アメリカに依存した防衛など本来あってはならぬ。今の日本における中国、ロシア、北朝鮮といった隣国との緊張関係は過去に類を見ないものだ。外交、外交と言うが強い軍隊を持ってこそ交渉は可能となる。現代においても力なきものは力あるものに滅ぼされる。歴史が物語っているではないか」

板垣は強い言葉で、国防について認識を改める発言を行った。当然のごとく名指しされた中国、ロシア、北朝鮮をはじめ諸外国からは反発と懸念が表明され、大きな外交問題に発展した。それに増して激しく反発したのは国内の左派だった。彼らは日本の右傾化と板垣の独裁的な政治姿勢に対抗すべく、各地で抗議運動を開始した。日本国内はかつてない騒乱に至った。

「この時代の者たちの愚かさは度《ど》し難《がた》いの」

清盛は、深夜の執務室で口元を歪めた。彼の前には、井伊直弼と間部詮勝、そしてその背後には武蔵が控えていた。

「米国に基地を持たすなと言い、返す言葉で軍を持つなと言う。丸裸で敵をどう防ぐというのかの。このような阿呆がこれほど多いとは驚きじゃ」

「平穏の暮らしを送ってきた者は、そういうものにございまする」

直弼はこともなげに言った。隣の詮勝はその言葉に苦笑を浮かべ、直弼の言葉に続いた。

「安政のころも、まさにそうでございました。米国や英国の圧倒的な軍事力を目にし、彼奴らの意図が通商という名の侵略であるのに、できもせぬ攘夷《じょうい》などを叫び続け、無駄な騒乱を起こしたものでござる」

「それでおぬしらは安政の大獄とやらを行ったのじゃな」

清盛は鼻を鳴らした。

「国の方針に逆らうものは徹底的に抑え込まねばなりませぬ。安政の大獄は、その点が生ぬるかったと思うております」

直弼は独特の声色で淡々と答えた。その表情はいささかも変わらない。

「で、これから始めるのか」

「まだにございまする。もう少し火を注がねば」

「火?」

「民の心をこちら側に動かさねばなりませぬ」

「ほう」

清盛はニヤリと笑った。直弼と詮勝にさらなる策があると見た。

「聞こう」

「まずは反対する者に襲われることが肝要かと」

詮勝が太く低い声で言った。

「防衛大臣の三木は、我ら政権の考え方に必ずしも賛同しておりませぬ。贄《にえ》にはちょうどよいかと」

三木は政権内でも板垣（清盛）に与《くみ》しないリベラル寄りの人物だ。今回の表明にもやや引いた反応を示していた。

「防衛大臣にはいち早く、我ら冥界の者を据える必要がありまする。それもあり、三木の命を使うは良策と心得ます」

直弼の言葉に清盛は手を一つポンと打った。

「よかろう。して、その手はずは」

「三木を害する者は、進歩党の岩倉が最適かと」

進歩党は、極端な左派（リベラル）政党であり、党首の岩倉は過激な論調で知られる。弱小政党だが一定の過激な左派の支持を受けている。今回の板垣の発言にも激しく反発し日々、都内でデモ活動を続けていた。

「まず、三木から極秘で岩倉との会談を持ちかけまする。板垣への共闘、などを餌にすれば飛びつくでしょう。深夜に岩倉が三木を訪ねてみれば……」

「単純じゃが、策とはそれぐらいが漏れぬものじゃ。武蔵」

清盛は、直弼と詮勝の後ろに控える武蔵に声をかけた。

「わぬしの出番じゃ」

武蔵はのそりと清盛の前に出た。

「承知した」

「三木だけではない。その家族も皆殺しにせよ」

武蔵はその清盛の命には返事をせず黙って背を向けた。そして、そのまま闇に消えようとする武蔵を、清盛が呼び止めた。

「ときに武蔵。お前が仕留め損ねた陰陽師の末裔はどうなった」

あざけり混じりの言葉を投げかけられた武蔵は、振り返りざま鋭い視線を送った。

「居場所は掴んでおる。しかし強い結界が張られており、手が出せぬ」

「強い結界？」

直弼が武蔵に近寄った。

「おぬしほどの者が入れぬ結界を張れる者が、おるというのか」

「この地上に這い出てきたのは、我ら冥界の者だけではないということだ」

武蔵は不機嫌そうに答えた。

「柳生十兵衛と名乗る者がおった。〝ヒトガタ〟じゃ」

「ヒトガタ……」

直弼は清盛のほうに視線を向けた。清盛は愉快そうに肩をゆすって笑った。

「かの者たちが、地上にの。ならなおのこと、こちらの手札を増やすのが肝要じゃな。武蔵、まずは命じられたことを行え」

「言うに及ばず」

武蔵の姿は闇に消えた。

☆

明知は夢を見ていた。

暗い夜道を駆けてゆく一人の少女。白拍子のような服を着ている。その少女を追う無数の影が近づくたびに、少女は激しい声をあげて痛みを訴える。たまらず明知は、その影の前に立ちはだかり影を術で打ち倒してゆく。しかし影はいよいよその数を増し、明知と少女を覆い尽くすように襲ってくる。気づけば明知の体にも無数の傷がつき、その傷口から血が流れた。まるで火箸を突き刺されるような熱さと痛みが走る。必死に反撃する明知の前で、少女の体が崩れ落ちていく。その少女が明知のほうを見る。その顔は……凛だった。

「凛！」

凛の目は絶望の色を浮かべ、みるみる瞳孔が開いていく。そして唇からは血が溢れ出る。その凛を抱きしめた。

「凛!!」

もう一度明知は絶叫した。腕の中で力が抜けていく凛を必死に抱きしめ、魂を呼び戻そうとする。

「凛！　しっかりしろ‼」

そこで目が覚めた。寝室の天井がうっすらと視界に入る。

「夢か……」

明知はほっとした。しかし次の瞬間、夢がまだ続いていると思わせる姿が目に飛び込んできた。青白い顔の青年と、大きな髷を結い左目に眼帯をした侍が顔をのぞきこんできたのだ。

「ようやく目覚めたか」

青年のほうが声をかけた。跳ね起きようとするが、体が金縛りにあったように動かない。恐怖で舌の付け根が膨れ上がり、声も出なかった。

「お前は十日以上、寝込んでいたのだ」

青年はにこりともせず言った。

明知は背中全体にびっしょりと汗をかいている。

「あれほどの霊力を初めて使ったのだ。仕方あるまい。武蔵に追撃されれば面倒だったが、お前の娘がこの家に結界を張っているようだ」

娘と聞いて明知は体を起こした。

「凛を……凛をどうした」

かすれるような小さな声を、気力を振り絞って出す。夢のようなことがあってはならない。

「心配するな。娘御は何事もない」

髷を結った隻眼《せきがん》の侍が落ち着いた声で言った。

「あなたたちは……」

頭が混乱している。海老沢邸を訪れた際、謎の怪人に襲われたところを救ってくれた二人だと思い出すのに、それなりの時間を要した。

「我は平了。昭和初期、政府転覆を図った陰陽師集団の頭目と言ったほうがよいか」

青年は低い声で言った。身長は百九十センチを優に超え、軍服にマントを羽織っている。前髪が長く、青白く病的であるが整った顔立ちからは表情が読み取りにくい。

「拙者は柳生十兵衛三厳と申す」

隻眼の侍は、身長はさほど高くないが、見る者を圧倒する筋骨隆々の肉体を黒の着物と袴で包み、暗闇にも派手な革の羽織を身につけている。隻眼の顔面からは、虎を思わせる獰猛《どうもう》さが漂っていた。なによりも恐ろしいのは、その腰に大刀が差されていることだ。圧倒的な凶器感が醸し出されており、明知は頭を抱えた。なにせ片方は昭和と言い片方は江戸時代の人物を名乗っているのだ。

「お前が混乱するのも無理はない」

平を名乗る青年が言った。

「我らはすでに死せる者。お前が見ているのは我らの魂だ」

「魂？」

「普通の者に我らの姿、つまり魂は見えぬ。お前に見えるのは、お前が安倍晴明本流の血を引き霊力を持つ者だからだ」

「なぜ、それを……」

明知家が土御門家の血を引くことは公にしていない。秀吉に都を追われた土御門家は、いっとき尾張に流された。家康に政権が移ってから再び都に戻ったのだが、その際に当主である久脩は、尾張の豪族の娘に産ませた子を残した。こうしてできたのが明知家だ。明知家は久脩により、さらら姫の守護を命じられた。

さらに久脩は、始祖である安倍晴明からの秘術を明知家に残し、自身の土御門家は純然たる公家として生きていくことを決めた。政権の中枢よりも野に残したほうが秘術は安全と考えたからだ。無論これは秘中の秘であり、外部に漏れることなどないはずだ。それを、この青年は口にした。そして次の行動が、この青年がこの世の者ではないということを否応なく明知に信じさせた。

「事は急ぐ。お前が信じる信じないは任せる。まずは我の話を聞け」

平と名乗る青年はそう言うと右手を差し出した。開いた手のひらに青い炎が現れる。

「そも。冥界の者とは、神でありながら地底に堕とされた者を指す。地上の者は、その者たちを閻魔ともハーデスともデビルとも呼ぶが、もとは神だ。本来、神は天界にいる。しかし、天界にはかぎられた数の者しか神として存在できぬ。ゆえに天界では聖戦と呼ばれる戦が何度も起こり、そのたびに敗れた神は地底に堕ちた。いまや天界よりはるかに多くの神々が地底にいる。そこは、冥界と名付けられた」

平の手のひらにある青い炎が、どす黒く変色する。明知は魅入られたように平の言葉に耳を傾け、炎に目を向けた。

「冥界に堕とされた神々は、天界への復讐を考えるようになった。そのために地上に這い出て、まずは地上を我が物にしようとしておる。天界のつくりし地上を支配することは、冥界が天界を制す第一歩なのだ。それゆえ地上を圧倒的な憎しみと混乱の世界へと導く」

炎は真っ赤な色に変化する。

「そのために彼奴らは、地上に冥界の使者を送り込む」

「冥界の使者？」

「この地上に混乱を起こすには、地上の指導者の魂を奪い民衆を操らねばならぬ。それを実現するには人を惹きつけ狂乱させる魂が必要だ。英雄でありながら、その想いを果たせず非業の最期を遂げた強者のな」

平は手のひらを閉じ、その炎を消した。

「我らは、その冥界に対抗すべく安倍晴明に生み出された者……とでも言っておこう。おおかた事実だ」

「安倍晴明……」

「お前の先祖だな」

平は鼻で嗤った。そばにいる十兵衛は表情一つ変えず立っている。

「晴明は冥界の強烈な悪を、同じ悪の力で拮抗させようとした。陰陽道における陰陽は本来、光と陰をさす。正義と悪、欲と無欲のように対立するものは均衡を保って存在し、どちらかだけが存在することはないという教えだ。しかし、それは表向きの話で、陰陽道には、悪には悪を、欲には欲をぶつけることで無力化する術式がある。その秘術こそ、お前が父から受け継いだものだ」

平の言葉は明知の疑心を少しずつ溶かしていく。

「我らは冥界の侵略を防ぐ者だ」

「防ぐ……」

「我らは冥界の使者と同じく、現世で恨みや呪いを抱え死んでいった者だ。かく言う我も、現世で政権を転覆させようとして失敗し処刑された。この柳生十兵衛は、幕府の隠密としてさまざまな秘密を知ったがため、実の父親に毒殺された」

「毒は知っていて飲んだがな」

十兵衛が片頬を歪めて笑った。その表情にはゾッとするような凄惨さが浮かんでいた。

「我らの役目は、地上に這い出た冥界の使者を始末すること。本来は彼奴らが地上に這い出ることを許してはならんのだが、時折そういうこともある」

明知は、海老沢邸で襲ってきた男を思い起こした。あれが冥界の使者ということか。

「今回はちとしくじってな。最悪の状態にある」

平は手のひらを、そっと頬に当てた。

「この国の指導者を彼奴らに取られた」

「指導者？」

「首相の板垣は、すでに冥界の使者に乗っ取られている」

「え？」

明知の心臓が、どくんと大きく脈打った。

「板垣だけでない。官房長官の椎名、民政党幹事長の赤根、そしておそらくあと一人。お前を襲ったのは彼奴らの飼い犬だ」

「板垣首相が……」

荒唐無稽な話だ。しかし最近の板垣は明らかに人が変わった。自信なげな姿は霧散しカリスマ性が増している。なにより話し方が変わり、威圧感と絶対的な信念が言葉に魂を乗せていた。別人と言われれば別人とも思える。平の話は不思議な説得力を帯びて、明知の耳を打つ。

「板垣の実体は平清盛。官房長官である椎名は井伊直弼、幹事長の赤根は北条義時。なかなか悪辣な顔ぶれだ。井伊、北条を召喚したのは清盛だ」

平の言葉に明知は反応できなかった。思考が追いつかない。

「清盛は冥界の使者にうってつけだ。あの男は存命中、当時の日本を大きく変革した。武士でありながら天皇を超える存在となり、海を中心とした国に変えようとした。国家観、その構想の大きさ、創造性、いずれも英雄と呼ぶにふさわしい。それゆえ清盛は暴走した。そして、その力の前に万人が屈した。冥界の力が働いていたからだ。冥界の狙いは圧倒的なカリスマを持つ独裁者を生み出し、地上を恐怖と憎しみで満たすこと。その資質が清盛にはあった。

清盛を止めるために戦ったのが、源九郎義経とその仲間たち。九郎は源氏の血を受けながら陰陽師でもあった。九郎は幼かったが見事、清盛を術で葬り、その一族を戦で葬った。しかし冥界は、すぐさま頼朝を取り込んで九郎を倒した。このように冥界は、つねに地上に影響を及ぼしておる。最近は清盛のような死せる英雄を、じかに送り込めるようになったということだ。それは、この国で静かに憎悪が渦巻き、冥界に注がれる霊力が上がったからだろう」

「それゆえ我らも地上に出ることになったわけだ」

十兵衛が苦笑を浮かべた。

「ただ我らは冥界の者のように、地上の者に憑依するほどの霊力はない。ゆえに、お前のような陰陽師の血を引く者の力を借りねばならぬ。特にお前の娘には。そのことは、お前がいちばんよくわかっておるだろう」

　平は、凛の痣とさらら姫の関係を知っている。明知はそれを悟った。恐怖が全身を包む。正直なところ、明知は娘がさらら姫の復活の鍵を握る存在と認めたくはなかった。しかし今、それが確実となった。絶望感が押し寄せてくる。

「凛は……凛はなにも知らない」

　明知は喘《あえ》ぐように言った。

「危険なことをさせるわけには……」

「お前の娘は、もう自分の力を自覚しておるやもしれんぞ」

　平は鼻を鳴らした。その表情は氷のような冷たさを湛えている。

「え？」

「何者かが娘御に取り憑いておるようだ」

　十兵衛が言った。

「娘御はおぬしよりはるかに強い霊力を持っている。ここに武蔵が現れぬのは、娘御の結界のおかげだ」

「凛にそんな能力は……」

　毎朝の鍛錬の場で見るかぎり、凛にそのような能力が発現しているとは思えない。

「お前は娘のことをなにも知らぬようだな」

　平が冷たく言い放つと、明知は唇を噛んだ。確かに自分はどれだけ娘のことを知っているだろう。己の行動を振り返るに、平の言葉は的外れではない。明知の顔に後悔の色が滲み出た。

その様子に気づいてか気づかぬか、平は表情を変えることなく視線を明知のベッドサイドのスマートフォンに移した。

「武蔵はここには来ぬが仕事はしておる」

平はスマートフォンを見てみろと促した。明知が画面に目をやると緊急速報が表示されており、衝撃的な文字が明知の網膜に焼きついた。


三木健防衛大臣、自宅で殺害される。同居の妻子三人も。重要参考人として野党進歩党党首岩倉賢人が逮捕される。


全身の筋肉がこわばり、続いて震えが来た。汗が止めどなく背中を流れてゆく。

「武蔵の仕業だ。海老沢のときと同じだ」

平は静かに言った。

「これで東京は混乱に陥るだろう。現役閣僚を野党の党首が殺したとなれば」

「しかし、実際の犯人は……」

「武蔵だが証拠は決して見つからぬ。岩倉に嫌疑を掛けられればそれでよい。岩倉の無実を訴える者は騒ぐだろう。それこそが清盛の狙い」

平は明知の手からスマートフォンを取り上げ、画面を軽くスクロールさせた。

「見ろ。すでに騒乱の種はまかれておる」

平からスマートフォンを受け取った明知は画面を見る。

進歩党、岩倉党首の無実を訴え、大規模デモを計画。都内には緊張が走る。そのほかの野党からは、政府の陰謀との意見が出される。

「このやり方は北条義時であろう。実行役は井伊直弼か。この騒乱をさらに大きくする仕掛けがあれば、清盛の思うつぼだな」

もはや明知に言葉はなかった。

「我らの役目は清盛の野望を止めること。まずは彼奴らの恐ろしさを目の当たりにするがよい」

☆

そのころ、深夜の冷たい外気が凛を包んでいた。凛は将門の首塚を離れ、自転車を押しながら歩いている。

沖田総司。

幕末の武士、新撰組。大河ドラマとか時代劇でよく聞く名前だ。

前を歩く若い侍の背をぼんやりと眺めながら、その名を反芻《はんすう》した。羽織の背に染め抜かれた〝誠〟の字が、現実と架空の世界の境界を曖昧にさせる。なんとも不思議な気分だ。この若い侍が本当に歴史上の人物なのか、はたまたコスプレの現代人なのか……いやドッキリ企画に巻き込まれているのか……。凛の頭は混乱したままだった。

場所を変えようと言ったのは総司だった。首塚にとどまると、また異形の者に襲われる恐れがあるからと。

「この辺でいいでしょう」

総司はそう言って足を止めた。将門塚の向かいにある大手町パークビルの一角、人目につかない場所だ。とはいえ大通りに面しているため、深夜でも比較的明るい。街灯に凛の影だけが照らし出されるのを見て、ぼんやりと目の前の若い侍が人ではないのだと改めて思った。同時に、それは不思議なくらいストンと凛の腹に落ちた。

「凛さま、大丈夫?」

小さな声が頭の上からした。

「あ、うん。ええと……かみまるは?」

「大丈夫やで」

かみまるが、ひょっこりと顔を出した。総司を名乗る男が現れ、速攻で凛の髪の中に隠れてしまっていたようだ。なんとなくわかる気がする。以前かみまるは、冥界から蘇るのは歴史に名を遺した偉人と言ったことがあった。沖田総司を見て、敵か味方かはっきりしなかったのだろう。

「こう、こう、とはいかなかったわね」

凛はからかうように言った。

「ごめん……」

かみまるは、しょんもりと髪の中でしぼんだ。凛はそっと慰めるようにかみまるの頭に手をやり撫でた。その凛に目の前の若い侍がつっと距離を縮め、口を開いた。

「……明知凛殿とお見受けします」

目元が涼しく、美男子というより好感度の高いアスリートのような雰囲気だ。そして背が高く、がっちりとしている。

「はい。ええと……沖田さん、でいいでしょうか」

どう接したものか。凛は少し戸惑いながら返事をした。

「ええ、構いません。好きに呼んでください。あなたからすれば過去の者ゆえ、特段かしこまる必要もありませんから」

総司は微笑した。凛は彼の堂々とした立ち居振る舞いに、少し居心地が悪くなった。警察官を前にしたときに感じるような、妙な圧がある。

「あの、助けてくださってありがとうございます。でも、なにが起きたかさっぱりで」

「礼には及びません。先の者は、おそらく冥界から湧いて出た〝ヒトガタ〟でしょう。力のない人間なら見ることもできず、為すがまま殺されるだけです」

総司は、さらりと恐ろしいことを言った。

「そうなんですか……」

いまさらながら異形の者が思い出され、鳥肌が立つ。たしかに、あの者には殺意があった。

同時に目の前の青年が、あの沖田総司であるという不思議な確信が凛の中に生まれていた。

総司は凛の心配を打ち消すように笑みを浮かべた。

「もっとも」

総司は、凛の頭に乗っているかみまるに視線を向けた。

「すでにそこなる者から聞いているかもしれませんが、あなたには不思議な……冥界に対抗する力が備わっている。たとえ力の存在を認識できなくても、あの亡霊はあなたに危害を加えられなかったでしょう」

その言葉に凛は同意できなかった。あのまま襲われたら間違いなく殺されていた。それだけはわかる。ただ、あの異形の者に認識されていたかはわからない。

「あなたは……何者なんですか」

「名は名乗ったはずです」

「沖田総司さん、ですよね。冥界？　の人ではない……ということでいいんですか」

凛の質問に総司は目を細めた。切れ長で形のいい目だ。こちらを落ち着かせようとするような穏和さを感じさせる。

「ええ。……今は冥界の連中を敵とする、あなたと同じ立場の者と思っていただければ結構。悪しき怪物たちが地上に手を出さぬよう馳せ参じた次第です」

「冥界の敵……」

ぼかした言い回しだが、敵ではないと明言されて少しだけ肩から力が抜ける。

総司はそっと凛へと歩み寄ると視線を合わせ、腰に差した刀の柄を指先で撫でた。

「突然のことばかり続き、困惑が大きいとは承知しております。凛殿」

一つ、息を吸う。

「あなたのお力を見込んで、どうか此度《こたび》の騒動において、お力添えを願いたい。ここにいらしたのは、己の使命を覚悟してのことではないでしょうか。もちろん一人でとは言いません。私も同行し、あなたの危険を切り払って見せましょう」

そしてゆるやかに頭を下げられた。

「私が……ですか」

総司には自分のことをボクとは言えなかった。それに、そもそも沖田総司などという歴史上の有名人が、なぜ目の前に現れたのだろうか。確かに、自分は明知家の言い伝えにある伝説の姫と関係がありそうだ。陰陽師としての特殊な能力もあるのかもしれない。それが、この幕末の天才剣士とどんな関係があるのか。

「私は生きているあいだに、あなたに会ったことがあります」

総司は妙なことを言った。

「いや、正確に言えば、あなたの先祖かもしれない人ですね」

凛は総司をじっと見た。どこかで見たことがある……。記憶をたぐる凛の脳裏に、やせ衰えた若い侍の姿が蘇った。

「あっ」

凛は声をあげた。目の前の壮健な姿からは想像できなかったが、あの夢で見た若い侍に違いない。

「病に倒れ、近藤先生や土方さんとともに戦うこともできず絶望していた私を、おさらさん……不思議な名でしたが……は励ましてくれました」

「おさらさん……」

「出自はわかりません。私が世話になっていた植木屋の職人が、身の回りの世話をしてくれる人を見つけてくれました。それが、おさらさんです」

総司はほんの少し寂しそうな目をした。

「私は戦いからのみ、生の実感を得ていたのです。戦えなくなった私はもうこの世に必要ない。最初のころは病を治して近藤先生や土方さんのもとに行く心づもりでしたが、それが叶わぬほど病は進行していました。そんな私におさらさんは言いました」

あの夢の女性の名は、おさら。やはり、さらら姫の末裔であり自分の先祖なのだろうか。凛は黙って総司の話に耳を傾ける。

「あなたの魂は肉体が滅んでも戦い続ける。肉体という殻を捨て、この国を救うために私ともう一度会うでしょう、と」

「私ともう一度……」

「それはきっと凛殿、あなたのことです」

総司はまっすぐに凛を見た。

「私はあなたを捜し続けていたのです。病に倒れ燻ったままだった私の魂が、燃え尽きるまで戦うために」

総司の言葉に、凛はどう答えていいのかわからなかった。ただ、自分がとんでもないことに巻き込まれているのだけは理解できた。

「ごめんなさい、まだなにがなんだか……」

凛は首を左右に振った。

「凛殿は、なにも知らないんですか」

総司は初めて戸惑ったように言った。

「凛さまは、なんも知らへんねん」

かみまるが凛の頭からふわりと総司の前に浮かんで言った。

「冥界のことは話したけどな。現実に、冥界のもんがこの地上でなにをしようとしているか、それがトンとわからへん。少なくともご当主さまの前には現れたみたいやけど……」

「すでに冥界の者は動き出しております。それはすぐわかるでしょう」

総司は答えた。

「私の役目は、凛殿をお守りすることです」

「役目？」

凛は尋ねた。夜の冷気がふんわりと体を包む。目の前の若者は微笑んだ。

「あなたのご先祖様に命じられました」

「ご先祖？」

「安倍晴明様です」

「晴明？」

凛は驚いた。幕末の天才剣士・沖田総司が登場しただけでも混乱しているのに、平安時代に活躍した最強の陰陽師・安倍晴明まで現れると、もうわけがわからない。

「晴明様は私たち、冥界と対抗する者の指導者とでも言っておきましょう」

「安倍晴明が、沖田さんと同じようにこの世界にいるってこと？」

「それは……」

総司は苦笑いして鼻の頭を掻いた。そのふとした仕草が、彼がこの世界に実在することを強く感じさせた。

「今言えるのは、凛殿の力なくして冥界の者には勝てないということだけです」

必要以上に自分を買い被っているのでは……。凛はそんな不安に襲われた。同時に少し気になっていることを総司に尋ねてみようと思った。

「あの……一ついいですか」

凛は総司だけでなく、かみまるにも視線を送る。

「冥界の者が地上に現れると、なにが起こるんですか」

おそらく、すでに冥界の者とやらは地上にいるのだ。それがどんな災いを起こすというのだろう。なにもわからぬまま使命やら運命やら責務やら言われても、凛にはピンとこない。

「冥界に必要なのは人の憎しみや恨み、呪いなどの〝念〟です。戦争のようなものを起こすのだと考えてください。できるだけ混乱と暴力の溢れた状態にするのです」

総司は答えた。

「戦争ですか……」

日本は第二次世界大戦後、国内で戦争を体験したことはない。むろん、凛も戦争の経験などない。映画やドラマなど架空の世界での出来事だ。総司の言葉は、凜にとってまったくリアリティのないものだった。

「と、言われて戸惑うのは仕方ないことですね」

総司はやさしい表情になった。

「時が来れば、その力を発揮することになります。それまでは、ご迷惑かもしれませんが私に守らせてください」

そう言うと総司は深々と頭を下げた。凜はその総司の丁寧な態度に少し慌てて顔の前で手を振った。

「頭を上げてください、私、……戦ったことないし、さっきだってなにもできませんでした。そんなふうにお願いされるような凄い人じゃないです」

総司はすっと顔を上げ、凜の白い手をがっしりと握った。

あ、と凜は戸惑った。大きな手だ。手のひらがゴツゴツしている。傷だらけで、同級生の男子に比べるまでもなく逞しい。

「人はみな初めてのことは拙いものです。私とて刀を握る前に木刀を初めて振ったとき、手からすっぽ抜けました」

総司は真剣な目でじっと凜を見ている。凜は、おろおろとしながらも、その視線から目を逸らすことはできなかった。

「私は病を患い、新撰組が大変なときに力添えすら叶いませんでした。大事な人たちが遠くで危険にさらされているとも知らずに眠る日々の、なんと悲しいことか。あなたにもいませんか、支えてあげたい方々が」

死んでしまった海老沢の顔が脳裏に浮かぶ。そして熱にうなされていた父の横顔も。

「……います」

凛は悲痛な声で答えた。すでに危険にさらされた身内が倒れている。

父の命が危ういと思うといてもたってもいられず、あの首塚に向かったのだ。

「であるなら立ち上がりましょう。あなたの大事な人のために」

総司がそう言うと、凛は小さくうなずいた。

☆

暗闇のなか、小さな蝋燭の炎が静かに揺れた。

「鎌倉殿を殺す？」

その女の言葉に北条義時は絶句した。鎌倉に幕府を開き、関東に武家の独自政権を樹立して六年が経とうとしていた。初代将軍・源頼朝は、いまや揺るぎない権力を握っている。その頼朝の正妻・北条政子《ほうじょうまさこ》は義時の姉である。

北条家は義時の父・時政の決断で、一貫して頼朝を支えてきた。

頼朝は、単なる旗頭ではない。その権謀、老獪《ろうかい》さは、武家の棟梁として揺るぎないものであった。

〝平家にあらずんば人にあらず〟とまで称され、権勢絶頂の平家を見事打ち倒し、さらには奥州の実力者である藤原氏も滅ぼす。これは頼朝という存在なくしては成し得なかっただろう。平家征討を完遂した稀代の天才であり、実弟の九郎義経を追放し殺した冷酷さは、北条以下の有力御家人を震え上がらせた。

「そのようなこと、できるはずがないではありませんか」

義時は首を左右に振った。

「もはや、あの男の命運は尽きております」

その女は、義時に冷たい視線を向けた。黒い艶やかな髪と黒目の大きい瞳、浅黒いが豊かな体。*坂東の健康的で女らしい美しさに溢れている。ただ、その印象に相反する右頬に広がる赤い痣が、女の異様さを醸し出す。

「姉上、正気でございますか」

義時は喘ぐように声をあげた。女……北条政子は表情一つ変えずうなずいた。

「九郎を葬って以来、あの男は己の罪におののき冥界との約定を破ったのです」

「冥界？　なんですか、それは」

姉の意外な言葉に義時は首をひねった。政子はその問いには答えず、

「あなたは知っているでしょう。頼朝への指示は、すべてわたくしから出ていると」

と、義時に言葉を投げかけた。

「それは……」

義時は言葉に詰まった。九郎義経を葬ることについては、少なくとも姉・政子の指示だったことは知っている。頼朝は最後まで、九郎を葬ることをためらっていた。それは肉親への情ではなく、純粋に九郎を恐れていたからだ。しかし政子は頼朝に迫り、九郎を追い詰める策を授け、見事に九郎を孤立させることに成功した。その事実は政子の実弟であり、頼朝の最側近である義時だけが知っていた。

「よいですか。我らに平家も源氏も関係ありませぬ。考えるべきは北条が、この鎌倉の地で栄えることのみ。わたくしはそのために頼朝に嫁いだのです」

「姉上……」

「頼朝なくば、平家を倒すことは叶わなかった。しかし平家が滅んだ今、あの者を立てる義

*坂東　関東のこと

理はありませぬ」

「なんということを……」

義時は息を荒くした。目の前の姉が化け物のように見えた。まるで血飛沫《しぶき》を浴びたかのような右頬の痣が、蝋燭の灯りに映し出される。

「頼朝は清盛ほどの傑物ではありません。清盛ならば、躊躇なく弟を殺し友を殺したでしょう。その冷酷さ、非情さ、残忍さがなくば、冥界の闇を地上に広げることはできませぬ」

「冥界の闇……姉上はいったい……」

政子は立ち上がり、そっと顔を義時に近づけた。

「小四郎。頼朝は、己が野心のためにわたくしに近づきました。この醜い痣を気にも留めず。それゆえ、わたくしはあの者を気に入った。しかし、あの者の用心深さは善しとしても、それと同じくらい必要な大胆さが足りぬ。あなたは、その大胆さを持ち合わせておりまする」

政子のやわらかい手のひらが義時の頬に触れた。義時は金縛りにあったかのごとく、身動き一つできなかった。

「小四郎。この姉の言うとおりに動くのです。さすれば、あなたはこの鎌倉の権力を手に入れられるでしょう」

その言葉に抗う術を、義時は持ち合わせていなかった。

一一九八年十二月二十七日。源頼朝は相模川の橋供養の帰路、落馬し意識を失った。そして妻・政子による懸命の看護も甲斐なく、この世を去った。享年五十三。

この後、鎌倉は、御家人たちの血で血を洗う凄惨な権力闘争に突入する。その闘争は、頼朝の息子たちの命を奪い、源氏の血を絶やすことになった。その権力闘争の真ん中につねにいたのは、第二代執権・北条義時と、尼将軍と称された北条政子であった。

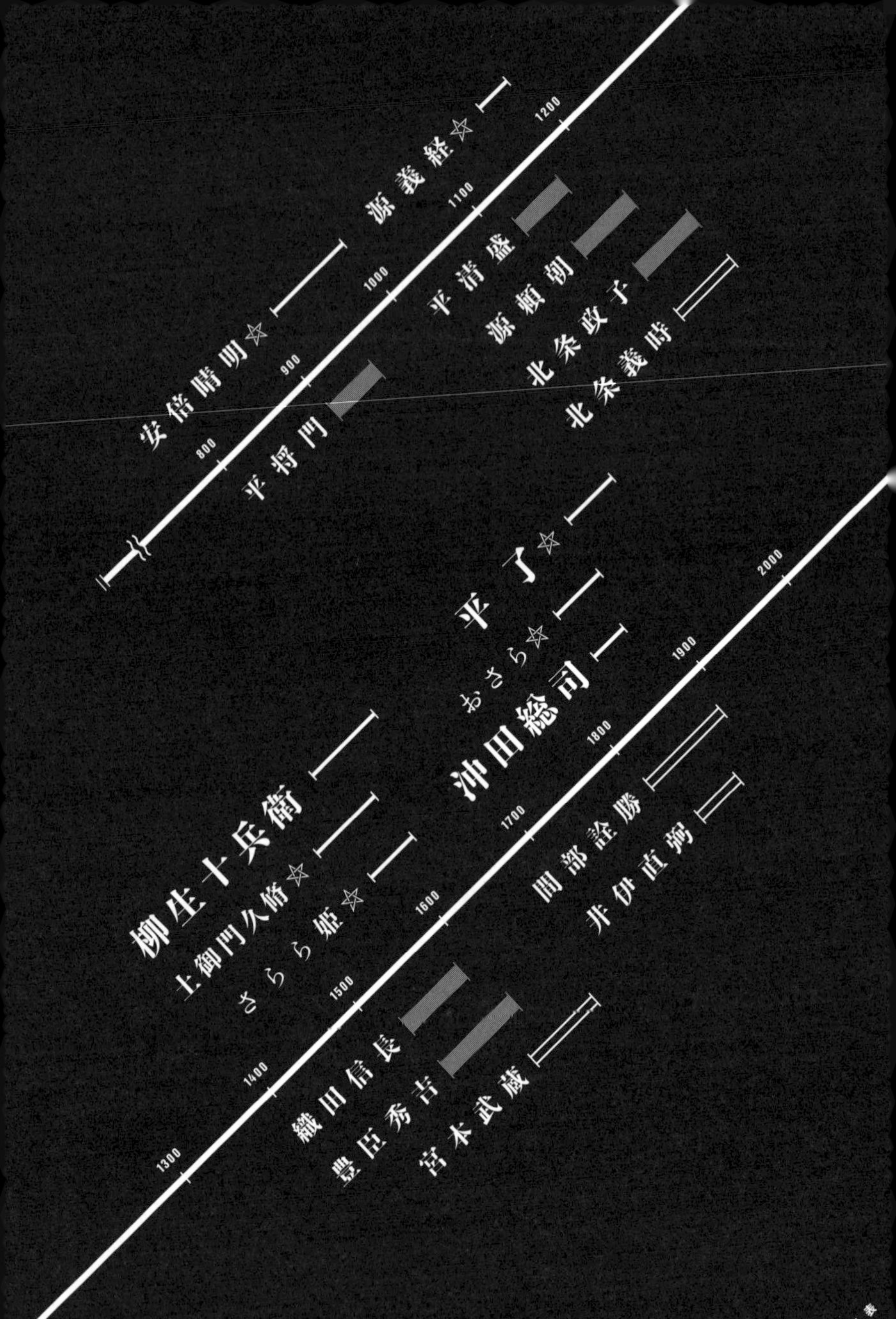

800
900
1000
1100
1200
安倍晴明☆
源義経☆
平将門
平清盛
源頼朝
北条政子
北条義時
平了☆
おさら☆
沖田総司
柳生十兵衛
土御門久脩☆
さらら姫☆
1300
1400
1500
1600
1700
1800
1900
2000
織田信長
豊臣秀吉
宮本武蔵
間部詮勝
井伊直弼

第三章

東京・渋谷騒乱

都内には騒乱が巻き起こっていた。岩倉の不当逮捕を訴えた大規模デモは国会議事堂前で機動隊と衝突し、隊員の一人がこの騒動のなか死亡するという事件が発生。その一報を受け板垣首相はすぐさま鎮圧を命じ、デモ隊と機動隊の激しい争いはメディアやＳＮＳによって瞬く間に日本全国に拡散された。


「良き策にござるな」

首相官邸に設置された対策本部に姿を現した北条義時は、特徴的な片えくぼを見せて笑った。井伊直弼と間部詮勝がいる室内は総理執務室と同様、漆黒の闇に包まれている。

「武蔵に命じて一人、殺させたのであろう」

義時の言葉に直弼は首を左右に振った。

「あれは飼い主の言うこと以外、聞きませぬからな」

「では偶然か？」

今度は詮勝が首を左右に振った。義時は背後に気配を感じ振り返ると、そこには異形の者がいた。赤毛の蓬髪を後ろで無造作に束ね、まるで手長猿を思わせる長い腕と、短い脚、しわだらけの顔は表情に乏しく、その瞳は灰色で感情を宿していない。

「伊賀者の大猿《おおざる》と申しまする」

「武士ではないようだな」

「忍びにござる」

詮勝の言葉に義時は首を傾げた。

「忍びなど役に立つのか」

鎌倉武士である義時には、室町後期から現れた忍者の実力は疑わしいようだ。

「武蔵とまではいかずとも腕は確かにござる。人知れず殺めるという点では、あるいは武蔵よりも役に立つかもしれませぬ」

要領を得ない様子の義時に直弼が補足した。

「召喚されたのでござるか」

「はい」

直弼はうなずいた。

「騒乱によって憎悪や怒りが渦巻き、霊力が増しております。それを集めれば我らもこの程度の〝ヒトガタ〟であれば」

「なるほど」

「ここが攻めどころでございますゆえ」

直弼は甲高い声で言葉を重ねた。

「まだまだ混乱が必要でございまする。もっと憎しみ、怒りを充満させねば。そのためにもう少し、こちらで死を用意します」

「武蔵の力が必要じゃな」

声とともに、闇の中にふわりと剃髪の頭が浮かび上がる。清盛と武蔵が現れた。

「直弼の策を述べよ」

清盛は重々しく言った。

「はは」

直弼は丁重に頭《こうべ》を垂れた。以前より清盛との主従関係が強くなっているのがわかる。清盛はゆっくりと、部屋の中央に置かれたテーブルの上座の椅子に座る。背後には武蔵が控えた。

「騒動を起こしているのは一部の過激な者のみゆえ、騒乱に必要な数には届きませぬ。もっと大きな数を動かすには、その一部の者たちへの憎しみが必要でございまする」

「なるほどの」

清盛は頬を歪めた。

「つまり騒動を起こしている者が、一般の者を殺すことが必要なのじゃな」

義時が目を細める。その表情に、この男がそもそも持ち合わせている酷薄さが滲み出ていた。

「罪なき女や子供が望ましいと存じます」

義時に向かって詮勝が太く低い声で答える。

「騒動を大きくし、その中で事を為すのがよろしいかと」

「まずは流言を広めまする」

直弼はスマートフォンを懐から取り出し、テーブルの上に置いた。

「岩倉を擁護する発言をした者を、政府が拘束するという流言にございまする。この時代の者どもは言論の自由なるものに敏感ゆえ、この流言に反応するでしょう。されば騒動は全国に飛び火しまする」

「そこで事を起こすわけじゃな」

「左様にございます」

清盛はうなずき、背後の武蔵に目をやった。

「武蔵。働け」

武蔵は眉を動かし一瞬、不快げな顔をした。

「また女や子供を襲えと」

「不服か」

清盛は武蔵のほうを振り向きもせず声を発した。

「気は乗らぬ」

「その儀は、この大猿が引き受けましょう」

二人のあいだを取り持つかのように、詮勝がひっそりと気配を消している大猿を指差した。

「武蔵よ。飼い犬は飼い主には逆らえぬ」

清盛は詮勝の言葉を遮るように言った。穏やかな口調だが、明確な怒りが籠められている。

「お前は冥界でわしに仕えた。それを忘れるな。此度わしは他の者でなく、わざわざお前を連れてきたのだぞ」

「やらぬとは申しておらぬ」

「ならばよい」

清盛は吐き捨てるように言った。武蔵はその清盛の冷たい態度に顔をこわばらせた。

「それよりも、わしは力を持った陰陽師の存在が気になるのだ。彼奴らの居場所は掴んでおる。まずはそこを叩くのが……」

「さような策を、このわしに進言する資格はない」

清盛は鋭く武蔵の言葉を遮った。その威圧感はまさに天下人のそれであった。武蔵は言葉を失い、顔を朱に染めたまま下を向いた。

「今は直弼の策を進めることが先決じゃ。ここで怒り、憎しみを世に溢れさせ、その霊力で冥界から強力な〝ヒトガタ〟を呼び寄せる。さすれば陰陽師どもなど恐るるに足りぬ」

清盛はそう言うと、ゆっくりと立ち上がった。

「ここが正念場じゃ。皆、励め」

「はは」

清盛の言葉に一同はいっせいに頭を下げた。

☆

明知は自宅のリビングにいた。ここ数日、日本全国で起こった痛ましい事件の連続に手をこまねいているしかない自分の無力さに、ただただ唇を噛むだけだった。

○大阪・梅田のデモで通行人の女性が巻き添えになり死亡

○福岡でテロか？　民政党議員が襲撃される

○仙台の政府イベントに数百名のデモ隊が突入。子供五人が死傷

○麻布警察署に爆弾テロか!?

日増しに騒乱は大きくなっていく。これらは岩倉の支持者によるデモから始まり、メディアは、いわゆる極左の犯罪として断じた。世論は平時では考えられないほど大きく変化し、それまで溜まっていた政府への不満は、政治思想を持つ者に厳しい措置を要求する形へと変換された。また、そういう声が高まれば高まるほど、元凶とされた左派は激しく反発し、さらにデモを行い、そのデモを攻撃する集団が現れるという、まさに日本国内は憎しみと怒りが連鎖する状況に陥っていた。

「これでわかっただろう」

その声に明知がハッと振り向くと、そこには平が立っていた。

「これが彼奴らのやり方だ」

平はゆっくりと明知の正面に回り込んだ。

「種火は武蔵のみ、あるいは他の者も加勢しつくったものだ」

「種火？」

「殺したのだ」

「殺した？」

「デモ隊に紛れ込み罪なき者を殺す。そうすればデモ隊は悪となる。悪が生まれれば、それを憎み正義のもとに倒そうとする者が溢れる。その者が殺されれば、さらなる恨みが生まれる」

平は無表情のまま言った。

「北条義時あたりが好むやり方だな。争いと混乱は権力の集中を加速させよう」

「なにか打つ手はないのか」

明知は口中が渇くのを感じた。かつてない恐怖が全身を包む。

「武蔵を殺すか、もしくは清盛を倒すか……」

平はテレビのスイッチを入れた。ニュースが流れる。

「まだ、そのときではないかもしれぬな」

「そのときではない？」

「こちらの霊力が足りぬ」

平は首を横に振った。

「我らもまた彼奴らと同じく、負の霊力から力を得る。我らにとっても騒乱は必要なのだ。むしろ、この騒動が広がってもらうほうがよい」

「そんな……」

明知は目の前にいる青年の冷徹な横顔に絶句した。同時に疑念が持ち上がる。この青年は、冥界の者の敵と言った。その者は首相である板垣を乗っ取ったと聞かされたが、それは本当のことなのか。確証はどこにもない。むしろ、この青年こそが冥界の者ではないのか。

平は明知の疑念を知ってか知らずか、

「それはそうと、お前の娘はどうした」

と話題を変えた。

「凛なら学校に……」

明知の体調が回復したので、凛は昨日から登校し始めている。

「我らのことは娘に伝えていないのか」

平の問いに、明知は首を左右に振った。

「それはいかんな」

平は眉根を寄せた。

「娘の力が必要だ」

「そんなことを言われても……」

目の前に立つ平を見て明知はため息をついた。今、この場にいるこの長身の男は、この世の者ではないのだ。それをどうやって信じさせるのだ。

「お前の娘の力がないと、この国は滅びてしまうぞ」

平はテレビの画面に視線を移した。

「見ろ」

「渋谷は大混乱に陥っています！　デモ隊に暴徒が襲い掛かり、流血沙汰が起きています!!」

テレビの画面越しに緊迫したアナウンサーの声が響きわたる。視線を移すと、そこには内乱と言ってもいい状況が映し出されていた。人々は血走った目で互いを傷つけ、叫んでいる。

「警察はなにをしているんだ……」

明知は思わず声をあげた。

「わざと動かぬ」

平は冷たく言った。

「動かぬことで人は傷つけ合う。そして怒りと憎しみが頂点に達し、人は混乱を抑える力を欲する。それを彼奴らは待っている」

「なんてことだ……」

明知は唇を噛んだ。

「まずは娘と話をさせろ。お前は我の話を信じたではないか」

確かに明知は平の存在を信じた。それは目の前でいくつもの信じるほかない超常現象があったからだ。しかし、どうやって凛に信じさせるというのか。それ以前に凛にどんな力があるというのだ。明知は返答に窮した。視線をテレビ画面に戻し騒乱の渋谷を見る。これを止めるのが自分の役目ということだけは、わかる。

政治家として生きてきた明知は、国のために己が危険に晒される覚悟はとうの昔にできている。しかし、その危険が我が子に及ぶというなら話は別だ。……いや、わかっていたつもりだった。凛もまた、明知家の宿命を背負っている。しかし、いざ目の前にその状況が迫ると、自分と同様の宿命を背負わせることがためらわれた。明知の思考はテレビ画面に視線を向けたまま動く。そして画面に映し出されたものに釘づけになった。

「あ……」

一瞬で顔が真っ青になった明知を見て、平が声をかけた。

「どうした」

渋谷の交差点の真ん中あたりで、デモ隊との衝突を繰り返す暴徒を避けながら右往左往する制服姿の少女。紛れもなく凛だ。

「なんで渋谷に……」

明知は時計を見た。午後一時二十分。本来なら学校にいる時間だ。

「娘がいるのか」

平が尋ねた。明知が震える指で画面を指差した。

「まずいな」

「まずい？」

「ここに武蔵がいたなら」

「武蔵……」

鼓動が激しくなった。海老沢邸で襲われた、あの獣のような殺気。それが凛に向けられるとしたら……。明知は立ち上がった。

「どこに行くつもりだ」

「渋谷に……娘を助けに行く」

「お前を殺したがっている武蔵が確実に現れるぞ」

平は冷ややかに言った。

「それでも行かねばならない！」

明知は怒鳴った。明らかに平が誘導している。それがわかるゆえ腹立たしかった。武蔵がいようがいまいが、凛が危険に晒されていることに変わりはない。明知はそのまま飛び出そうとしたが、その明知の腕を後ろから掴んだのは柳生十兵衛だった。

「明知殿。ここはわしに任されよ」

☆

凛は目の前の惨状に混乱していた。

父が回復したのをきっかけに、凛は高校生としての生活を再開させなければならなかった。しかし看病で学校を休んで以来、また登校できなくなっていた。父は復調したとはいえ、すぐ仕事に復帰できるわけではなく、体力が戻るまで自宅療養している。登校できなければ、凛は必然的に夕方まで時間を潰さなくてはならない。ほぼ休みなく働いていた父だったので、長期の在宅は凛にも初めてのことだ。さすがに自宅や学校の近くで過ごすわけにもいかず、なんとなく足が向かった先は人の多い渋谷だった。

渋谷には中高生が多い。木は森に隠す、そんな気持ちもあったのだが、今となっては後悔している。山火事に追われる動物のように、凛は暴力に追われていた。

「凛さま！　足を止めたらあかん、とにかく走って！」

耳元でかみまるが騒ぐ。

「わかってる！　でも……」

凛は殺気立った人の波をかき分けながらうめいた。誰もが叫んでいる。目は興奮で血走り、憎しみで濁っていた。なにかがおかしい。

もちろん世の中が混乱状態であることは知っていた。だが、それは凛にとってテレビやインターネットで眺める出来事でしかなかった。デモの行進を目の当たりにしても、それが危険なものになる予感などなかった。

危機は唐突に始まった。デモが渋谷のスクランブル交差点に差し掛かったとき、その群衆に三台ほどの車が突っ込んだ。そのとき凛は交差点の109側にいたが、車に撥《は》ね飛ばされる人々を唖然《あぜん》とした表情で見ていた。宙高く舞う人の体がまるで人形のようで、頭から地面にたたきつけられ血が吹き出して痙攣《けいれん》するまで、その意味を飲み込めなかった。

その車から出てきたスーツ姿の男たちは、手にした鉄パイプのようなものをブンブンと振り回し始めた。平日とはいえ雑踏の中でそんなものを振り回せば当然、人に当たる。デモの人々は突然の暴力に逃げ惑いながらも、何名かの男性が果敢に反撃に出た。そうすると今度は道玄坂のほうから、別の一団が襲い掛かる。

彼らは口々に、デモの人々に対して、

「非国民！」

「日本から出ていけ！」

などと叫んでいる。その一団の数が多かったため、不意を突かれたデモの人々は混乱しながらも逆襲を始める。間断ない罵倒に煽られたかのように、理不尽な暴力に怒り、拳を振り上げたのだ。こうして起きた暴力の連鎖に、凛を含む関係のない人々が巻き込まれるまで、そう長い時間を必要としなかった。

「警察！　警察!!」

凛は携帯電話を取り出しながら叫ぶ。しかし気が動転して、指が思うように動かない。泣き叫ぶ声や怒号の数が徐々に増している。

「どこか入ったほうがええ！　ここは危ない！」

かみまるの声が耳元で響くと、凛は身を翻し109側へ逃げ込もうとした。その瞬間、凛は人混みの中にある者を見た。異様に長い腕、そして長い髪を後ろに束ね粗末な着物を身に纏った男が、信じられないスピードで跳躍している。その姿、まさに怪人である。男が舞うたびに人々は声もなく倒れていく。

「あれは……」

見覚えがあった。将門の首塚で見た異形の者だ。

「あかん！　凛さま見るな！」

かみまるが叫んだ。

「え……」

その忠告は間に合わず怪人の灰色の瞳が凛を捕らえた。次の瞬間、凛に向かって跳んできた。

「逃げて！」

かみまるが、折りたたんだ体を一気に広げ、怪人の顔に覆いかぶさる。

「かみまる！」

「早う!!」

怪人がかみまるを振り払う。身を翻して走る凛の目の端に、振り払われても必死に怪人にまとわりつくかみまるの姿が見えた。置いていっていいのか。そんな迷いがないわけではなかったが、それで立ち向かえるほど凛は強くなかった。１０９の前は、やはり逃げ込む人々で溢れて身動きが取れない。凛は道玄坂のほうに走った。道玄坂は路地が多く、姿を隠しやすい。路地に入ろうとしたそのとき、目の前に大きな物体が落ちてきた。それが人間だと気づいたときには、あの怪人が立ちはだかっていた。呼吸が止まる。

怪人は光のない灰色の瞳で凛をじっと見ている。その視線は威圧的で、人を刺し殺すような光を放っていた。

「いや……」

凛は反射的に身構える。怪人は小首を傾げた。

「わしが見えるらしい」

薄い紫色の唇が歪む。醜悪な笑みだ。

「陰陽師か」

怪人は腕を左右に広げた。その両拳には鋭い鈎爪《かぎづめ》が血を滴らせ、鈍い光を放っている。

殺される……。

凛の本能が命の危険を知らせた。いくつもの考えが浮かぶ。かみまるは、この男は、どうして、逃げなくては。

しかし、まるで地面に足が縫いつけられたように動かない。恐怖で舌の根がこわばり、気道を圧迫して声も出ない。

「霊気の強さ、式神を従える。この世の者ではないな」

怪人の言葉は、まるで呪文のように凛の鼓膜に届く。

「滅してくれよう」

怪人が跳躍してくる。コマ送りの映像のように、目の前にその禍々しい姿が迫りくる。殺される。将門の首塚のときとはわけが違う。明確な殺意。明確な敵対者。避けようもない理不尽な暴力が凛に振りかざされている。目を閉じてはいけない。そう思ってもまぶたは衝撃を覚悟して強く閉じてしまう。次の瞬間、凛の体は大きく後ろに投げ出された。背中と腰をしたたかに、アスファルトに打ちつけられた。

「痛い！」

思わず声が出た。思っていた衝撃と違う。まぶたを開く。

「逃げるのです！」

浅葱色の羽織、長身に逞しい背中。怪人の鉤爪は刀で受け止められていた。

「沖田さん……？」

「〝ヒトガタ〟……」

怪人は、うめくように声を発する。

「新撰組一番隊組長沖田総司。お見知り置きを」

総司は、場違いな明るい声で名乗ると、力任せに押してくる怪人の鉤爪をいなすように刀を引いた。一気に力を逸らされ怪人は前のめりに体勢を崩す。

「走りますよ！」

総司は身を翻し、体を起こした凛の手を握ると大通りを目指して一目散に走り出した。

「沖田さん、待って！　痛い！」

凛は悲鳴をあげるが、総司はお構いなしに手を引いたまま走る。

「命が惜しくば逃げるのです」

総司は朗らかに叫び、ますます速度を上げる。道玄坂は人が溢れ返っている。総司はその人混みを、ときに人を撥ね飛ばしながら走る。総司の姿は普通の人は見えないようだ。皆、目に見えないなにかに突然撥ね飛ばされ、あっけに取られていた。しかし、その背後からは怪人が跳躍しながら猛追してくる。

「後ろを見てはいけませんよ」

総司は凛に言う。

「一生懸命逃げないと殺されます」

物騒なことを言う。二人は道玄坂を下り、大混乱している渋谷の交差点を突っきった。交差点に溢れた人々は、良識というタガがはずれたかのように、憎しみと暴力に陶酔している。誰彼構わず拳を振るう者、血を流し逃げる人を追い回す者、倒れて踏みつけられ憤る者、暴力の連鎖が続いていた。異常だった。凛に襲いかかろうとする者もいたが、すべて総司によって叩き伏せられた。

「待って、沖田さん苦しい……」

「もう少しです、足を止めないで」

わかっているけど。凛は喘いだ。そもそも普段は引きこもりで運動などしない。必死とはいえ体力には限界がある。息がきれたと思った瞬間、足がもつれた。

「あ」

声をあげる。視界が大きく揺れ体は地面に転がっていた。慌てて起きようとするもうまくいかず、転がって仰向けになる。跳躍した怪人の姿が見える。まだ追っていたのかという恐怖とともに訪れる、時間が引き延ばされる感覚。死が隣までやってくる。怪人が自分のもとへ落ちてくる姿。総司が刀を振るい怪人と凛のあいだに割って入るが、それを予測していた怪人は総司の剣にあえて己の腕を犠牲にした。真っ赤な血飛沫とともに宙を舞う怪人の右腕。その拳は握られていなかった。

右腕を犠牲にしたことで凛に襲い掛かるスピードは落ちず、さらに左足で総司を蹴り上げる。その勢いを利用して、残された左腕で凛の首筋に鈎爪を突き立てようとする。避ける間も目を閉じる暇もなかった。

死を予感する。こんなにあっさりと死が訪れるだなんて。これまでの人生が走馬灯のように脳裏をよぎる。そして、その締めくくりに怪人の姿が視界いっぱいに広がるのだ。

「ムゥううん!!」

虎の雄叫びのような気合いが鼓膜を打った。首をとっさにすくめる凛の前で、なぜか怪人の動きがぴたりと止まる。凛の首に爪は刺さらず、怪人は凛の目の前に着地した。

「ぬ……」

怪人がうめき声をあげた。その唇からは血が吹きこぼれ、凛の顔に滴った。恐怖と気味悪さで全身の毛が逆立つ。それでも声は出ない。ただ体だけが震えている。

怪人は鬼の形相で背後を見るべく首を後ろに向けようとした。だが、それは叶わなかった。怪人の首は背後を見る前に弾け飛ぶ。大量の血潮とともに首から下の肉体が崩れ落ちる。その向こうに現れたのは、隻眼の逞しい一人の侍だった。

☆

凛が狂乱の渋谷をなんとか抜け出し、自宅に戻ったのは午後七時近かった。渋谷の騒動で交通機関が麻痺していたため、徒歩での移動を余儀なくされたからだ。凛には総司と隻眼の武士が護衛についていた。

隻眼の武士は柳生十兵衛と名乗った。総司と同じく、凛を襲ってきた連中の敵であるという。

史上屈指の剣士二人に護衛され大きな危機もなく帰宅した凛は、極度の緊張と疲労で立っているのもやっとだった。

玄関のドアを開けると、蒼白な顔をした父が飛び出してきて、いきなり凛を抱きしめた。

「凛！　無事でよかった……」

凛はなにがなんだかわからなかった。だが父に抱きしめられたことで緊張が一気に解けた。自分でも信じられなかったが、涙が溢れて止まらなくなった。安心できる場所に帰れたのだという実感と、恐ろしい目にあったという恐怖が心を二つに割くように吹き出てくる。泣きじゃくる凛を、父は優しく抱きしめて何度も頭を撫でた。まるで幼児に戻ったようにわんわんと泣いてしがみつく。父の手は少しばかり震えており、その指先は冷たかった。

どれくらいそうしていただろう。泣き疲れ、ようやく激情が収まったとき、凛は父の背後にヌッと立つ見知らぬ若い男を見て、その身をこわばらせた。

「誰……」

「ほう。我の姿が見えるか。やはり間違いなかったようだ」

長身の男……平了は低い声で笑った。

「それに、なかなかに屈強な〝ヒトガタ〟も一体従えておる。その者がおらねば娘の命は危なかったやもしれぬ」

「娘を守ってくださり、ありがとうございました」

父は、凛の隣に控えていた総司と十兵衛に声をかけ、頭を下げた。

「パパ……沖田さんたちが見えるの……？」

以前のようにパパと呼ばれた明知は一瞬、戸惑ったようだった。ここ数年、凛は父を〝お父さん〟と呼び距離を取っていたからだ。あまりの出来事にショックを受け、いつもの壁が取り払われたのだろう。

「なんと説明したらいいか……」

父は困った表情を浮かべた。その様子を見て平が口を開いた。

「我から説明してやろう。だがその前に娘を着替えさせ、傷の手当をしたほうがいい」

その言葉に凛は鏡を見た。全身、泥だらけで至るところに傷がある。父は優しく凛の肩を抱いて、玄関から部屋に招き入れた。

「総理大臣が……」

シャワーを浴び、傷の手当てと着替えを済ませた凛を待っていたのは、にわかには信じられない話だった。

「この国は、すでに冥界の者に支配されておる」

リビングには凛、その父である明知光太郎、平、総司、十兵衛が集まっている。

スウェットに着替えた凛は疲労困憊《こんぱい》だったが、説明された話と目の前の異様な光景に、なんだか自分が随分と遠くの世界にでもいるかのように感じていた。

「彼奴らを止めるには、お前の力が必要だ。明知凛」

平は特徴的な低い声で言う。

「私の……」

「そうだ」

平はうなずいた。十兵衛は無表情で、総司はにこにことあどけない笑みを浮かべている。父は心配そうに凛を見ていた。もう、その言葉は何度も聞いた。幾度となく必要だと求められ、妙な重責を感じている。凛の憂鬱な顔を気にした様子もなく、平は話を続けた。

「お前は安倍晴明の血を受け継ぐ、正統な陰陽師だ」

「陰陽師……」

「その昔、安倍晴明は、平将門の怨霊から都を守った」

平将門と聞いて、凛は総司と出会った将門の首塚を思い出した。

静謐《せいひつ》で、どこか不気味なあの塚の空気までが鮮明に蘇り、ぶるりと背が震える。

「晴明は、将門との戦いで冥界を知った」

次々と出てくるおどろおどろしい言葉に、凛はもう食傷気味になりつつあった。

冥界。かみまるは、天界から堕とされた神々の集う場所と言っていたが……。

「冥界については改めて話してやろう。今は話を進める。冥界の者は、この地上に災いをもたらす悪霊と考えよ」

首塚をさまよい出て渋谷を跳び回った怪人。悪夢のようだが、まさに現実として、あの怪物はいた。平の荒唐無稽な話が、不思議なくらい違和感なく体に入ってくるのを感じた。

「我らは、その悪霊を退治する者だ。しかし我らもまた死者である。死者たる我らだけでは彼奴らを倒すことはできぬ。生者であり極めて霊力の高い者の力がいる。それが、お前だ」

「でも、具体的になにかできたわけじゃ……」

「あなたは式神を従えている。それがなによりの証拠です」

総司が笑みを浮かべた。そこで凛はようやく思い出した。凛をかばい怪人に纏わりついてくれた、あの人の形をした紙。どうして今まで平気でいられたのだろう。自らの薄情さと、もしもの事態を想定して顔から血の気が引く。パッとその場を立ち上がり、青ざめた顔で総司を振り返った。

「あのっ、かみまる……かみまるは？　もしかして、まだ渋谷に……」

「安心してください」

総司は自分の袂《たもと》に手を入れ、手のひらをそっと凛の前に出した。くしゃくしゃになった紙がそこにはあった。ずいぶんとよれて汚れてしまっている。

「あ……」

ぴくりとも動かないかみまるを見て凛は涙ぐんだ。不安そうな表情を浮かべる凛に、総司はなだめるようなやわらかい声で首を横に振る。

「大丈夫です。霊力を使い過ぎて今は動けませんが、凜殿のそばに置いていれば明日には動けるようになるでしょう。運がよかった。凜殿と霊力の繋がっているこの式神がいたから、私はそれを辿って背を追えたのです」

「よかった……」

凜はそっと、かみまるを撫でた。かみまるが守ってくれなければ、今ごろ凜はあの怪人の鋭い爪で命を絶たれていただろう。

「それが凜の式神……」

明知は驚いた表情で娘の顔を見つめていた。

「安倍晴明は己の想念や力を凝縮して極めて強い霊力とし、この世に残した。したがって晴明の血筋には、その強い霊力が宿る。明知家は、その力を守る一族だ」

平は冷たい視線を凜に送る。たかだか一体にも満たない式神の瀕死で泣く凜に、思うところがあるのだろう。

「かの豊臣秀吉の甥・羽柴秀次は陰陽師と手を組み、冥界の使者となった秀吉を討とうとした。だが事破れて秀次は殺され、陰陽師は追放された。秀吉は陰陽師の力を根絶やしにしようとしたが、晴明の後継者たる一人の幼い娘を討ち漏らした。それがお前だ」

「私?」

凛は目を丸くする。

「お前を守るために明知家はある」

「それじゃ私は……」

凛は父を見た。凛の言わんとすることがわかったのだろう。父は静かに首を左右に振った。

「馬鹿なことを言うな。お前は間違いなく私の娘だ」

「転生だ」

平が父の言葉を継ぐ。

「転生って、よくある……」

「よくはない。いいか、晴明の霊力は形あるものではない。その力を代々、引き継ぐために転生が為される。お前は晴明の霊力を引き継いで、この世に生まれた。明知の血統ではあるが、その能力は晴明のものだ。お前の父は、娘としてお前を守るのではなく晴明の力を継ぐものとして守る責務がある」

「待って、混乱する。わざと難しくしゃべってない？」

凛は頭を抱えた。

「そりゃそうですよね」

総司が気の毒そうな顔をして凛を見た。

「私だってそうです。病で死んだはずなのに……」

「それもまた運命じゃ」

十兵衛が静かにつぶやく。悟ったかのような口ぶりだ。

「おぬしもその死に未練がなかったとは言えまい」

「それはもちろん、もっとすこやかであればと病床で何度思ったか数えきれません。望む形でない死など捨て値の価値もない」

「わしもまたそうじゃ。父に疎まれ死を受け入れても、その根底にあるは納得のいかぬ修羅の心。我らもまた冥府の者じゃ。冥府の者は冥府に戻さねばならぬ。それを為せるのは凛殿と、凛殿から力を得た我らだけなのじゃ」

十兵衛の禅問答のような言葉は、なに一つ凛の心を打たなかった。大人はいつも話が長い。ただ理解できたのは、自分と父がとんでもない厄介事に巻き込まれていること、そして自分と父以外は死んでいることだけだ。凛はため息をつき、額に手を当てる。

「それで……私はいったいなにを……」

「清盛を討て」

平が平然として言った。

「清盛って……総理大臣、なんですよね」

凛は平に尋ねた。総理大臣を殺せと……。それも一介の女子高生に。凛はあまりの馬鹿馬鹿しさに思わずから笑いした。事の難易度の前に、まず彼らは法律を知らないのかもしれない。

「総理になど簡単に近づけない。それに殺人だなんて」

父が声をあげた。

「本物はもう死んでおる。殺すのは我々死者で殺されるのも死者だ。娘は手を貸すだけでよい」

「屁理屈だ」

父が苦々しく唇を噛んだ。

「それにとてもじゃないが、官邸に忍びこむなど至難の業だ。人に見えぬあなたたちだけならともかく」

「おびき出せばよい。彼奴らは凛と我らの存在を知った。武蔵は明知、お前のことも知っておる。彼奴らは必ず我らを消しに来る。見つけた火種を放っておくわけがあるまい」

平は次々と恐ろしいことを言う。だが口だけとも思えないのは、海老沢の死や渋谷での出来事が確固たる証拠だからだ。平はひと呼吸置き、指を一本立てた。

「そこを返り討ちにする」

「しかし首魁《しゅかい》の清盛が出てくるだろうか。彼奴らには武蔵がおる。官邸に籠もって高みの見物を決め込むやもしれんぞ」

十兵衛が総司のほうをちらりと見た。

「武蔵とは、あの宮本武蔵殿のことですか？」

十兵衛の言葉と視線に総司が身を乗り出し、目を輝かせる。幕末においても宮本武蔵の武勇は有名で、歌舞伎や講談で幾度となく、その伝説が語られている。剣に生きる者にとって特別な存在だからだ。

「たしかに武蔵は強敵だ。しかし武蔵の力だけでは凛を倒せぬだろう。凛を守護する強い霊力に対抗すべく、必ず清盛は現れる」

平の視線が凛を捉える。冷酷な目だ。凛は、この男のほうがよほど危険ではないかと思った。言っていることが無茶苦茶で、しかも話の規模がずっと大きい。

「凛を危険な目に遭わせるのは……」

父がかすれた声で抵抗した。しかし、平はその言葉を一蹴する。

「彼奴らに知られた以上、いつ娘が殺されてもおかしくない。その危険から脱するには彼奴らを倒すほかない」

「そんな……」

「しかし、どうおびき出す」

十兵衛が平に尋ねる。

「今は身を隠す」

「おびき出すのに身を隠すのですか」

総司が呆れたように問う。すぐに向かうと言われても、あっさりとうなずきそうな血気盛んぶりだ。平は不思議そうな顔をした総司に、鼻を一つ鳴らす。

「勝負は一回だ。清盛は、まだ権力の集中に全力を注いでいる。霊力を増したのち、必ず冥界から援軍を呼ぶだろう。そのときが勝負だ。それまでは身を隠し、力を温存し磨く。今の凛では使い物にならん」

平は重々しく言った。凛としても、それは助かる。疲労と不安が色濃く顔に表れている凛をちらりと見た十兵衛も、またうなずいた。

「武蔵に何度も襲われるのは厄介、わしも賛成じゃ」

相手は剣豪の中でも、ひときわ名高い剣士だ。真っ向から戦うならともかく、凛を守りながらでは分が悪い。その守られる娘に心構えがないなら、なおさらだ。

「おや、そうなんですか。私は戦ってみたいですけれど」

総司が屈託なく言うと、十兵衛はじろりと隻眼を向けて睨みつけた。

「武蔵の怖さを知らんからだ」

「会ったことのないものを知れと言われても。ぜひ知ってみたいですよ」

「わしの怖さも教えてやったほうがよいか」

「お望みであれば」

十兵衛の挑発に総司は簡単に乗る。不穏な空気が流れた。

片や江戸期を生きた型破りの剣豪、片や幕末を走った天才剣士。気質だけでなく、腕比べの機会を狙っているようでもある。

「二人には否が応でも武蔵を倒してもらわねばならん。さほど時間はかからぬ」

平は諭すように言ったが、凛は、時間はかからぬという一言が怖かった。

「どこに身を隠せばいいのですか」

父が平に尋ねた。

「京都の山科《やましな》だ」

「京都？」

平の言葉に父は首を傾げる。

「山科は冥界と地上の間道だ。かつて天智《てんじ》天皇は冥界の使者となり、ある者の手でかの地に封じられた。以来、山科は冥界の者が現れる場所となっている。他には東京・大手町の将門の首塚をおいてないが、あそこは隠れるには向かんどころの話ではない」

「待って。じゃ、そこは冥界の基地みたいなとこなんでしょ。危ないんじゃないの」

思わず凛は口を挟む。

「山科は冥界の間道だったが、お前の力の源である安倍晴明が強力な結界で冥界の扉を封じた。今もその封印は続いており、冥界の者を遠ざけ続けている。それゆえ容易には近づけぬ」

「じゃ、その清盛っていう冥界の人はどこから地上に現れたの」

「将門の首塚であろう」

凛は総司と出会った夜のことを思い出す。かみまるはあの日、冥界の入り口とされる将門の首塚を、その山科の地のように封印することを期待していたのだろうか。

「首塚の間道は狭く、冥界の者が一度に大勢通ることはできぬ」

平は凛に近づき、顔を覗き込むようにして言った。秀麗な顔立ちだけに、その冷たさが直接的に伝わってくる。凛は思わず首をすくめ目を背けた。

「清盛は残る閣僚すべてを冥界の者にするはずだ。そのために彼奴は必ず、山科に現れる」

「待ち伏せか」

十兵衛はかたわらの大刀を手に取り、トンと音を立てた。

「おもしろそうですね」

総司が声をあげて笑った。十兵衛と不穏な空気を醸し出したことなど、なかったかのようだ。凛は、とてもではないが笑えるような気持ちになどなれない。父もまた同じだろう。平の言葉が本当なら、それをしくじったら最後、手のつけられない怪物が大挙することになる。その世界に自分たちは生きていないはずだ。

「いつ出立しますか」

「すぐと言いたいところだが、夜のほうが襲われる危険性が高い。明朝動く。手配は明知、お前がしろ。政治家なら使えるものはすべて使え」

「山科と言っても広いですよ。どこに行くのですか」

「かつて晴明が建てた小さな神社がある。そこも強力な結界だ。近隣の宿に逗留しろ」

父の問いに平は答え、そのまま総司と十兵衛に視線を移す。

二人の剣豪に平は、まるで君主かのように命令した。

「清盛は動かぬが、武蔵はどういう動きをするかわからぬ。アレが素直に言うことを聞くだけの犬とは思えん。武蔵はお前たちで防いでもらうことになる」

「委細承知した」

「腕が鳴るなぁ。天下無双の宮本武蔵と刃を交えるなんて」

総司が能天気な声をあげる。十兵衛は、その総司を隻眼で一瞥した。

見られた総司はニッと勝気に笑う。

「いつかあなたとも戦いたいものです、十兵衛殿」

総司は挑発的な言葉を十兵衛に投げかけたが、十兵衛はそれを無視した。視線をそらされた総司は、つまらなそうに唇を尖らせる。

「話は決まった。明朝早く出立する準備をしておけ」

平の言葉に凛は父のほうを見た。勝手に決められても、と反発の気持ちが広がった。しかし凛の視線を受け止めた父は、黙って首を横に振った。行く以外の選択肢はないらしい。

こうして凛は、父とともに京都に向かうことになったのである。

☆

「平、お前は人が悪い」

暗闇のなか、その男は言った。

「人が悪いとはどういうことだ」

「明知家と安倍晴明の関係を強調することで、さらら姫の話には触れなかったな。あの者は安倍晴明の転生などではない」

「わざとではない」

平は、フンと鼻を鳴らした。月明かりの下、皇居の一角にある半蔵門の前に、平とその男は立っている。しかし二人の姿は決して、地上の人間に見られることはない。

「我はさらら姫のことはよく知らぬ」

「知らぬことはあるまい。お前はさらら姫の力を手に入れるために、私の封印を解いたのであろう」

「そのとおりだが」

平は乾いた笑い声をあげた。

「別の者を呼び出してしまった」

「残念だったな」

男も同様に笑った。

「さらら姫は誰の力でも呼び出せぬ。かの者はかの者の意思でしか現れぬ」

「しかし、ようやく見つけた」

「さらら姫かどうかはわからぬぞ」

「あの痣がなによりの証」

「ふむ」

男はしばし沈黙した。

「だとよいがな」

「相変わらず思わせぶりな男だ。しかし、お前の力は借りぬ」

平は眉根を寄せ不快な表情を浮かべた。

「我は、お前のことが信用できぬ」

「それはお互い様だ」

闇夜の中で男は肩を揺すった。声を出さず笑っている。平はその様子にやや腹立たしげに、

「矢は放たれた。我は我のやり方しかできぬ」

と吐き捨てた。

「好きにするがいい」

男は静かに言った。

「しばらくは、私の力で結界を張っておいてやろう。あの娘にはまだ、冥界の者を防ぐ結界は張れぬ」

「礼は言わぬ」

平は男に背を向けた。

「それはお前の勝手だ」

それだけ言い残して、平は闇に消えた。

☆

渋谷の暴動事件に対する政府の反応は早かった。同日、板垣首相は東京都に緊急事態宣言を発し、自衛隊を派遣して暴動の鎮圧をはかった。しかし暴動は収まることなく都内全域に広がりを見せ始めていた。

「計画どおり、騒動の火を消すことなく進められております」

漆黒の闇に包まれた総理大臣執務室で、井伊直弼が言った。

「この時代の者は、すぐ怯えるからの。鎮圧してしまうと元も子もない。骨を折るの」

直弼の隣に座っていた北条義時が嗤った。

「次は火を放て」

清盛は語気を強めた。

「いつの時代も火ほど人の憎しみと混乱を起こすものはない」

「仰せのとおりで」

義時が首を垂れた。

「この東京に火を放てば、政府としての機能を果たせなくなりませせぬか」

間部詮勝が声をあげた。

「間部は不満か？」

清盛が詮勝に視線を向けた。

「間部の言も、もっともかと思いまする」

詮勝の隣に座る直弼が口を開いた。

「騒乱は、大きすぎては収拾できなくなる恐れがありまする。そうなれば厄介にございまする」

直弼も詮勝も江戸末期の人間だ。町に火を放つという発想はそもそもない。むしろ木造家屋が密集する江戸で、そういう事態をいかに防ぐかを考える側にいた。清盛や義時のように戦いのたびに火を放つなどという考えは、ありえないことだった。

「収拾できなくするのじゃ」

清盛は無表情のまま言った。直弼と詮勝は顔を見合わせた。

「この東京を焼き払い、都を西に移す」

「西に……」

「この国を生まれ変わらせるには、都を移すほかない」

清盛は、執務室の机上を指差した。日本地図が浮かび上がる。清盛は太い指で、西日本のある場所を指した。

「次の都は福原じゃ。そのために東京を焼き尽くせ」

「福原は、清盛様がご執心の地でございますな」

義時が長い舌をちらりと出しながら言った。かつて清盛は天皇の外祖父となって〝平家にあらずんば人にあらず〟とまでの権勢を振るい、福原遷都を行った。しかし福原での整備が進まず、志半ばで京に都を戻した経緯がある。

「都は西でなければならぬ」

清盛は義時のほうを向いて頬を歪めた。

「鎌倉など、もってのほかじゃ」

皮肉が籠もった言葉に義時は苦笑した。

「それにじゃ……」

清盛は直弼と詮勝に視線を戻した。

「この国を冥界のものにするには、もっと冥界から〝ヒトガタ〟を呼び寄せる必要がある。大臣もすべて入れ替えるには、さらに霊力を要する。そして東京の霊道は狭いゆえ、山科にある天智の霊道を開かねばならぬ。それには、わし自ら赴く必要がある。都を西に移し、わしの動きを円滑にするのじゃ」

「あの霊道には陰陽師どもが強力な結界を張っておりまする。それを破れるでしょうかな」

直弼は不安げな表情を浮かべた。

「だからこそわしが赴かねばならぬ。わしの霊力をすべて使いきる覚悟なくして、あの結界は破れぬ」

清盛の口調は有無を言わさぬものだった。義時は黙って目を閉じている。

「まずは東京焼き討ちじゃ。武蔵」

暗闇から異形の男が現れた。

「火を放て」

「承知した。しかし、その前に」

武蔵は目を細めた。たちまち殺気が迸《ほとばし》る。清盛は不快な表情を浮かべた。

「なんじゃ」

「陰陽師とその一党に大猿が討ち取られたと聞く」

武蔵の言葉に詮勝の肩がぴくりと動いた。

「武蔵、その話はよい」

「よいものか」

武蔵は鼻を鳴らした。

「大猿ほどの手練《てだ》れを討ったのは柳生十兵衛、そして若い剣士だったそうじゃ。陰陽師に〝ヒトガタ〟がついておる。其奴らを討つのが先ではないか」

「捨て置け」

清盛は、不快な表情を一転させ、とろけるような笑みを浮かべた。そして太い指をぽきりと鳴らす。

「武蔵。お前は強き者と戦いたいのであろう」

清盛は身を乗り出した。

「ならば奴らをもっと強くさせてやろう」

「どういうことだ」

「我らが霊力を増すあいだに、奴らにも霊力を増す機会を与えてやろうというのじゃ。天下無双の宮本武蔵にすれば柳生十兵衛など、二人いようが三人いようが敵ではなかろう」

「む……」

武蔵は言葉に詰まった。義時は乾いた笑い声をあげた。武蔵が鋭い視線を送ってきたのを見て、義時は手を振った。

「武蔵。お前を笑ったわけではない。すべてをお見通しの清盛公の慧眼《けいがん》に呆れただけじゃ」

義時は武蔵の視線に閉口したように言った。続けて、

「しかし陰陽師どもの行方は掴んでおいたほうが望ましくはありませぬか」

と清盛に問う。清盛は目を糸のように細め、ふっと息を吐いた。

「案ずるな。彼奴らが逃げ込む場所は一つしかない。霊力を安全に溜められる場所じゃ。わしは彼奴らを肥え太らせ、その霊力を呑み込んで天智の霊道を開く。武蔵、お前も戦いがいがあろう。最強の状態に至った敵を倒してこそ、お前の剣の道も開かれるというものじゃ」

清盛の言葉は呪詛のように暗闇を泳ぎ、武蔵の体に絡みついていった。

「よいか」

清盛に視線が集まる。

「まずは、この地上の愚かな民どもに、力とはなにかを教えてやらねばならぬ。民とは偉大な主に忠実な犬でよい。そのことを、恐怖をもって徹底的に叩きこむ。二度と高らかに声を上げることなどないよう、その儀式を始めるのだ。ゆけ、武蔵」

東京に地獄のような光景が広がったのは、その三日後の午前三時からだった。まず新宿・歌舞伎町から火の手が上がった。風俗店が多数入る雑居ビルからの出火は、瞬く間に延焼。消防

が緊急出動したときには六本木と銀座、渋谷でも火の手が上がっていた。日本を代表する繁華街に立て続けに起こった火事は、大混乱をもたらす。

パニックのなか殺人や強盗などの凶悪犯罪が起こり警察が出動するも、渋谷の騒動と同じく、暴徒と化した集団は抑え込めなくなっていた。しかも朝を迎えるころには火の手は都内二十三区に広がった。こうなると消防と警察では対応しきれない。政府は自衛隊の出動を要請。しかし、暴動は収まることなく火事も次々と延焼し、さらにＳＮＳにはデマが大量に拡散され、人々は疑心暗鬼に陥ってパニックが広がった。災害時であっても比較的、理性を保つと言われる日本人の集団心理がついに崩壊したのだ。東京は完全に無法地帯となりつつあった。

そして、ついに暴徒は政府そのものに牙をむく。永田町にまでなだれ込む事態になり、板垣総理大臣は自衛隊に暴徒の武力鎮圧を命じた。さらに首都に戒厳令を発令するに至る。

☆

「仕上げ、ですな」

北条義時は、漆黒の執務室で清盛に対面し座っている。義時の深く刻まれた額のしわがまるで別の生き物のように蠢《うごめ》いた。

「横須賀の米軍基地近くまで暴動を誘い込みましょう。武蔵に〝妖《あやかし》〟を三十体ほど与えればよろしいかと」

「ほう。妖を」

清盛の瞳が細くなった。妖とは〝ヒトガタ〟とまではいかぬ悪霊で、妖怪とも言う。霊気の塊のようなものゆえ姿は見えぬが、人に害を与えたり憑依し思うがままに操ったりすることができる。しかし、その活動期間は短いうえ霊力をそれなりに消費する。〝ヒトガタ〟は己自身で霊力を維持できるが、妖はそれができない。

「さすがに武蔵一人で群集を自在に操ることはできぬでしょう」

「よかろう」

清盛はうなずいた。

「基地を危険に晒して米国を刺激し、それを梃子《てこ》に自衛隊を軍に格上げさせる策ですな」

「さすがは義時じゃな」

「井伊や間部が聞けばひっくり返るでしょうな。彼奴らは米国への恐怖心が強いゆえ」

「米国は日本の混乱を好まぬ。それに日本国内におるロシア・中国信奉者の弾圧は、表向きには反対しても裏では喜ぶであろう。横須賀の基地に騒乱が起これば、防備を固めて激烈に政府に鎮圧を要請する」

「それを機に非常事態宣言、戦時統制を発令」

「そのとおりじゃ」

清盛はトントンと机を叩く。乾いた音が闇に響く。

「騒動のなか反政府勢力は皆殺し。インターネットも規制をかけ民から情報を奪う」

「党内の逆らう者は始末しておきます」

「そちの腕は信用しておる」

「ありがたき幸せ」

「そちが我が手におれば、頼朝などに我が平家を倒されなかったものを」

清盛の言葉に義時は苦笑いした。

「その後、まずは天皇陛下に京都にお戻りいただき、福原への遷都を発表する」

「東京はどうなさいますか？　私が残りましょうか」

「そちはいかぬ」

清盛は笑った。

「また現世で頼朝のような者を担ぎ出さぬともかぎらぬ」

「信用がございませぬな」

義時もまた笑った。

「東京は詮勝に任せておけばよかろう」

「御意」

「この地上に怒りと憎しみを溢れさせ、封印を上回る霊力を集めて天智の霊道を開く」

☆

凛と父が京都・山科にある一棟貸しのホテルに身を隠してから、数日が経っていた。もともと外国人の長期滞在用にリフォームされた二階建ての家屋だ。こぢんまりとはしているが、機能的な町家の物件である。手配は、父の私設秘書である斎藤が行った。

凛はすることもなく、与えられた二階の和室にあるベッドに身を横たえていた。そもそも友人はいなく、学校にもほぼ行っていなかった凛には、暮らす場所が変わっただけで生活そのものが変わったわけではない。ただ、父と顔を合わせ続けなければならないのはストレスだった。渋谷での騒動で距離は縮まったものの、四六時中一緒となると、どう接していいのかわからなくなる。

さらに悩ましいのは、平や柳生十兵衛といった強面《こわもて》の男たちと同居していることだ。つねに姿を現すわけではないが、それでも彼らが同じ空間にいることは多い。その存在そのものが凛にはたとえようのない重圧である。

「かみまるの様子はどうですか」

唐突に声が聞こえた。跳ね上がるように身を起こすと、そこに立っていたのは、沖田総司であった。

「すみません。驚かせるつもりはなかったのですが……」

慌てた様子の凛を見て総司は頭を掻いた。

「一応ボクも女子なんで、寝ているところにいきなり現れないで」

自分でも意外なほど言葉がすらすら出た。人見知りの凛は、年ごろの男と親しく話したことがない。そのような機会があっても避けてきた。しかし総司には、不思議と緊張感なく自分を出せる。最初のころは緊張から変な話し方をしていたが、最近はすっかり地が出るようになった。一人称も私からボクに変わっている。総司がすでにこの世にいない人間だからかもしれないが、それ以上に、この青年には人を惹きつける魅力があった。

「いやぁ、そうですね。気が回らず……。かみまるのことが心配で」

総司の申し訳なさそうな顔を見ると、思わず凛は吹き出した。

「かみまるならそこにいるよ」

凛は総司の後方を指差した。備え付けのドレッサーに置かれたメイクポーチの上に、かみまるは頼りなく浮いていた。

「あんたが助けてくれたんやな……。おおきに……」

かみまるは息も絶え絶えの様子で、か細い声をあげた。

「しゃべれるようになったんですね。よかった」

総司が笑みを浮かべた。かみまるが復活したのは、昨晩遅くのことだった。必要なのは霊力と聞き、凛は見よう見まねでかみまるに念を送り続けていた。その甲斐があったかどうかは定かでないが、しわくちゃだったかみまるの体に張りが戻り、空中にふわりと浮いた。その様子を見た凛は不意に目頭が熱くなり、かみまるに気づかれないよう後ろを向いて涙をこぼした。かみまるは凛になくてはならない存在になっていた。ただ、それを知られるのは気恥ずかしい。

「まだ元気に飛び回るというわけにはいかへん……。霊力が足りへんねん」

「無理することもないでしょう」

総司はいたわるようにかみまるに声をかける。冷静に見ると紙切れに話しかけているわけで、なんだか妙だ。

「凛さまになにかあれば、うちが守らなあかん……」

「そのためにも、まずはしっかり霊力を回復することです。あなたの働きは素晴らしかったですよ。ねぇ」

総司は凛を見た。

「ええ、もちろん！」

凛ははっきりと答えた。渋谷であの怪物に襲われたとき、まっさきに助けてくれたのがかみまるだったことは間違いない。守りきれなかったことを悔いているかもしれないと思い、強く肯定した。

「凛さまにそう言ってもらえると……なんか力出るなぁ」

かみまるはその薄っぺらい体をくねくねと動かしたが、霊力が足りないのだろう。そのままくたくたと落下した。

「まだ無理をしてはいけませんよ」

総司がかみまるをたしなめた。

「沖田さん、この生活いつまで続くの」

凛は総司に尋ねた。総司は少し困った表情になる。

「凛さんは東京が恋しいですか」

「恋しいわけじゃないけど……」

東京にだって自分の居場所はなかった。その意味では、ここにいるのとさほど変わりはないが、こんなに長く父と過ごしたことはない。居心地が悪いというのが本音だ。

「そんなに長くなるとは思いませんよ」

総司は表情を引き締めた。明るく朗らかな顔が、一瞬で戦う男の顔に変化する。

「長くても一か月、場合によってはもう少し早いかもしれません」

「そう」

その程度で終わるのか、と凛は拍子抜けした。その凛の表情を見て総司がくすりと笑った。

「それはあなたに残された寿命かもしれませんよ。なにせ相手は冥界の者だ。彼らはあなたの魂を手に入れて、この地にある冥界との間道を開こうとしているのだから」

「え……」

たちまち凛の顔から血の気が引く。その様子を見て、たまらず総司は大声で笑いだした。

「冗談です。あなたは私が必ず守ります」

総司は真剣な顔に戻った。

「私は、必ずあなたを守ります」

凛は、なぜ総司がそこまでしてくれるのか疑問に思った。

「なんでボクを守ってくれるの？　おさらさんの生まれ変わりだから？」

だとしたら寂しい。さらら姫の生まれ変わりと総司が考えて守ってくれるなら、それは自分ではなくさらら姫だ。

「それもあります」

総司は答えた。たちまち凛の顔が曇る。

「最初は戦って燃え尽きたいという思いだけでした」

総司は少しうつむいた。伏し目がちになった総司の横顔には、これまでの快活さはなく、深い孤独の色が浮かんでいる。

「私は戦いたかった。だから、この地上に戻ってきたのだと。だけどなにかが違ったんです」

「違った？」

「私は戦いたかったんじゃない」

総司の声が小さくなる。無敵の剣士と思っていた総司のひどく気弱な言葉に、凜は戸惑った。

「誰かと、笑い合いたかったから」

総司はそう言って、凜を見た。その眼差しに凜の鼓動は激しくなる。総司は少しはにかんだ笑みを浮かべた。

「私は凜さんの笑顔が見たい」

「沖田さん……」

総司は顔を引き締めた。それは戦いの中で見せる厳しい表情だった。

「私はかつて守るべき人を守れなかった。それが心残りで、ここに蘇っているのはその無念からです。あなたを守るのは私のため。だから、なにも気にしなくていい」

☆

火災に端を発した暴動は、そのまま都内二十三区に拡大。同時多発した騒乱は警察、機動隊には抑え込めず、政府は自衛隊の出動を要請。一部の過激派が横須賀の米軍基地を襲撃するという真偽不明の情報が流れ、米軍は臨戦態勢に入る。

「なんということか……」

明知は次々とテレビ画面に映し出される情報を見ながら、茫然《ぼうぜん》としていた。

「戦乱を生きた者ゆえ、この程度の騒ぎを起こすのは造作もない」

隣に座っている平が冷ややかに嗤った。

「おそらく清盛は、米軍とのあいだに緊張をつくり、アメリカの外圧を利用して自衛隊を軍に昇格させ言論を封殺、独裁政権をつくる気だろう」

「そんなことができるのか。SNSがある現代で……」

「SNSのない時代に民衆を操り権力を手中に収めた清盛にとって、いまやSNSこそが最大の武器だ。現代の国家、特にこの日本においては、情報操作や統制はほとんど行われなかったと言っていい。権謀術数を知っておる過去の民たちと比べれば、今の日本国民など清盛には赤子のようなもの。SNSは虚実の隔てなく拡散される。これほど心強い武器はないだろう。しかも自己顕示欲の強い愚かな活動家は、すぐに自らの姿を晒す。その者に罪を着せ、見せしめに葬り去るなど簡単なことだ」

平は冷めた目で画面を眺めながら言った。

「娘はどうした」

「沖田くんと外の空気を吸いに出ました」

明知が答えた。山科の地で暮らし始め、娘がこれまでどれだけ孤独だったか、ようやく理解できた気がする。凛は他人はおろか父である自分との距離ですら、どうしていいかわからないようだ。そんななか凛は、総司に心を許しているように感じていた。死人と心を通わせるのはどうかとも思うが、凛が心の底から笑っている姿を見ると明知の心は温かさで満たされる。

「沖田が一緒なら心配はいるまい」

平は興味なげに応え、再び視線をテレビに戻す。画面には緊迫した都内の様子が映し出されている。

「多くの人間は確固とした意志など持っておらん。奴らが意志と呼んでいるものは、他人に媚びへつらい、己の自己顕示欲を満たす方便。ＳＮＳなどというものは、醜悪な人間の欲望を暴走させる最高の魔法だ。ある意味、清盛ら冥界の者より恐ろしい。このままこの国が冥界のものになるとしたら、それは冥界の力ではなく、この愚民どものおかげだ」

平は自身が清盛になったかのように、憎々しげに言い放った。

「愚民は滅びればいい。それが清盛の考え方だ。もしくは、おとなしく操られる木偶《でく》になれということだ」

「どうすれば防げますか」

明知は思わず口を挟んだ。平の呪詛のような言葉を聞いていると、自分まで清盛に操られそうな気になったからだ。平は明知の問いに我に返ったのか、いつもの冷徹な表情に戻る。

「関東での清盛の動きを防ぐ手立てはない。奴は必ず西、そして山科にやってくる。そこを叩くほかない」

「私はそこまでなにもできないと」

「そうだ」

明知にしてみれば、手の内のわかっている相手になにも手を打てないもどかしさがあった。このまま放置したら、失わずに済む命がいくつ消えるだろう。それを座して見るのは、あまりにつらい。

「いいか。変な気を起こしてはならん」

平は、明知の心の揺れを見抜くように言った。

「お前ごときが動いたところで清盛の策は止まらない」

「心ある有志がまだ東京にいます。彼らと連帯すれば……」

「無理だ」

「もちろん抑え込むのは無理でしょう。しかし被害を最小限に抑え込めるのでは……」

明知は政治家だ。国民を守る立場にあり、責任がある。政治家には、己の欲望のために地位を求め動くものもいれば、少ないとはいえ己の信念に殉じるものもいる。明知の場合、純度で言えばそのどちらでもないが、目の前で繰り広げられる異常事態による一種の高揚が、彼の使命感を膨れ上がらせていた。

「仮にお前が、ここを抜け出し東京に行ったとしても我らは同行せぬ。お前が危機に陥っても救えぬ。見殺しにする。その覚悟をしろ」

平はそう言うと、再び混乱を極めた東京の様子を映し出す画面に視線を戻した。そして、その冷たい視線が明知に向くことはなかった。


「沖田さんは怖くないの？」

「怖い？」

「化け物と戦うの」

「化け物？」

「死んだ人が蘇って襲ってくるんだよ」

「その意味では私も死んでますから、化け物ですね」

総司と凛は、天智天皇陵の近くを散策していた。人目を避けるため街中には出ないようにしている。ホテル内で父親と顔を突き合わせているだけでは気が滅入る。かみまるとは気兼ねなく話せるが、他にいるのは柳生十兵衛、平、そして隣を歩く沖田総司だ。彼らは一般の人間には見えないが、かといって幽霊のように肉体が消えているわけではなく、物理的な存在は感じられる。いわば血の匂いのする男たちに囲まれ生活しているわけで、そのストレスはそれなりに溜まっていくものだ。

「沖田さんは化け物なんかじゃないよ」

「そう言っていただけるのは素直にうれしいですね」

総司はひゅっと口笛を吹いた。そんな仕草が爽やかで、凛の目には眩しく映った。

「沖田さんは何歳なの？」

「死んだのは二十五ですが……」

総司は遠い目をした。

「自分の年齢なんか考えたことなかったなぁ」

「どうして？」

「生きているだけで満足でしたからね」

「生きてるだけで？」

「毎日、命のやり取りをして、斬った相手を想うより斬られなかった自分に生きていることの充足感がありました。あなたにとってはひどい話でしょうが」

「ひどい話かどうかもわからない」

凛は首を左右に振った。生きた時代が違うと言えばそれまでだが、生きていることに疑問を抱くことの多い凛に、総司の言葉は新鮮ですらあった。

「ボクは、なんのために生きてるかわかんない」

凛は、なんとなく自分の気持ちを総司にぶつけたくなった。総司が自分の、この漠然とした想いの答えを持っているかはわからない。しかし自分の気持ちを吐き出すことに、不思議と恐れはなかった。

「それは私もそうでしたよ」

総司はほんの少し暗くなった眼差しを天に向けた。

「沖田さんも？」

「思想なんてなかったですから。近藤先生や土方さんに命じられるまま、ただ人を殺めただけです。兄と慕う人の首を刎《は》ねたこともあります」

「なんでそんなことを……」

「なぜでしょうね……」

総司はうつむいた。

「ごめんなさい、変なこと聞いて……」

自分の心のうちを探られる苦しさ、苛立たしさは誰よりもわかっているはずだ。その自分がそれをやってしまった申し訳なさが、凛の心を満たした。

「いいえ。謝らないでください。私は、それを考えることから逃げていました。ただ近藤先生、土方さんに従っていればそれでいいと。今思えば、それがいけなかったのです。考えることを諦めさえしなければ、私の守りたい人は守れたでしょう」

総司はそう言うと口笛を吹いた。その音色は至極悲しいものだった。

「あんたもつらい思いしたんやな」

唐突に凛の背後から声がした。

「かみまる！」

「凛さま、置いていくなんてつれないですわ」

ふわふわとかみまるが宙に浮いている。まだ霊力が完全に回復していないと思ったので置いて出たのだが、ついて来ていたらしい。

「それともお邪魔やった？」

かみまるはおどけた調子で言った。どうやら本来の力が戻ったようだ。

「そんなことないよ。変な言い方しないで」

凛はかみまるを睨んだ。

「おーこわい」

かみまるがピューッと総司の後ろに隠れた。その様子に凛は思わず声をあげて笑った。総司も大声で笑った。こんなに楽しく笑うのはいつぶりだろうか。総司もかみまるも生きている人間ではないが、凛にはかけがえのない友のように思えてならない。

「おっと、うちが来たのはそれだけちゃうねん」

かみまるがゆらゆらと総司の頭の周りを飛ぶ。

「どういうこと？」

「このあたりに、とんでもなく強い霊力が近づいてるねん。危ない思うて駆けつけたんや」

「強い霊力？」

凛はあたりを見回した。目の前には鬱蒼《うっそう》とした木々が参道の左右に広がっているだけで、人影はない。特に変わったところもない。


「安倍晴明の血を引く者と聞いていたが、わしの気を感じぬようなら、さほど恐れることはないようだ」

突然、背後で低くしゃがれた声がした。総司は弾かれるように凛と声の主のあいだに立つ。

「若き剣士よ、おぬしも同様だ。気取られぬまま斬っておれば血煙をあげて斃れ、骸《むくろ》になっておった。不覚ものよ」

総司の肩越しに立つ男。蓬髪、狼のような目、粗末な着物から見える恐ろしく分厚い胸板。一目でわかる異様さと溢れるような殺気。

「宮本……武蔵、殿ですか」

総司がかすれるような声を絞り出した。その背中には緊張感がみなぎっている。凛は総司から放たれる気にわずかだが〝恐怖〟の匂いを嗅ぎ取った。渋谷であの怪人に襲われたときは感じなかった匂いだ。

「おぬし、名は？」

武蔵は総司に尋ねた。

「新撰組一番隊、沖田総司」

「新撰組？」

武蔵は首を傾げた。

「十兵衛はおらぬのか」

武蔵はあたりを見回した。ここしばらく十兵衛は姿を見せていない。

「おりません」

「そうか」

武蔵はあからさまに残念そうな顔をした。

「決戦前に、ひと太刀交わしたかったのだが……」

その語尾には、総司を敵と認めていないという皮肉が込められている。

「私がお相手してもいいですよ」

総司の気が瞬時に変化した。一瞬漂った恐怖の気がかき消され、殺意と闘志が溢れる。

「沖田さん、だめ！」

凛は叫んだ。武蔵と総司の放つ闘気に、大きな差があることを察知したからだ。なぜかはわからない。これまで見えなかったものが突然、見えるようになったとしか言えない変化だった。

「ほう」

武蔵は凛を見て目を細めた。

「さすがは晴明の血を引く者。さきほどは気を察知していないふりをしておったか。わしとこの者の差に気づくとは、なかなかじゃ」

くくく。武蔵は低い声で嗤った。その視線が凛にのみ向けられ総司には一瞥もくれないのは、明らかな挑発だ。次の瞬間、総司の背中が凛の目の前から消えた。

浅葱色の羽織が翻り、凄まじい勢いで武蔵に向かった。渾身の突きが武蔵に襲いかかる。三段突きと言われた総司の突きは、三段階にまるで流星のように伸びる。刀の軌道が下から上に伸びてくるため目測を誤る。不意を突いた一撃は完璧に見えた。

甲高い金属音が耳を打つと、総司と武蔵は等距離のまま、しかしながら先ほど武蔵が立っていた位置に総司が立ち、その先に武蔵が泰然と立っていた。武蔵は変わらず不敵な笑みを浮かべたままだが、その両手には大小の刀が握られている。

「なかなかの突きだ。しかしながら少々遅いゆえ簡単に見切れる。剣の鋭さは佐々木小次郎並みだが、いかんせん遅い」

武蔵の口調は、総司を嘲笑するようなものではなく、どちらかというと弟子に稽古をつけるときのそれだった。

「遅い……」

総司の背中から発する気が一段と鋭くなった。もう凛には完全に認識できていた。目の前にいる総司は蒼い気を全身に纏っている。ゆらめくような気ではなく体から一直線に伸びている。一方の武蔵は、どす黒い闇のような気で、地面をも蝕むかのように広がっていく。

「凛さま、二人の気が見えるんか」

耳元でかみまるが囁いた。かみまるは、凛の髪の後ろに隠れるように浮遊している。凛はうなずいた。

「沖田はんに勝ち目はあらへん」

「なぜ？」

「武蔵の気は重い、気そのものが武蔵を守ってるんや。さっきも沖田はんの気が武蔵の気に押され、その結果、剣の伸びが落ちた。それを武蔵は〝遅い〟と言ってるんや」

「若き剣士よ。今このとき、わしとおぬしの差は明白じゃ。わしは決戦の地を見に来ただけ。ここで斬るのはたやすいが、それで我らが決戦で得る霊気が減るのなら無駄じゃ。時間をくれてやろう。それまでせいぜい励み力をつけるがいい」

「新撰組には隊規がありましてね」

総司が息を一つ吐いた。背中に漂う気が変わった。

「戦いにおいて敵に背を向けた者は切腹……」

総司の気が一瞬消え、次に爆発した。総司はまさに一個の弾丸となり武蔵との距離を消した。

しかし不思議なことに、凜はその動きを捉えていた。それだけでなく、対応する武蔵の気が総司を迎え撃ち、その両手の剣が総司の突きよりも速く、総司の首と胴を両断せんとばかりに襲い掛かるのを。

「だめ！」

凜は自分が持ちうるすべての力を両手に集め、突き出した。渾身の力に凄まじい反動が起こり、凜の体は後方へ吹き飛んだ。

「な!?」

どうしてそんなことができたのかはわからないが、凜の両手から弾き出された蒼い光線は武蔵の両刀を弾き飛ばした。

総司の首と胴に迫った刀は空を切る。しかし武蔵の恐るべきところは、両刀を失ったことで無防備になり、その胸板を一直線に貫こうとする総司の剣先を、踏み込んだ右足を素早く蹴って後方に跳び、回避したことだ。まさに超人としか思えない所業だった。総司はあっけにとられたように剣先を見つめていた。

「さすがは安倍晴明の血族か……」

武蔵は両手を見つめ、つぶやいた。余裕があるような口調だったが、気からはほのかな警戒心が感じられる。

「凜さまが霊弾をお放ちになった……」

耳元でかみまるがフラフラと飛び回りながらうめくように言った。凛自身も自分が起こした現象に理解が及ばず、茫然としている。総司を守らなければ、という気持ちだけを優先し、気づけば走り出して総司の前に立ち武蔵と向き合っていた。不思議と恐怖はなく、異様な高揚感が身を包んでいる。

「霊弾……霊気を固め弾丸と成すか。なかなかの威力であった。ここで始末はしまい。まだまだ楽しませてくれそうじゃ」

武蔵は体から殺気を消した。

「まだまだ！　勝負です‼」

総司は叫んだ。

「若き剣士よ。今は退くがよい。兵法は一か八かではない。あくまで勝てる見込みがあって初めて剣を抜く。それが一流というもの。匹夫の勇は勇気にあらず」

武蔵はそう言うと、ひと息ついて地面を蹴り跳躍した。その姿はあっという間に空中に消えた。凛たちはただ茫然と、その光景を見守るしかなかった。

☆

一八五八年八月八日。

井伊直弼と間部詮勝は、大奥に呼び出された。呼び出したのは、第十三代将軍徳川家定《とくがわいえさだ》の御台所《みだいどころ》・篤姫《あつひめ》であった。家定は持病の脚気《かっけ》のため長く床に臥しており、明日をも知れぬ状態にある。

「ご両所、お顔を上げられませ」

篤姫の声に応じ、直弼と詮勝は顔を上げた。そして仰ぎ見た篤姫の顔に一瞬、ギョッとした。篤姫の右頬に血塗られたような痣ができていたからだ。篤姫は、その痣を隠そうともせず泰然としている。

「御台所様にあらせられましては……」

「堅苦しい話は抜きじゃ」

篤姫はピシャリと直弼の言葉を封じた。

「朝廷がなにやら動いておるらしいの」

篤姫の言葉に直弼は緊張した。篤姫は島津《しまづ》斉彬《なりあきら》の養女であり、家定に嫁いだ理由は、子のできぬ家定の後継を斉彬らが推す一橋慶喜《ひとつばしよしのぶ》に決めさせる策略、というのが幕閣の共通認識である。一方の直弼は紀州藩主徳川慶福《とくがわよしとみ》を推し、直弼らは南紀派と呼ばれた。この両派の争いは熾烈を極めたが、先ごろ慶福に決定し斉彬ら一橋派は敗北した。直弼と篤姫は、いわば政敵の関係にある。

「島津も国元で兵を出すようなことになっておると聞いた」

この年の六月、直弼は江戸城内において、アメリカとの通商条約に反対する水戸の徳川斉《とくがわなり》昭《あき》と一悶着《ひともんちゃく》を起こし、斉昭を含む直弼と対立する有力大名を次々と処罰した。これに不満を持った島津斉彬が朝廷を動かし、五千の兵を率いて幕府を詰問。直弼の退陣を迫る政変を画策している、との報が確信的な情報として届いていた。

斉彬は、反井伊政権の筆頭格である。将軍の正室・御台所とはいえ、その娘である篤姫の言葉はなにを意味するのか、直弼は内心、怯えのようなものを感じている。

「井伊。そちは公方様（家定）を殺すのだな」

篤姫の言葉に弾かれたように直弼は体を起こした。

「なにをおっしゃいます！　そのような……」

「よい」

篤姫は切れ長の目を細めた。それが彼女の異様なまでの冷酷さを感じさせ、直弼はわずかに首をすくめた。

「責めはせぬ」

篤姫は落ち着いた口調で続ける。じつは篤姫の言うとおり、直弼は家定の食事に毎日少量の毒を盛っていた。もともと病弱の家定はたちまち病に臥し、生死の境にある。

「殺せばよい」

「は？」

直弼は思わず声をあげた。目の前にいる篤姫は、以前とは別人のようであった。

「島津斉彬じゃが、まもなく死ぬ」

「な、なんと……おっ……」

直弼は詮勝と顔を見合わせた。

「わらわが命じて毒を盛らせた」

「は!?」

直弼と詮勝は目を見開いた。斉彬の娘が斉彬を暗殺する。そのようなことがあろうか。しかし目の前にいる篤姫の冷酷そのものの佇まいは、いつの間にか直弼の肉体と精神を縛り始めていた。

「徳川に仇なすものはすべて殺すのです」

篤姫の言葉は淡々としていたが、その内容はまるで呪詛のようだ。

「たとえ、どんな些細な罪であろうが殺すのです。疑わしきは殺す。将来仇なすと思う者あらば、それも殺すのです」

直弼はなにも返答できず、気を抜かれて、ただ茫然と篤姫を見ていた。詮勝は平伏していたが、その肩は小刻みに震えていた。

「殺して、殺して、殺す。それが徳川の世を安泰にするのです。直弼よ。殺しなさい。思うがままに……」

七月六日、徳川家定死去。その十日後、島津斉彬が薩摩で死去。

そして九月、井伊直弼は安政の大獄に踏みきる。京でその陣頭指揮を取ったのが間部詮勝であった。

政敵を次々と葬った安政の大獄は二年後の三月まで続き、直弼が桜田門外で水戸脱藩浪士らに首を刎ねられたことで、その幕を下ろす。

☆

激動が訪れていた。過激になった暴徒が横須賀基地に乱入する計画が発覚。アメリカ政府は不測の事態を避けるために、在留米軍に臨戦態勢を取らせた。板垣首相はアメリカ政府に呼応する形で全国に緊急事態宣言を発令。国民の自由な往来を禁じ、反政府活動に徹底した弾圧を開始した。その政府の姿勢には当然、抗議の声が上がったが、不思議なことに多くの国民はこれを致し方なしと捉える向きが強かった。その要因になったのが板垣首相のリーダーシップだ。

「皆さん、今、日本は未曾有《みぞう》の危機を迎えています。民主主義は秩序があってこそ成立するものです。政治や国の在り方にさまざまな議論があるのは自由ですが、それが暴力という形で表現されることは絶対にあってはならない。私は断固としてこの国から暴力という争いの目を消し去る。徹底的に。それに迷いはない。暴力なき議論ができる平和の国にする。そのためには、いっときの我慢を強いることになるでしょう。暴力の芽を根こそぎ除くには容赦ない姿勢が必要だ。そのことを国民の皆さんに理解してほしい」

混乱においては強いリーダーシップが望まれる。不安が不満を超えたとき、集団は独裁を許容し考えなしに従うようになる。まさに板垣、いや清盛は集団心理というものを知り抜いていた。そして、それを具現化する異才を持つ北条義時、井伊直弼、間部詮勝らは弾圧という手法を使った。弾圧は人々の恐怖と疑心暗鬼を増幅させる。

井伊と間部はこの手を江戸末期に使ったが、現代にはSNSという増幅装置がある。SNSにはありとあらゆるフェイクニュースが流れた。二人はあえてそれを容認し、徹底的に弾圧を行った。もちろん彼らへの反発もあるにはあったが、それより「自分にも災難がふりかかるのではないか」という恐怖のほうがはるかに大きい。つまり安政の大獄を断行したのだ。著名人であれインフルエンサーであれ、容赦なく〝国家への反逆〟として逮捕、拘留した。

「ひどいものだ」

山科のホテルで平了は唇を歪めた。テレビの画面を見るその表情は言葉とは裏腹にどこか痛快そうであった。

「しょせん現代人など規律もなければ道徳もない。私利私欲の烏合《うごう》の衆だ。政治だ、なんだと言っておる連中とて、腹を開ければ自己承認欲求に支配される愚物だ。清盛や義時たちにとって、これほどたやすい相手はおらぬだろう」

画面には緊急ニュースとして、次々と反逆罪で逮捕される人物の名が流れてくる。

「このまま行けばどうなりますか」

明知は目が釘付けになったまま平に尋ねた。

「言論封殺だな」

平は即答した。

「社会を混乱させる流言飛語を防ぐため、一時的にすべての情報を統制すると発表するだろう」

「それは許されるべきことではありません。憲法に反します」

明知は首を横に振った。

「憲法など奴らにとってはただの文字だ。気に入らなければ変えればいい」

「いくらなんでも、それは無理筋です。憲法改正は国会の発議及び国民の承認事項ですから」

「そんなもの恐怖の前には無力だ」

平はうすら笑いした。

「国が混乱し暴力がはびこり、疑心暗鬼が広がれば、国民は平和を求め暴力を抑える権力を容認する。歴史がそれを物語っておるではないか」

明知は返す言葉を失った。清盛の次の一手は明知にも読める。全国に広がった緊急事態宣言で地方も混乱に陥れば、日本全土に戦時体制を宣言するだろう。そのうえで権力を自身に集中させ、独裁を完成させる。

「清盛の狙いは強力な軍事力だ。そのためには、まだまだ混乱を広げなければならぬ」

「強力な軍事力……」

「徴兵制度を導入し、アジア最強の軍をつくる」

平は表情一つ変えない。

「荒唐無稽な……」

明知は表情を曇らせた。

「仮に独裁を完成させたとしても国際関係上、日本の軍拡は認められません」

「そうとも言えまい」

平は明知に視線を移した。

「世界情勢を見ろ。アメリカを筆頭とする西側世界と、中国・ロシアを中心とする東側世界との二極化が進んでいる。中国の力が強いアジア圏で日本が軍事力を持つことは、アメリカとしても望ましい。アメリカの後ろ盾さえあれば他の国との摩擦など取るに足らぬ。清盛は力のある国の了解を得るだけだろう」

平の言葉には説得力がある。アメリカは日本国内の騒乱にひどく懸念を示し、日本政府に早期解決を求めていた。場合によっては在日米軍の出動も視野に入れている。

「清盛の意を受けた井伊と間部は次なる手を打つ」

平は立ち上がった。

「東京から遠く離れた場所で暴動を起こす。全国に騒動を広げるきっかけをつくるだろう」

「その場所は？」

「わからぬ。わかるのはお前の娘だけだ」

「凛が？」

「井伊と間部は、かつて安政の大獄を主導した。あの者たちにかかれば全国の不穏分子をあぶり出すなどたやすいこと。しかし東京での動きを見ていると、まずは武蔵のような〝ヒトガタ〟を使って騒動を起こすだろう。となると霊気が動く。それを感知できるのは、お前の娘だけだ」

「しかし、どうやって……」

平は立ち上がって部屋を出ると、すぐに凛を伴い戻ってきた。総司とかみまるもついてきている。凛は不安げな表情を浮かべていた。総司には心を許している凛だが、やはり何者も寄せつけぬオーラを纏う平は苦手なようだ。その気持ちは明知にもよくわかる。平の本心は見えない。彼は本当に〝冥界〟と彼が呼ぶものの敵なのだろうか……。心の奥に釈然としないものが淀み続けている。

「式を組む」

平はそう言うと、凛を中心に、その周りを明知、総司、かみまるで囲む陣形をとらせた。

「娘、目を閉じよ」

「なにをするの？」

凛は怯えたような声を発した。

「霊気の流れを探ってもらう」

「霊気の流れ？」

「我々の霊力をお前に集める。お前は目を閉じ、頭に浮かんだものをただ見ていればよい」

平は、明知の手を握った。

「すべての気を、この手に集めよ。沖田とかみまるは気を娘に送れ」

明知は平に言われるまま握られた手に意識を集中させる。間接的とはいえ凛を巻き込むことに戸惑いはあるが、それ以上に政治家として国家の危機に立ち向かわねばという使命感のほうが大きくなっていた。しかも、これは明知家の運命でもあるのだ。

「なんで、そんなことしなきゃいけないの？」

凛が不安そうな顔で平に尋ねた。

「冥界の者が次に襲う場所を特定する」

平は即答した。

「冥界の者が襲う場所……」

「お前は渋谷で襲われたであろう。あれと同じことを冥界の者が起こそうとしているのだ」

凛は唇を噛んだ。渋谷での記憶が蘇っているのか、みるみる顔から血の気が引いていく。

「彼奴らの勝手を許せば、この国は滅びる」

平は言葉を重ねた。凛の視線が明知に向けられる。

「それがわかったとして止められるの？」

凛は明知に向かって言った。その表情からは戸惑いや怯えは消えていた。

「止められるかどうかは、わからない」

明知は正直に答えた。少なくとも明知に確固たる策があるわけではない。

「それでも父さんは止めたい。いや止めなければならない」

明知を見つめる凛の表情が少しゆるんだ。

「わかった」

凛は視線を平に移した。

「うまくできるかどうかはわからないけど、やってみる」

そう言うと凛は目を閉じた。

「明知、集中しろ」

平に言われるまま明知も目を閉じて、平に握られた手のひらに意識を集中させる。皮膚の温度が一気に上がるのを感じ、それは瞬く間に熱気となって全身に伝播した。呼吸もできないほどの熱気が、吹き上がるように襲ってくる。そして、その熱気が今度は一気に明知から離れていく。目を開くと、その気は赤い蒸気となって凛の頭の上に渦を巻いて漂っている。

「静・寂・唱・来・解・是・空……」

低い声で平がつぶやくと、蒸気はゆっくりと凛を包み込む。凛は目を閉じたまま微動だにしない。凛の頬に汗が伝う。明知はただ息を呑んで、その光景を見守っていた。蒸気で凛の姿が消える。すると明知の脳裏に、まるで映画のワンシーンのように鮮明な映像が浮かび上がった。燃える町並みに叫ぶ人々。見覚えのある街だ。

「道頓堀……」

明知は声を絞り出した。グリコの看板などがあり、阪神タイガースの祝勝時に賑わう大阪の名所。その一帯が燃え上がり、人々が狂乱し互いを傷つけ合っている。渋谷で発生した暴動の記憶が蘇る。

「次の狙いは大阪か。考えたものよ」

平が低い声でつぶやく。

「指揮をとる者がいるはずだ。清盛、井伊、間部ではあるまい。武蔵は人を斬れるが策は打てぬ。探すのだ」

平は靄に包まれたままの凛に指示を送る。靄の中から凛のくぐもった声が漏れた。

「凛……」

「心配はいらぬ」

うめくような声をあげる明知を、平が鋭く制した。

「探すのだ」

平は冷徹に命じた。脳裏に映し出される混乱した大阪の様子が、目まぐるしく変化していく。その風景が大きく歪むと視点が群集を目まぐるしく移動し、すぐに一人の武士を捉えた。身長は二メートル近くはあろうか。威風堂々とした体躯に顔面を覆う髭と、一重の鋭い目、大きな鼻と広い額は、その容貌の魁偉《かいい》さを際立たせている。

「大塩平八郎《おおしおへいはちろう》」

平は唇を歪めた。

大塩平八郎……明知はその名を復唱した。大塩平八郎は江戸後期、大坂町奉行所与力を辞職後、天保の大飢饉に際し民衆の苦しみを見て蜂起、幕府に反乱を起こした義侠の人物である。

「大塩を担ぎ出したか。なかなか考えたものだ」

平は息を吐くと、

「解」

とひと言発した。そして明知の手を離す。すると凛を包んでいた靄は霧消した。凛はがっくりと首を前に垂れ、目を閉じていた。

「凛！」

明知は凛の肩に手を置くと、凛の体はそのまま明知に預けられた。

「凛！」

「心配はいらぬ。少し霊力を使い過ぎただけだ。しばらく休めば問題ない」

平は明知に声をかけた。そして、その視線を総司に向けた。

「沖田、十兵衛と連携し大阪で敵を防ぐ。大塩が策を練り、その尖兵となるは宮本武蔵で間違いあるまい」

「承知」

総司は短く応えた。

「沖田さん……」

明知に抱きかかえられながら凛が小さく声を発した。

「私も行く……」

「なにを言ってるんだ！」

明知は意外な娘の言葉に驚いた。と同時に、この事態に娘の精神が異常を来したのではないかと不安を覚えた。

「沖田さんだけでは、武蔵に勝てない……」

凛は総司のほうを見た。

「私がいないと……」

「武蔵に勝てない？」

凛の言葉に明知が首をひねる。平が総司に鋭い視線を向けた。

「どういうことだ」

「山科で武蔵と交戦しました」

総司が答えた。

「その報告は受けていない」

「申し訳ありません」

総司は頭を下げた。平はしばらく総司を睨んでいたが、ふっと表情をゆるめた。

「我はお前の主ではない。仕方ないか」

「不名誉なことゆえ黙っておりました」

「武蔵に後れを取ったか」

「残念ながら」

総司は悪びれることなく答えた。

「凛さんに助けてもらわなければ、私は消滅していたでしょう」

「ほう、助けられた」

平は興味深げに凛を見る。

「そりゃ凛さまの霊弾はすばらしいものでした。こう！　こう‼」

かみまるがまるで自分のことのようにペラペラの体を揺すってアピールした。

「すでに霊弾を使えるまで覚醒したか」

「覚醒とはどういうことですか」

明知は平の言葉に反応した。自分の腕のなか息づく細い凛の肩を抱きしめながら、平の冷たい顔を見上げる。

「この娘には最強の陰陽師・安倍晴明の力が宿っておる。それは、明知家の惣領であるお前が誰よりもよくわかっておるであろう。晴明は式神や〝ヒトガタ〟を操るだけではなく、自身の術で冥界の者を倒す力を持っておった。その戦闘力は我らの比ではない。霊気を凝固させ強力な弾丸と成す。それが霊弾だ。晴明の持つ力の一端が解放されたと見てよい」

「それは凛が自ら戦うということですか」

「そのとおり」

「ありえない」

明知は首を横に振った。

「そんな危険なことをさせるわけにはいかない」

明知は武蔵との接触を思い浮かべた。凛にどれほどの能力が眠っていようと、とても勝てる相手とは思えない。

「ならばお前も戦うのだな」

平は冷ややかに言った。

「お前もまた戦う能力を有しておる」

「パパが？」

凛は、聞き取れるかどうかのか細い声を発し平を見上げた。平はその切れ長の目をすっと細めた。

「明知家は安倍晴明の血を引く土御門家の一門だ。その当主にも能力はある。もっとも、お前に比べるべくもない力だが」

「凛、お前はここに残りなさい」

明知は凛に向かって言った。凛の力が平の言葉どおりだったとしても、それを操るのは生身の体だ。どう考えても現実的ではない。

「でも……」

凛は首を横に振る。

「それでは勝てない……」

「そのとおりだ」

平は凛の言葉にうなずいた。しかし、その響きには迷いのようなものが混じっていた。

「だが、あくまで決戦は山科だ。それまでに我らの手の内を知られるのも良策とは言い難い」

平はその長身をかがめ凛の目を覗き込んだ。

「お前が真の力を発揮するには、まだ必要なものがあるのかもしれんな」

「必要なもの……」

「娘はここに残す」

平は立ち上がった。

「ボクは行く！」

凛は立ち上がろうとしたが、その動きを平は鋭い視線で抑えた。

「沖田もここに残す」

「え？」

「大阪には我と明知、十兵衛で向かう。お前たちはここで控えておけ」

「私は嫌ですね。武蔵殿に借りは返しておかないと」

「武蔵が出てくるとはかぎらぬ」

「どういうことですか」

総司は首をひねった。その表情は不満というより興味深げである。

「清盛にとって大阪で起こす乱は、あくまで騒乱を梃子に軍を創設し権力を掌握する手段にすぎぬ。大塩平八郎を召喚した以上、彼奴にすべてを任せるだろう。武蔵は来たる山科の決戦に温存する可能性もある」

「なるほど、ならば私がいなくても大阪は抑えられるということですね」

「抑えられるかどうかは、やってみなくてはわからんがな」

平は苦笑した。

「明知次第だ」

「私次第……」

明知が困惑の表情を浮かべた。

「お前が術を使って戦えば勝機はあろう」

「私は術を使えるわけではありません」

明知は首を左右に振った。武蔵との二度目の遭遇で、とっさに術のようなものを放ったが、それは無我夢中のことであり術を自分で操ったという実感はない。

「心配するな。お前の意識になくとも、その力はすでに目覚めておる。覚悟を決めれば使いこなせるであろう」

ずいぶん乱暴な話だ。

「お前が戦えなければ娘を駆り出すしかない。大阪が火の海になってもいいのか。清盛は騒乱を起こせればいいと思っているが、これが想像以上にうまくいけば各地に広げる可能性がある。そうなれば膨大な憎しみや悲しみを生み出し霊力はいや増す。されば新たな冥界の使者を大量に、この世に送り出せるだろう」

平の言葉には有無を言わせぬものがあった。明知は自分を見上げる凜の視線に気づいた。思い返してみれば、この娘に自分は、なにをしてやれたのだろうか。国事という言葉に甘えて、家庭を顧みなかった自分。大阪を守る、日本を守る、そんなことより、この小さな肩を守るために自分の命を賭けて戦う。それがストンと自分の中に落ちた。

自分になにができるのか、自信もなければ確信もない。だが戦うことしかなければ選択の余地はない。父親として、凜のために。

「わかりました。私は戦います」

「戦う、というのか」

清盛は笑いを噛み殺した。闇の中で、その分厚い舌が動いた。

「かの者たちが」

「大塩平八郎の存在に気づいたようです」

直弼が答える。漆黒の首相執務室での、いつもの首脳会議である。

「むしろ霊力が増すのでは」

北条義時が低い声で言葉をつないだ。

「かの者たちは、地上の者とは比べ物にならぬほど霊力が強い。その霊力を我らが取り込めば、さらなる冥界の使者を呼び寄せられまする」

「どれほどの使い手か」

清盛は背後の気配に声をかける。武蔵である。

「沖田総司、柳生十兵衛、それに長身の男……これらは〝ヒトガタ〟にござる。そして以前交戦した陰陽師の男、さらに式神を伴った陰陽師らしき娘」

「陰陽師とな」

「まだ、その力のすべては顕現しておらぬ様子。この者の力が完全に解放されれば、脅威にござる」

「そのような者が、この地上におるのか」

清盛は分厚い舌で唇を舐めた。

「おそらく安倍晴明の血を引く者かと」

直弼が甲高い声で答えた。

「かつて豊臣秀吉が陰陽師を放逐した際、晴明の血を引く少女を取り逃がしました。のちに徳川家康公に庇護され、家康公はその少女の力で秀吉を殺し天下を獲ったとも……。その少女の血を引く者であれば、見過ごすわけにはいきませぬ」

「ならば大阪におびき寄せ、始末するか」

「それも一興ですな」

義時はうなずいた。この陰謀好きの男は、乱に乗じて敵対勢力を滅ぼすなどお手のものだ。

「武蔵と大塩で手が足りるか」

清盛はその大きな頭を傾けた。大阪の乱はあくまで政権を独裁にするための一手である。まずは目的を確実に果たす。清盛という男が天下を取れたのは、つねにその判断の正しさがあったからだ。決断を遅らせ勝機を見失うこともなければ、欲を出して足を掬われることもない。

「かの者たちを倒すのは今回の策の主ではない。それを為すときに全力を挙げればよい。大阪で事を起こすのを未然に防がれるなら話は別じゃが」

「ご心配には及ばず」

清盛の前に進み出たのは間部詮勝であった。

「大阪の指揮はわたくしが取りまする。かの者たちの動きを注視しながらも、目的は必ず果たしまする」

「それは心強い」

直弼はうなずいた。実務家としての詮勝の能力は、直弼がいちばん理解している。安政の大獄は直弼が決断したものの、それを実行したのは詮勝である。直弼の意図を汲み粛々と事を進めるその的確さと抜け目なさは、群を抜いていた。

「武蔵に尋ねる」

詮勝は武蔵のほうに体を向けた。

「晴明の血を受け継ぐ者の居場所はわかるのだな」

「おおよそ。しかし結界が張られていれば、わしの力では入れぬ」

「その者が大阪に出てくれば討ち取ることもできるが、出てこねば叶わぬと」

「少なくとも、わしにあの結界は破れぬ」

「承知した」

「詮勝、なにを考えておる」

興味深そうに清盛が尋ねると、詮勝は体の向きを戻して頭を深く下げ、ゆっくりと戻す。

「正直に申せば、晴明の血を引く者はまだ彼奴らの根城に籠もってもらうほうがよいかと思いまする。大阪は当初の策どおり進めるのがよろしいでしょう」

「何故じゃ」

「もしも晴明の血を引く者の力が強大なれば、それなりの損害を覚悟せねばならぬでしょう。我らはまだ大事を控えるゆえ、戦力の損耗は避けるべきかと」

「戦力の損耗？」

義時が乾いた笑い声を立てる。

「我ら冥界の者が遅れを取ると言うか」

稀代の権謀家である義時としては詮勝の発言を責めるというより、その根拠を知りたいという雰囲気だ。

「その恐れを軽く見ないほうがよいと愚考しまする」

「よかろう」

清盛はうなずいた。

「策は詮勝に任せよう」

「ありがたき幸せ」

詮勝は深く頭を下げた。

「直弼、ただちに外務大臣に命じて米国との交渉を行え。自衛隊を軍に昇格させ米軍の協力を要請せよ」

「かしこまりました」

「義時は政治家どもの動きから目を離すな。おかしな動きあらば容赦なく始末せよ」

「承知致しました」

清盛がライバルである源義朝に差をつけられた要因は、あらゆる想定をし尽くし手を打った点にある。どんなに優勢でも決して気を抜かない。それは北条義時にも共通する。そもそも北条氏の出自は平氏である。二人は敵味方に分かれてはいたが、通底するものは同じと言えよう。

「米国は日本の軍事強化を望んでおる。我らの構想に反対はしまい。中国は猛烈に反発するであろうが、米国の傘のもと進める。その旨をしかと米国に了承させよ。いかなる圧力も責任をもって防ぐように」

「委細承知しました。しかし……」

直弼は首をひねった。

「外務大臣の渡辺に、その度胸がありましょうや」

「なければ首をすげ替えよ」

清盛は即答した。

「叛逆の罪を着せて始末してもよい。我らに有用なものは必ずおる。その者を抜擢せよ」

「かしこまりました」

直弼は満面の笑みを浮かべた。

「すでにめぼしい者は見つけております」

「ほう。さすがは直弼じゃ」

井伊直弼は、その生涯にわたり既存勢力との戦いを繰り広げた人物でもある。そもそも十四男に生まれ[*]部屋住みとして生涯を終える予定だったが、兄たちの死に伴い、思いがけず家督を継いだ。それゆえ直弼はブレーンや後継者を育てられず、その意識すらなかった。となると早急に家中で自分の考えに従う者を抜擢し、家中以外から才ある者を見つける必要があった。

その最たる例が、直弼の謀臣として活躍した長野《ながの》主膳《しゅぜん》である。出身地すら定かでない長野に、大胆にも家老に匹敵する権限を与え活躍せしめた。強い支持基盤のない直弼だから、できたことだ。長野のように、野望のためには手段を選ばず大局より現実に対応する者こそ、カリスマ指導者には必要なのだ。直弼とは同格だが、間部詮勝もその一人だった。

「人事は其方に一任しよう。それでよいな義時」

「異論ございませぬ」

*部屋住み　家督をつげない男子が独立せず家に留まっていること

義時は答えた。

「党内は、いかようにも抑えておきまする」

「心強いの」

清盛と義時は、顔を見合わせてうなずいた。いまや、この二人には見事なまでの一体感がある。義時は、長く仕えた頼朝より清盛のほうが馬が合うようだ。

「ここからは一気呵成《かせい》に行く。まずは戦乱を起こし、これを力で収めるために武力を持つ。その過程で民どもの悲しみや憎しみを育て、その霊力で冥界の扉を開くのだ」

☆

大阪・御堂筋で政府への反対デモが行われた。

最初は小規模なデモだったが、その数はしだいに増し、気づけば三千人を超える群衆を集めていた。彼らは口々に「板垣政権の打倒」を叫び、しだいに行動が過激になってきていた。中心にいるのは、もちろん大塩平八郎だ。彼は大阪大学の教授でメディア露出も多い、南方滋《みなかたしげる》の肉体を乗っ取っていた。南方は左翼的思考の論客としても知られた人物だ。彼は板垣政権批判の急先鋒でもあり、大塩にとって最も利用しやすい人物だった。南方の肉体を乗っ取った大塩は、過激な発言で民衆を煽った。

「自由を奪い、再び帝国主義を持ち込もうとする板垣政権に抗え」

「力には力を」

「大阪から改革を。これは本当の革命戦だ」

「理は我らにある」

大塩と南方の相性は抜群だった。反対派は組織というより、狂乱の集団となった。じつは大塩平八郎が起こした乱も、勢いに乗じた荒々しいものだった。今回もまた、勢いと暴力で民衆を煽りに煽る。煽ることにかけて大塩は不世出の天才と言ってよい。

大阪は混乱と暴力で満ち溢れた。この事態に政府は公安委員長の松崎、その実態は間部詮勝を送り込んだ。詮勝は反対運動が暴動に変わるのを待った。大阪はもともと独立気風の強い都市だ。特に東京への反感が強く、それはすなわち政府への対抗である。大塩は民衆を煽り、詮勝は暴徒が暴れるに任せて絶妙に警備の隙を生み出すことで、その暴動を広げた。

「清盛の狙いどおりだな」

混乱の心斎橋・御堂筋通りに立つ平は、隣で呆然とする明知に話しかけた。その平の隣には柳生十兵衛がいる。

「思ったより早かったですな」

十兵衛はその隻眼を細めた。もちろん平と十兵衛の姿は明知以外には見えない。

御堂筋は、まさに無秩序だ。通りの両脇にはホテルや百貨店などが建ち並ぶが、すべてが打ち壊しの対象となった。興奮した人々は略奪品を奪い合い、新たな獲物を見つけると猟犬のごとく襲いかかる。そこにはもう政治的な目的などなく、ただ暴力があるだけだ。

「暴れるだけ暴れさせ、そこから鎮圧という流れだろう」

平は涼しい顔で言う。

「暴れるだけ暴れる……」

明知はうめいた。渋谷の暴動でもそうだったが、比較的おとなしいとされる日本人がここまで理性を失い攻撃性を増すものなのか。

「不安だ」

平は明知の心を見透かしたかのように言った。

「不安？」

「日本人は、安定しておるときには秩序を重んじる。それは国家に信頼がある場合だ。大災害に見舞われても国家に信頼があれば、秩序を優先し和を乱すことはない。しかし国家の信頼なくば不安が勝る。生き残るためには手段を選ばぬ。それは動物の本能だ。不安が信頼を凌駕すれば、そこに残るのは暴力と憎悪のみだ」

平の言葉は人間の本質を突いていた。日本という国は、長い平和により最低限の信頼を確保し続けてきた国家と言っていいだろう。幾度かあった災害も、その信頼ゆえ乗りきれた。しかし今、その信頼は清盛という死せる英傑の謀略によって崩されている。

「間部詮勝が大阪に入っておる。警察では暴動を抑えきれないとして自衛隊を投入し、その流れのまま自衛隊を軍に昇格させる腹積もりであろう」

明知はスマートフォンをチェックすると、板垣の声明が発表されている。平の言うとおり、大阪の騒乱に深い懸念を示し、鎮圧には手段を選ばず、また国内治安を強化するためにも国軍の設置が望ましいというものだった。

「どうやって防げば……」

「このありさまでは打つ手はないかもな」

平は目の前の惨状を眺めながら、むしろ楽しげに言った。

「国軍の創立は、清盛の計算どおりになるだろう」

「それでは私たちは、なんのために……ここに……」

明知はうめいた。

「大塩を討ち果たす」

平は事もなげに言った。

「我らも冥界の者と同じく、霊力で力を増す。彼奴らが得る霊力を奪うのだ」

「あなたはもしや、最初から……」

「大阪を救うことは叶わぬ。しかし、それをみすみす見過ごせば敵を肥え太らせるだけだ。ならば奪うのみ」

「あなたたちの狙いはなんですか」

明知は平を睨んだ。

「この状況を、むしろ歓迎しているように見える」

「そのとおり」

「どういうことですか」

「我らも冥界の者と同じ、霊力を欲する。霊力の源泉は怒り、悲しみ、苦しみ、憎悪だ。この世に溢れる暴力と混乱は我らにも必要なものだ」

「この大阪の乱を防ぐと言ったではないですか」

「言ったとも。でなければお前を連れ出せなかったゆえ」

「私を？」

そのとき突然、明知の前に男が飛び出してきた。初老だが目は血走っており、尋常な精神状態でないのが一目でわかる。男は右手に重量感のあるハンマーのようなものを握り、その先端からは赤黒くねばり気のある液体が滴っていた。

「天誅《てんちゅう》‼」

男が叫ぶや、明知めがけてハンマーを振り下ろしてきた。不意を突かれた明知は逃げる間もなく、とっさに手で防御するほかなかった。来るべき衝撃に備え目をつむる。次の瞬間、男の体は三メートル近く弾き飛ばされた。十兵衛が豪剣を振るったのだ。男は地面に叩きつけられたまま、ぴくりとも動かない。

「し、死んだ……」

動かない男を見て明知がうろたえた。

「そう、死んだな」

そんな明知に平は平然と言った。

「お前が殺した」

「私が？」

明知は驚いて十兵衛を見る。十兵衛は抜き身の刀を携えたまま悠然と立っていた。

「私は何も……」

「奴らに十兵衛の姿は見えぬ。お前がやったように見えるだろうな」

「あの男だ!!」

倒れた男の周りに群がった男たちが、憎悪に満ちた視線を明知に向ける。

「いや……私は……」

抗弁しようにも彼らに平や十兵衛の姿が見えない以上、それは難しい。

「殺せ!!」

男たちは口々に叫びながら、明知を取り囲んだ。彼らの目は完全に常軌を逸している。

「戦え。生きたければ」

「どうやって」

平の言葉に思わず明知は激した。明知は特に武術を学んでいるわけでも、屈強なわけでもない。戦うもなにも叩き伏せられて終わりだ。

「心配めさるな。我らも戦う」

十兵衛が不敵な笑みを浮かべる。

「敵の本命はあそこだ」

平は、男たちの後方に傲然と立っている一人の男をあごで示した。

「南方先生……」

「南方先生を……」

「あの者に大塩が憑依している。倒せ」

「あやつの霊力が消滅すれば、完全とは言わぬが暴動も収まる」

じわじわと明知を囲む男たちの輪が縮まってくる。

「お前が為すべきは生き残ることだけだ。娘のためにも」

平は冷徹に言い放った。

「殺せ！」

男たちが四方から明知に襲いかかった。

「戦え!!」

平が叫んだ。殺される。明知の中で理性による制御がはずれた。体の芯からエネルギーが湧き上がる。上半身を思いきりひねり、湧き上がったエネルギーを一気に放出する。巻き上がる風。それは小さな竜巻のようになり、襲いかかった男たちを空中に跳ね上げた。空高く舞い上がった肉体は、まるで紙切れのように舞ったのち地面に叩きつけられる。男たちの断末魔のうめき声があちこちで漏れる。

「これは……」

思いがけず解放された力に、明知は恐怖の表情を浮かべた。同時に力の犠牲になった者たちの苦悶の表情を見て胸が痛む。だが、その感情は長く続かなかった。いや、その暇《いとま》がない。

「走れ!」

平が叫ぶ。ハッと前方を見るとまるで能面のような南方、いや大塩平八郎の姿が目に入った。大塩が腕を振る。すると、彼の周りにいた人々が明知めがけていっせいに走り出した。皆、同じように狂気に満ちた表情で。

「奴らは操られ続ける。大塩を倒さぬかぎりな!」

平は明知に並走しながら、腰に下げていた軍刀を抜いた。十兵衛は、その獰猛さをみなぎらせて人々を吹き飛ばしていく。

「躊躇するな! 犠牲を増やしたくなくば己の身を守れ!!」

明知は無我夢中で力を解放した。腕を振るうたびに旋風が巻き起こり、人々は宙を舞い、地面に叩きつけられる。そのことになにかを感じる余裕はなかった。平の言うとおり、我が身を守るための動物的な防衛本能のみが働いていた。

明知、平、十兵衛は、襲いかかる人の群れをまるで一個の弾丸のようになって弾き飛ばしながら、首魁である大塩平八郎に近づいていく。大塩は、そんな明知たちに動じることなく、ただ見つめている。

「明知、我と十兵衛で敵を薙ぐ。お前は全力で大塩を討て！」

平はそう言うと一気に加速した。その背中はあっという間に遠くなる。同時に襲いかかる人の群れが、まさに消滅するように倒されていく。平に並走する十兵衛も同様に動き、明知の視界はみるみる開けていく。息が上がり、足がもつれる。その視界の先には無表情に立ち尽くす大塩がいた。何度かの術の発動で感覚は掴めている。

数十メートルあった大塩との距離は数メートルまで縮まり、間合いに入った。足を止め上体を思いきりひねる。気が集積され、全身に風がまとわりつくような感覚。それをギリギリまで引きつけ、風による張力に耐え続ける。そして限界に達した瞬間、全力で解き放った。

まさに竜巻が大塩に襲いかかる。大塩が旋風に巻き込まれる瞬間、明知の目は大塩の前に現れた黒い影をとらえた。

激しい土ぼこりが舞い上がって視界が奪われ、明知は思わず腕で顔を覆う。視界が晴れたとき、南方の姿は大塩平八郎そのものに変わっていた。長身の明知を超えた巨躯。青々とした月代《さかやき》に太い眉、そしてがっしりとした顎。細く吊り上がった目に大きな鼻。まさに魁偉。

そして、その巨躯の前には大塩に匹敵する屈強そうな体躯の武士が立っていた。両手には鈍く光る日本刀が、まるで腕と一体化したかのように握られている。

「宮本武蔵！」

十兵衛が叫んだ。武蔵は跳躍し一気に明知との距離を詰めた。神速である。明知は以前と同じく金縛りにあったかのように動けなかった。武蔵の豪剣がうなりをあげて明知を襲う。

「南無三！」

その左右の豪剣を受けたのは十兵衛と平である。火花が散り、左右に分かれて武蔵の双剣を受けた二人は、その反動でお互いの肩をぶつけ合った。恐るべき膂力《りょりょく》である。

同時に十兵衛は強引に武蔵の剣を払い、武蔵の脇腹を薙ぎ払う一撃を放つ。それを武蔵は後方に跳んで避けた。明知、平、十兵衛の間合いの外に出る。

「さすがは柳生新陰流。このあいだの若いのよりはできる」

武蔵は破顔した。

強い者と戦う以上の楽しみはない。それが表情に滲み出ていた。

「それは拙者も同じ。天下無双の剣をようやく味わえること、身に余る光栄」

二人の剣豪は瞬く間に二人だけの世界に入る。

「十兵衛が武蔵を引きつける。そのあいだに大塩を討つ」

平が明知に声をかけた。十兵衛は武蔵との間合いは変えず、地面を滑るように左方向に移動する。武蔵もその十兵衛の動きとシンクロするかのように足を運ぶ。武蔵の圧が消え、明知の正面には大塩が残された。大塩は刀を抜くこともなく、双腕を地面に向けだらりと垂らしたまま。殺気もなく、まるで案山子《かかし》のように突っ立っている。

「いいか、さほど時はかけられぬ」

平はその長身を低くかがめながら、刀を持った右腕をそのまま後方に伸ばす。

「十兵衛が武蔵を留めるには限界がある」

平の言葉に、明知は視線を左に動かした。十メートルほど先で、十兵衛と武蔵は動きを止めていた。十兵衛は青眼*の構えから切先を下げる下段に構え、ゆっくりと腰を落とし、武蔵の動きを待っている。一方の武蔵は両腕を大きく広げる。左右の手に握られた刀が、まるで翼のようだ。そして武蔵はゆっくりと間合いを詰め始めた。武蔵が一歩踏み出すと十兵衛が下がる。十兵衛は武蔵との間合いを一定に保つ。というより、明らかに武蔵の圧力に押し負けていた。

「十兵衛。逃げてばかりでは、わしには勝てぬぞ」

武蔵はしゃがれた低い声で嗤った。十兵衛はその挑発に反応できなかった。

恐ろしい……。

それが十兵衛の偽らざる心境だった。剣技もさることながら、武蔵の超人的な体能力と闘争本能は、まさに野獣。実戦では柳生一族の父・宗矩を凌ぐ自負がある十兵衛をもってしても、こうして立ち会うと武蔵の強さは別格と認めざるを得ない。

一分の隙も与えてはならない。

この時間が長引くほど、対峙する側の体力と気力は削り取られていく。十兵衛の額から汗が流れ落ちた。

「十兵衛！」

武蔵が地面を蹴って一気に間合いを詰めた。

その瞬間、十兵衛は無心になった……。

甲高い金属音のあと、二人の間合いが再び開いた。

「ほう……」

武蔵は感心したようにつぶやいた。対面する十兵衛もまた二刀になっていたのだ。

「無刀の術か」

武蔵は唇の端を歪めた。その表情には喜びが溢れている。

武蔵が両刀を振るったのと同時に十兵衛も脇差を抜き、その抜き打ちの一撃で食い止めたの

＊青眼　刀の切先を相手の目に向ける構え

である。それは、まさに敵の動きと同調する柳生新陰流奥義、無刀の術であった。

「太刀筋も疾《はや》くなった」

「武蔵殿のおかげにござる」

十兵衛は答えた。意識したことではない。体が勝手に反応したのだ。かつて父・宗矩は十兵衛にこう言ったことがある。

「其方には有り余る才がある。唯一の欠点は意識しすぎることだ。己の技を頭に描き、それを体現しようとしすぎる。変幻自在に剣を操るには、思考の外に意識を追い出し、敵と自分を一体にすることじゃ」

言わんとすることはわかる。しかし、その言葉の真髄を十兵衛は掴めないままでいた。その理由が今、わかった。十兵衛は生涯、命の危険を感じるほどの好敵手に恵まれなかったのだ。自分が圧倒的に優位な場合、思考を無意識に変えることは不可能だ。相手の動きが予測できてしまうこと、それ自体が思考なのである。

敵が自分よりはるかに強く、そして、その動きが予測できないことで無意識になれる。それを初めて理解した。

「死してなお剣の境地に触れる。おかしなものだ」

十兵衛はつぶやいた。

「それが剣士というものだ」

武蔵は、十兵衛の言葉に呼応するように言った。

「柳生十兵衛。おまえもまた佐々木小次郎と同じく、この宮本武蔵の好敵手として認めてやろう。わしの剣の糧となれ」

武蔵は二刀を羽ばたく鷲のように大きく広げた。

十兵衛もまた同じく広げる。

思考を消せ。

なにも考えず。

獣になる。

十兵衛は己の扉を開こうとしていた。


「気を抜くな」

平が明知に声をかけた。いつの間にか、大塩と明知たちのあいだに暴徒が集まっている。彼らは大塩を護衛していた。

「お前の術で吹き飛ばせ。その隙を我が突く」

平の言葉が終わる前に大塩が右手を高く上げると、暴徒が押し寄せてきた。

「明知！」

　命じられるまでもない。暴力の渦に巻き込まれる前に戦わねばならない。生きて凛のもとに戻るのだ。明知の脳裏を娘の顔がよぎった。上半身をひねり、両腕を体に巻きつけるようにして風を溜める。そして思いきり逆方向に振り抜き、風を解放する。竜巻が巻き起こり人々は吹き飛ばされていく。平は、その竜巻の力を利用し跳躍した。天高く跳ね上がった平の体は、その高さを利用して一気に大塩の頭上から襲撃した。まさに電撃的な攻撃だ。そのとき突如、大塩が動いた。まるで弾丸のように明知に向かって走り出す。同時に平の一撃は虚しく地面に叩きつけられた。

「術を出せ！」

　平の叫びが明知の鼓膜に響く。慌てて術を繰り出そうとするが、焦りと恐怖で体の自由が利かない。それでも強引に術を発動する体勢を取るが、その肩に大塩が繰り出した硬い拳が突き刺さる。鈍い音とともに激しい痛み。まるで岩をぶつけられたようだ。声をあげることもできず明知は地面に転がった。そこに大塩の足が振り下ろされる。明知は紙一重でかわすが、立ち上がることは叶わない。ひたすら転がりながら追撃をかわす。息が上がる。

　激しく揺れる視界に、凄まじい勢いで駆け抜ける武蔵と十兵衛の姿が映る。武蔵が十兵衛を押している。剣豪二人に気を奪われた瞬間、みぞおちに大塩のかかとがめり込んだ。息が詰まり頭の中が白くなる。刺さったかかとに大塩の体重が乗る。口から内臓が飛び出すような苦痛に襲われた。

「気を抜くな！」

みぞおちから圧力が消えた。同時に乱暴に引き起こされる。平が明知の前に立つ。大塩の背後から反撃に出たのだろう。明知の後方に逃れた大塩の肩からは、平の鋭い斬撃による傷から多量の赤黒い血が流れ出ている。

「息を整えろ」

呼吸の乱れは術の発動に大きな影響を与えてしまう。明知は口を閉じて荒い呼吸を止め、鼻から息を吸うことで必死に呼吸を整えた。その明知の背中に熱い塊が押しつけられる。振り返ると十兵衛の分厚い背中がそこにあった。

「さすがは宮本武蔵、手強い」

十兵衛は肩で息をしながら左手の脇差を青眼に構え、右手の大刀を肩に担いでいる。

「逃げてばかりでは勝ちは望めぬぞ。柳生の倅《せがれ》」

低くかすれた武蔵独特の声が響いた。明知、平、十兵衛は、前後を大塩と武蔵に挟まれる形になっていた。

「息は整ったか」

平が明知に尋ねた。その口調はいつもの冷静なものだ。

「なんとか」

「彼奴らは二人。こちらは三人。数では優位だ」

武蔵と大塩はじりじりと間合いを詰めてくる。武蔵の超人的な技量には及ばぬとも、大塩の攻撃力も侮れない。とても数的優位という言葉に安心感はない。それに大塩は群集を操れる。むしろ多勢に無勢ではないか。

「明知、円を描くように術を放て。その風に乗って我らは敵の背後を突く」

平は気取られぬよう囁いた。倒れていた群集が立ち上がり始めている。群集に押し込まれて武蔵と大塩に攻め込まれれば、もう打つ手はない。そうなる前に明知の術で、すべてを吹き飛ばす。

「勝負はこの一瞬だ。お前のすべての力を出し尽くせ。あとのことは考えるな」

その言葉の重さを明知は噛み締めた。幸い息は整い始め、体には霊気を溜め込めている。短い時間ではあるが、明知の心に戦う本能のようなものが芽生え始めていた。

「明知殿。武蔵は拙者が防ぐ」

十兵衛が囁いた。十兵衛の表情を見る余裕はない。信じるしかない。この瞬間のために自分は生きてきた。不思議なくらい澄んだ気持ちになった。明知たちを囲む輪は縮み、いつ襲い掛かられてもおかしくはない。大きく息を吸い、体内の霊気に息吹を与える。その息吹が風に変化するのを確認し、思いきり体にひねりを加える。平がその長身を低く構え、背後の十兵衛の気も攻めに転じた。

頃合いだ。

すべての力を込め明知は気を解き放った。

凄まじい旋風が巻き起こり、舞い上がる砂塵に視界を奪われた。不思議だが、すべてを出し尽くしたはずなのに、新たな霊気が体に充満していくのを感じる。それは次なる危険を予見する新たな能力を呼び起こした。反撃に備え、構える。自分でも信じられないほど激しい闘争本能が開花したのである。

「来る」

明知はつぶやいた。砂塵が地上に舞い降りる瞬間、それは一個の弾丸になり明知に向かって飛んできた。明知はその弾丸に向かい、全霊を込めた術式を発動する。風ではなく光線としてその弾丸を迎え撃った。弾け飛ぶ光のなか苦悶の表情を浮かべる大塩の顔が、南方に変わる。仕留めた。

しかし明知の思考と意識は、そこで途絶えた。

完全に無防備になった彼の背を貫く、冷たい刃によって。

それは、いつか見た、あの夢と同じ光景だった。

☆

「大塩が討ち取られたか」

首相執務室の暗闇で、清盛は抑揚のない調子で言った。清盛の前には間部詮勝、宮本武蔵が立っている。

「面目ございませぬ」

詮勝は頭を下げた。しかし、その表情は能面のように変化がない。武蔵はひと言も発せず詮勝の後ろに控えている。

「大塩は惜しいことをしましたが、最低限の仕事は成せたと思いまする」

詮勝の返答に、清盛はコツコツとその太い指で机を叩いた。

「そうじゃの。大阪の騒乱は米国に衝撃を与えたようじゃ。日本軍の設置に正式に許諾の姿勢を示した。ここから一気に全国の取締りを強化する」

「東京の戒厳令は解かずに、でございますな」

「全国にこの流れを広げる。もはや霊力は十分であろう」

「かの者たちはいかがする」

武蔵が口を開いた。

「大阪では柳生十兵衛を討ち損ねたらしいの」

清盛の言葉に、武蔵はじろりと詮勝に視線を送った。

「討ち損ねたわけではない。手を引けと言われたからじゃ」

「詮勝、何故じゃ」

清盛は、そこで表情を一転させ微笑した。

「能力を開花させ霊力を高めきった陰陽師を一人、討ち取りましたゆえ。次を考えれば、それ以上の戦果は不要かと」

「次だと」

武蔵が不服げに言った。

「上様は山科での決戦を考えておられる。最大霊力をさらに引き上げるには、かの者どもの集める霊力はうってつけ。大阪では目的を果たしておった。それ以上は必要あるまい」

「詮勝らしいの」

清盛は目を細めた。それは詮勝の行いを承認するというより、疑いを持ったようでもある。

「かの者たちに裏をかかれることはあるまいか。現に大塩を討ち取られたわい」

「そのことじゃ」

武蔵は詮勝の前に進み出た。

「かの者どもも我らと同じことを考えておるのでは」

「どういう意味じゃ」

清盛が関心を示した。その太い指が机から離れ、己の唇をなぞる。

「彼奴らもまた大きな霊力を手に入れようとしておるのではないか」

「武蔵」

詮勝が太く低い声で武蔵の言葉を遮った。

「上様に憶測を申し上げるではない。僭越《せんえつ》である」

「僭越、だと」

武蔵の太い眉が上がった。二人のあいだに緊張が走る。

「揉めるでない」

闇に浮かび上がったのは北条義時だった。

「敵を策に落とせるのは、落とす側が一枚岩のときじゃ。策を弄す側が互いを疑えば、策は己のほうから崩れるものぞ。策こそ信なり」

幾多の政敵を葬った義時ならではの言葉だ。

「申し訳ございませぬ」

詮勝は政治家ゆえすぐに引いたが、武蔵は憤懣やるかたないといった表情のまま突っ立っている。

「義時、わしが二人を煽ったようなものじゃ。許せ。かの者たちが少し気になったものでな」

「かの者がいかに暗躍しようとも、もはや手遅れにございましょう。上様の霊力は、すでに山科の結界を破れるほどになっておるのでは」

「そのとおりじゃ」

清盛は、ほんの少し解せぬといった仕草を見せた。

「それにしても不思議な時代じゃな」

太い指が己の頭を撫でる。

「わしらの時代は、民などなにも知らないものであった。知るということを知らず、それゆえ起こる事態にただただ振り回されておった。まさに阿呆じゃ。しかし、この時代の民どもは知りすぎるほど知っておる。知っておるのに知らぬものより阿呆じゃ。こうもたやすく操れるものとは思わなんだ」

「知りすぎておるゆえにござる」

義時が深く刻まれた眉間のしわをさらに深くした。

「知っている者と知らぬ者の差があるうちは、知っている者の知略が知らぬ者を導きまする。しかし知っている者と知らぬ者の差がなくなれば、多数を占める愚か者どもが我がもの顔で群れを成し、優れた者の知恵を淘汰しまする。愚者が賢者を駆逐する。なんとも愚かで浅ましい時代にござりまする」

「同感にございまする」

詮勝も義時の言葉に同調した。

「上様、我らの時代は北条殿の時代よりも知っている者は多くおりましたが、それでも差がありました。それゆえ世を操ることはたやすくありませんでした。その差のないこの時代の民は〝自分だけが知っている、わかる〟と優越感に浸れる虚言妄言に、考えることなく飛びつきまする。情報という妖を投げれば、すぐに操れる。まさに愚者の時代と言えましょう」

「わしらが正しく導いてやらねばならぬ」

清盛は大きくうなずいた。

「上様。そろそろ、その愚かな民どもにお言葉を授ける時間にござりまする」

義時が時代がかった声をあげた。

「この国の新しい夜明けを与えてやりましょうぞ」

消えゆく清盛、詮勝、義時らを見ながら、ただ一人武蔵は、

「人は己を賢者と思ったときから愚者になる」

と、ポツリと声を漏らした。

☆

大阪の大乱を皮切りに騒乱は急速に全国へと広がり、生活を脅かされ続けた国民は恐怖におののいていた。その強烈な感情は政府の弱腰非難へと向かい、強いリーダーシップを求め始め

た。そんななか首相の板垣は、ついに自らの意志を、騒乱鎮圧間もない大阪・御堂筋の心斎橋交差点で街頭演説にて披露した。まだ反乱分子がいるかもしれぬ場で全身を晒して演説する板垣を見るや、その強い決意に国民は驚愕し、熱狂した。

「この数か月にわたる国内の騒乱に私、板垣は強い責任を感じている。と同時に、もはや通常のやり方ではこの騒乱を抑え込む術はない。一時的にだが、強い権限を私に集中させてほしい。まずは自衛隊を軍に引き上げ、戦時内閣を発足させる。今の日本は内戦状態にある。これが長く続けば国は崩壊するだろう。私は三か月で、この騒乱を鎮める。平和と安寧を乱す者には、いっさいの容赦をするつもりはない。

異論はあろうが、この数か月の状況を見よ。法は確かに重要だが、その法は平和安寧のためにあるものだ。法の規制が平和を乱すなら、その法をすみやかに変える必要がある。法は人がつくりしものであり神ではない。役に立たぬ悪法は変える。この板垣がすべての責を負う。この国は今一度つくり直すときにある。明治維新以降、東京を首都に置き政を行ってきたが、そこに大きな歪みが生じている。秩序と平和を回復したのち天皇陛下を京にお戻しし、新しい首都をつくり、豊かで強い日本をつくり上げてみせる」

板垣はその言葉どおり、まず一か月で全国の騒乱の鎮圧を成し遂げる。自衛隊と警察を併用し、まさに容赦ない弾圧で瞬く間に平和と秩序を回復させる。その強引な手法に疑問を投げかけようにも、声をあげれば即身柄を拘束されるという徹底ぶりである。SNSは政府による反政府分子のあぶり出しに最適だった。多くの国民は、独裁的な手法への不満よりもひさしぶりに訪れた平和と安全に喜び、板垣への絶対的な支持を表明した。

板垣は戦時内閣を維持したまま、自衛隊を軍に格上げする法整備に入った。内閣をはじめ政府与党、野党も北条義時による強烈な引き締めによって反対勢力など存在しない。閣議、国会を通過し、板垣は日本の再軍備を国民投票で決することにした。

マスコミもこの流れに逆らうことはできない。国民の期待を上回るスピードで内乱の鎮圧が全国に広まっただけでなく、反政府の論客はほとんど政府に拘束されているからだ。この状況下で政府への批判を声高に唱えるような勇気ある者は、いなかった。

「再軍備については幅広く国民の声を聞く。しかし、いまだ国を乱そうとする者は各地に潜んでいる。その者たちに隙を与えないためにも、戦時体制は解除できぬ。もちろん国民生活は従来どおり行えるよう万全の警備を行う。そのためにも自衛隊の増員を推し進める所存である」

板垣は表明後、国防予算を倍に引き上げ、自衛隊員の増強を開始した。なんといっても新隊員の募集がメインである。上場企業の平均をはるかに上回る高水準の初任給を設定し、旧来の給与体系もすべて見直した。自衛隊はビジネスとして一気に巨大化した。その高い収入を目当てに、若い人材が一気に流入する。人材が集まれば、その周辺のビジネスはさらに拡大する。そこに惜しげもなく予算を投入することで、日本は世界有数の軍事国家への道を〝民主的〟に突き進み始めたのだ。

「中国と韓国が騒いでおるようだな」

板垣は、閣議の席上で目を閉じたまま言った。板垣の両隣には、財務大臣の長嶋と官房長官の椎名が座っている。

「はい……日本の軍国主義の復活と騒いでおります」

板垣の問いに答えたのは最近、外務大臣に抜擢された谷芳樹だ。民政党の若手でもタカ派と知られた男である。先月、突然死を遂げた渡辺の後任として異例の大抜擢を受けた。外交においては柔軟性より強硬な態度を旨とし、すでにいくつもの摩擦を起こしている。しかし、そのことが板垣からの高い評価に結びついた。

「我らは別に他国を侵略しておるわけではない。あくまで国内の治安維持のため。内政干渉だと抗議しておけ」

「かしこまりました」

板垣の言葉に谷はうなずいた。谷はややエキセントリックな癖《へき》がある。板垣の期待以上の反撃をするであろう。

「総理……しかし、あまり中韓を刺激するとアメリカが懸念を示すのではないでしょうか」

おずおずと、口を開いたのは防衛大臣の安藤武である。

「アメリカ？」

板垣は安藤のほうに視線を向けた。

「適当にあしらっておけ」

「あしらう……です……か」

「我らはアメリカの属国ではない。違うか」

板垣の語尾には鋭さがあった。この問いかけには相応の圧力がある。

「答えよ。安藤」

官房長官の椎名が安藤に迫る。安藤が下を向き、小声で応じた。

「属国ではありません」

「ならば、彼奴らの都合に付き合うつもりはない。いずれ米軍基地の縮小、あるいは撤廃を要求する」

安藤は目を丸くした。アメリカにそのような交渉を行った政権は、歴史上存在しない。

「アメリカが……納得しますでしょうか……」

「彼奴らが納得するしないは関係ない。我らがどうするかじゃ」

板垣は強い口調になった。その迫力、態度はまさに独裁者である。安藤は言葉を失っていた。

「安藤。お前の仕事はアメリカと交渉することではない。力をもって理解させることだ」

「はい……」

安藤は肯首する。何者も逆らえない。それが今の板垣である。安藤は今年で七十歳。安藤派を率いる派閥の領袖であり、かつて板垣は平身低頭にて、この安藤に引き立ててもらったことがあった。しかし、いまや安藤が板垣の前で身を震わせ怯えている。閣僚は誰も声一つあげられない。

「アメリカは大国であり、その力は強大だ。我ら日本はあくまで独立した強国であることを必要とし、軍備はそのためのものだ。もはや遠慮することはない。日本が強くなってもアメリカの国益を損なうことは、なに一つない」

「首相自らアメリカ大統領と会談していただくことは可能でございましょうか」

アメリカ政府は今、板垣内閣に疑心を抱いている。重要な決定は必ず先延ばししてきた日本は、アメリカにとって優柔不断な国だった。首相といえども独断的な決断は下さず、結論が出るのは仕方なくだ。そういうものであった。そして板垣もまた歴代の首相と同じタイプで、最終的には脅さねばなにも決められないとタカをくくられていた。その板垣が突如、専制的な君主のような振る舞いを始めたことでアメリカ政府は困惑していた。

「会ってもよい」

板垣は答えた。

「このタイミングでの日米首脳会談は悪くないと思います」

外務大臣の谷が呼応する。

「うまくいけばアジア諸国に、日本が新しく生まれ変わる姿を見せられると思います」

アメリカと日本の強力な同盟関係を示せば、アジア諸国の反発の気勢を削げるだろう。

「会ってもよい」

板垣はもう一度言った。

「ただ、今は国内の治安回復が最優先だ。急ぎであれば自ら足を運ぶよう伝えよ」

高飛車な態度である。さすがの谷も板垣の言葉に顔色を失った。いまだかつて、そのようなことをアメリカに要求した日本の首脳は、いない。

「ただとは言わぬ」

板垣は静まり返る閣僚を見回しながら言葉を続けた。

「アメリカがわが国に敬意を払えば、実利で報いる」

「実利」

谷は身を乗り出した。

「どのような……」

「それはお前が知ることではない」

板垣はピシャリと言った。

「お前が知らぬことで、相手はこちらの真意が見えず困惑する。お前が知らぬからこそ交渉がうまくいく。交渉とは、こちらの真意を悟られぬことだ」

「かしこまりました」

谷は即座に答えた。谷はこの板垣政権の申し子である。絶対君主の板垣に絶対服従。閣僚に選ばれた者たちは、自分たちが独裁者のもとに集い決して抗えないことを自覚している。そこにあるのは民主主義ではなく、専制主義ということも。

☆

大阪・御堂筋の乱、政府が鎮圧に成功。

九月三日から一週間にわたり勃発した大阪での騒乱は、首謀者と見られる南方滋大学教授の死亡とともに収束した。また、民政党衆議院議員の明知光太郎氏が騒乱に巻き込まれ死亡した。犯人などの特定はまだ不明――。

なぜこんなことになったのだろう。

どれだけ涙が出ても尽きることなく溢れてくる。

自分を抱きしめてくれたあのぬくもりは、もうどこにも存在しない。

十七歳で生きる術も持たず、この地に残された。


凛の父・明知光太郎が大阪・御堂筋の騒乱に巻き込まれ死亡が確認されてから、すでに一週間が経っていた。父の死は同行していた平から伝えられ、その後、報道によって現実のものとなった。ただ、冥界側の反撃を懸念した平により遺体との対面もできていない。凛は山科の一棟貸しホテルに身を潜め続けていた。そのリビングで平、十兵衛、総司と顔を合わせている。

ソファに座った凛を囲むように三人の死せる者が立っている。

「地上に集いし冥界の者どもの力は、我らが考えていたよりも強大だ。地上の権力は、いまや彼奴らのもとにある。うかうか姿を見せるのは自殺行為だ。今のお前では父の仇《かたき》は討てぬ」

そう言った平に、凛は怒りをぶつけた。

「あのときあなたは勝てるって言ってたじゃない！　勝てなくてもいい、せめて、……せめて守ってくれれば……」

「申し訳ござらぬ」

すがる凛を冷たい表情で見下ろす平に代わり、十兵衛が詫びた。

「父はお前の代わりに死んだ」

平は冷たく言い放った。その心ない言葉に、凛はキッと平を睨んだ。

「私のせい？」

「平さん。それはあんまりじゃないですか」

凛が次の言葉を発する前に口を挟んだのは総司である。

「凛さんを温存すると決めたのは、あなたではないですか」

総司は穏やかな口調で平を諭すように話しかけた。

「凛さんの父上を死なせてしまったのは、将であるあなたの落ち度です。詫びることはあっても責めるのは筋違いです」

平は総司に視線を移した。しばらく沈黙したのち、ゆっくり体を凛のほうに向け、その長身を折りたたむように頭を下げた。

「すまぬ」

凛は固く唇を噛んだ。その美しい瞳からは怒りが溢れていた。

「しかし、お前は父の遺志を継がねばならぬ」

平は頭を上げると傲然と言った。

「平さん」

総司が遮ろうとしたが、それを十兵衛が押し留めた。十兵衛は分厚い体をかがめ、凛の前に平伏するように座った。

「凛殿。父上をお守りできなかったこと、この柳生十兵衛、改めてお詫び申し上げまする。父上は、冥界の使者たる大塩平八郎を見事に討ち果たされた。それは父上が民を守るために命を賭けた証にござる。父上の想いを凛殿が継がなければ、誰が継ぐのです」

「いい加減なこと言わないで！」

凛は怒鳴った。

「あなたたちが突然現れて勝手に巻き込んだんじゃない！　パパはその犠牲になっただけ」

もう限界だ。凛は立ち上がるとそのままリビングを飛び出し、スニーカーに足を突っ込んで玄関から駆け出した。

「平殿。わしはこのようなこと、あまり賛成しかねまする」

十兵衛は凛の背中を追った視線を平に戻しながら、苦虫を噛み潰したような表情で言った。平はそれに答えず、凛が座っていたソファに身を沈める。

「十兵衛殿、どういうことですか」

総司が細い眉根を寄せて尋ねた。その表情は平への不信感が漂っている。

「それは……」

「沖田。冥界に勝つには手段を選んでおれぬ」

平が十兵衛の言葉を遮った。

「凛の真の能力を解放しないかぎり我らに勝ち目はない。あの者は長い年月をかけ、もとの姿を見失ってしまっておる。さらなる怒り、絶望、憎しみで錆びついた感情を取り戻させる。それが我らの役目だ」

「もしかして……あなたは……」

「沖田、明知は役目を果たした。それだけのことだ」

平は暗い瞳を総司に向けた。その瞳に宿る深い闇が総司を包み込んだ。


凛は、ホテルから少し離れた公園のベンチに座っていた。もう一時間ぐらいはこうしているだろうか。日は沈み、あたりには人気《ひとけ》もない。じんわりと京都独特の湿気が凛にまとわりつく。

「凛さま、なにも力になれず……」

かみまるが空中にふわりと浮かんでいる。その姿はしょんぼりとしているようにしわが寄り、頼りない。

「ありがとう。そばにいてくれるだけで……」

凛の頼りになる者はいなくなった。考えてみれば、ある時期から凛は他人との関係を絶ってきた。それは自分に責があり、父の存在があったから許されてきただけのことだったのだ。その父を失った今、この世界には自分という存在の意味すらないのではないか。平が言うような、父の仇を討ちたいなどという気持ちは起こらない。どちらかと言えば父の後を追って消えてなくなりたい。そのほうがしっくりくる。

「だからと言って……」

死ぬ勇気などないし、どうやって死ぬかもわからない。しかも凛は、痛みや苦しみに人一倍恐怖を感じるほうなのだ。

「どうしたらいい、のかな」

ぼんやりと空を見上げる。月明かりなき暗い夜空は、今の凛の心のようだ。

「パパは本当に、この地上を守ろうとしていたのかな……」

父が政治家として懸命に働いていたことは知っている。そういう志を持つ人だった。しかし一方で、父はやさしい人でもあった。暴力的なことを嫌い、力でなにかを成し遂げようとすることはない。その父が、国や人のためとはいえ戦うという選択をしたのだろうか。凛にはどうしても納得できなかった。

「ご当主さまは、凛さまを守ろうとしたんや」

ぽつりとかみまるが言った。

「ボクを？」

「ご当主さまが命を賭けても守りたい者がいるとしたら、凛さましかおらん。凛さまの未来のために戦ったんや」

胸が痛んだ。自分は父に、なにをしてあげられたんだろう。父が命を投げ出してまで守らなければならない未来など、あるのだろうか。

「パパは死ぬ夢を見てた」

いつだったか朝の修行をしていたとき、父が死を予感させる夢を見たという話をした。そのことが思い出された。

「これは運命だったのかな……」

「そんなことない！」

かみまるが大きな声をあげた。今まで聞いたことがない、厳しい声だった。

「かみまる……」

「ご当主さまは凛さまのために戦ったんや！」

顔がなく無地の白い紙でしかないかみまるが、まるで泣いているようだった。

「運命なんかやない、凛さまのために必死に戦ったんや！　そうでないと……」

凛は立ち上がった。

かみまるの言葉は凛の胸に突き刺さった。そうだ。父はきっと死にたくなかったはずだ。父はいつだって自分のことを想っていた。仮に死ぬ運命だったとしても抗ったはずだ。それを確認する使命が自分にはある。

「パパに会いに行く」

凛は言った。

「ご当主さまに？」

かみまるは戸惑った声をあげた。

腕時計に目を落とす。午後八時。一時間あれば大阪に行ける。父の遺体は、まだ西警察署に安置されているだろう。高校の担任から凛の携帯電話にメッセージが入っていた。このまま人知れず遺体が処分されるなど耐えられない。

「平殿は冥界の罠かもしれないって……」

かみまるが遠慮がちに言った。

「ボクはあの人の駒じゃない」

凛はきっぱりと言った。

「仮に罠だとしても、ボクは行く。ボクにはボクの意思がある」

意思。自然にその言葉が唇から漏れた。ここしばらく自分の意思などというものについて考えたことはなかった。いや、そんなものは存在しないと思っていた。しかし今、凛は確かに自分の意思を持っている。そして、それは危険を伴うものだとも自覚している。

「凛さま……」

かみまるはどうしたものかと、ふわりふわりと宙を舞う。凛はそんなかみまるを無視して歩き始めた。すると、その凛の前に人影が現れ、近づいてくる。

「誰?」

凛が身構えると、その影からやさしい声が発せられた。

郵 便 は が き

料金受取人払郵便

新宿北局承認

9197

差出有効期間
2026年 4 月
30日まで
切手を貼らずに
お出しください。

169-8790

174

東京都新宿区
北新宿2-21-1
新宿フロントタワー29F

サンマーク出版愛読者係行

ご 住 所	〒　　　　都道府県	
フリガナ		☎
お 名 前		(　　　)
電子メールアドレス		

ご記入されたご住所、お名前、メールアドレスなどは企画の参考、企画用アンケートの依頼、および商品情報の案内の目的にのみ使用するもので、他の目的では使用いたしません。
尚、下記をご希望の方には無料で郵送いたしますので、□欄に✓印を記入し投函して下さい。
□サンマーク出版発行図書目録

1 お買い求めいただいた本の名。

2 本書をお読みになった感想。

3 お買い求めになった書店名。

市・区・郡　　　　町・村　　　　書店

4 本書をお買い求めになった動機は?

・書店で見て　　　・人にすすめられて
・新聞広告を見て(朝日・読売・毎日・日経・その他=　　　)
・雑誌広告を見て(掲載誌=　　　)
・その他(　　　)

ご購読ありがとうございます。今後の出版物の参考とさせていただきますので、上記のアンケートにお答えください。**抽選で毎月10名の方に図書カード(1000円分)をお送りします。**なお、ご記入いただいた個人情報以外のデータは編集資料の他、広告に使用させていただく場合がございます。

5 下記、ご記入お願いします。

ご職業	1 会社員(業種　　) 2 自営業(業種　　) 3 公務員(職種　　) 4 学生(中・高・高専・大・専門・院) 5 主婦　6 その他(　　)		
性別	男・女	年齢	歳

ホームページ　http://www.sunmark.co.jp　ご協力ありがとうございました。

「私が護衛しますよ」

総司だった。

「沖田さん」

「お父上に会われたほうがいい。大事な人にはちゃんと別れを告げるべきです。私はそれが叶わなかった……」

総司はそっと凛の肩に手のひらを置いた。死者である総司に人の温かみはない。その代わり夏草のようなほのかな匂いが凛の鼻腔に届く。

「凛さんは私が守ります。なにがあっても」

総司の言葉は唯一の肉親を失った凛の心に染みた。涙がこぼれそうになったが、ここで泣いてはいけない。前に進まないと。それは確かな凛の成長だったのかもしれない。

「ありがとう」

凛は絞り出すように言うと、かみまるのほうを見た。

「止めても無駄だよ」

「しゃあないな……」

かみまるはスッと凛の肩口に近づいた。

「沖田はんばっかりにええ格好はさせられん」

凛は唇を噛んだ。私は一人ではない。それがたとえ、この世の人ではなくても。

凛が大阪市靫《うつぼ》にある西警察署に到着したのは午後九時だった。総司とかみまるがずっと護衛をしていたが、その姿はもちろん地上の人間に見えることはない。凛が刑事課を訪ね明知光太郎の娘であることを告げると、すぐに担当の刑事が現れた。初老の目つきが鋭い、ガッチリとした体格の刑事は清河と名乗った。凛が提示した学生証を見て、それでなくても細い目をさらに細めた。こちらの胸の奥まで覗こうとするような不遠慮な視線だ。

「お父さんの件ですぐ、お家のほうに連絡したんだけど不在で。さらに学校にも確認をしたら、長らくお休みしていたようだね。どこにいたの」

「どこって……」

「答えないほうがいいです」

隣に立っていた総司が突然、口を開いた。一瞬、総司のほうに清河の視線が動いたような気がした。

「親戚の家に……」

とっさに嘘をついた。

「親戚の家……ね」

奇妙な間が空いた。総司もかみまるも言葉を発しない。それがなにを意味しているか、凛には感じるものがあった。睨み合いにも似た沈黙を先に破ったのは、清河だった。

263

「まぁ、いいでしょう」

清河は唇を歪めた。本人は笑っているつもりなのだろうが、悪代官が悪巧みをしているときのような嫌な顔だ。

「ではこちらへ」

清河は立ち上がって、凛を促した。

「お父様のご遺体を確認してもらいましょう」

遺体という言葉を耳にすると、胸を刃で突かれたような痛みが走る。

父の死はあくまで言葉による事実として受け止めていた。それだけに悲しみはどこか現実味がなく、映画を観ているかのように観念的だった。しかし父の遺体との対面を前にすると突然、恐怖が襲ってきた。どこか後悔している自分もいる。清河の背中について歩きながら凛は複雑な感情と戦っていた。

総司は厳しい表情のまま凛の隣を歩いていた。その姿は一分の隙もなく、戦場にいるかのようだ。かみまるは、凛の背後を守るように浮遊している。

清河は地下にある遺体安置室へと凛を案内した。重い扉を開けると、暗い室内には独特の消毒用アルコールの匂いが広がっている。部屋の中央には、大きな鉄製のストレッチャーの上に銀色の袋状の物があった。ここに父が眠っているのだろう。

「死後だいぶ時間が経っているので、こういう形で保存していますが、気にしないで」

保存という言葉は、父が物になってしまったようで凜の心を抉った。清河はそんな凜を気遣うでもなく、平然と袋のジッパーを開くと、

「さぁどうぞ」

と手招きした。恐る恐る近づき、袋の中を覗く。

「あ」

思わず声が出た。父とまったく違う顔だった。

「凜さん！」

総司の叫び声とともに強い力で後ろに引かれた。突然のことで体勢を崩し、凜は後方にひっくり返った。と同時に袋の中にいた男が突き出した刃を総司が抜き打ちの一閃で打ち払い、その余勢を駆って、後方で銃を抜いた清河を貫いた。清河の首筋から鮮血が迸る。あまりの凄惨さに、凜は目を見開き声も出ない。

「なかなかの手だれらしい」

袋の中からゆらりと立ち上がった男。異様に広い額、切り裂かれたように鋭い目。小柄ながら、残忍さが伝わってくる妖気を全身に纏っている。

「名はなんと申す」

男は総司に尋ねた。

「新撰組一番隊組長、沖田総司」

「新撰組？」

男は首をひねった。

「聞いたことがあるの。あれはそう……会津藩お抱えの浪士どもであったわい」

「あなたは」

総司は刀を構えたまま低い声で尋ねる。

「わしか」

男はストレッチャーからふわりと降りた。立派な羽織袴が、この男がかつてそれなりの地位にあったことを思わせる。

「わしは老中首座・間部詮勝である」

「間部……詮勝……」

「沖田とか言ったな。わしは老中として幕府に弓引く者を取り締まっておった。ある意味、お前たち新撰組の生みの親と言ってもよい」

くくく。詮勝は総司の目を覗き込むように笑った。

「いわば同じ穴の狢《むじな》とも言える。そのよしみで一つ、助けてやろう」

「助ける？」

「我が主、平清盛公はこの腐った地上を改めるためにさらなる力を必要としておる。ただ、冥界から力を得るには多大な霊力が必要。そのための儀式を行う」

「儀式？」

総司は、凛のほうに位置を移動し、詮勝と凛のあいだに入る。攻撃から守りの態勢に入った。

「山科にある天智天皇陵でな」

詮勝は息を吐く。その息は毒ガスのように地を這う。

「凛さま、呼吸を短く！　深く呼吸したらあかん」

かみまるが凛の耳元で囁く。

「その昔……」

詮勝は太く低い声で悠然と語り出した。

「天智天皇は冥界の者と取引し、地上の支配に成功した。その際、冥界と地上をつないだ場所が、まさしく天智天皇陵だった。つまり帝の墓でなく、冥界の出入り口を封印した場所である。清盛公はその封印を解き、天智天皇が為した冥界の地上制覇および天界も含む三界統一を目指されておる」

凛は恐怖のなか体を起こすと、ふいに怒りが込み上げてきた。

「パパをどうしたの？　返して！」

「返して？」

詮勝はおうむ返しにつぶやいた。

「はて、あの腐った肉をご所望か」

腐った肉。その言葉に凛の中でなにかが弾けた。

「パパを返せ!!」

凛は絶叫すると、跳ねるように起き上がって沖田の前に飛び出し、詮勝に向かい霊弾を放った。霊弾の閃光が詮勝を包もうとした瞬間、倒れていた清河が神速で立ち上がり弾き返す。

「〝ヒトガタ〟……」

総司がうめいた。

「我が名は行心」

清河は血まみれの姿で嗤った。

「天智天皇にお仕えした陰陽師である。お前の始祖に当たるもの」

「陰陽師……」

「お前の父の霊力で蘇った」

清河……いや行心は低い声で凛に語りかける。

「かつて天武《てんむ》は、我ら冥界の使者を山科の地に封じ込めた。その際にわしも封じられた。その封印を解くには陰陽師の力がいる。お前の父、そしてお前自身も必要だ。冥界の者はお前を探し続けていた。お前の父はわしを蘇らせ、お前は天智を蘇らせるであろう」

行心の言葉は、まるで呪いのように凛にまとわりつく。

「凛さん、下がって」

総司が凛の前にもう一度入る。そして刀を低く構えた。

「沖田とやら、ここまでだ」

詮勝が言った。

「その娘を捕らえてやろうと思うたのだがな。次は山科での決戦だ」

「決戦……」

「娘……讃良《さら》姫《ひめ》と呼んだほうがよいか」

行心の真っ黒な瞳が凛を捉える。

「お前の父は、我らの手にあるあいだは救うことができる」

「救う？」

「凛さま、そいつの話を聞いたらあかん」

かみまるが叫んだ。

「ひさしぶりではないか。識」

行心はかみまるに話しかけた。

「ひさしぶり？」

総司がかみまるに視線を移す。かみまるは空中に釘付けになったように静止している。

「昔、冥界の使者となった太閤・秀吉は、己に逆らった陰陽師を弾圧した。その際、陰陽寮の総帥たる土御門久脩は、安倍晴明の血を引く讃良姫なる者を逃した。久脩は讃良姫を守るべく式神を送った」

それが、かみまるだ。凛は以前、かみまるから聞いた話を思い出した。その凛の心中を読み取ったのか、行心は首を左右に振った。

「久脩が送ったのは、その者ではない」

行心の言葉に凛は固まった。

「久脩が送った式神がどこでどうなったかは、わからぬ。しかし、そこにおる識は、かつてわしが送ったもの」

「あなたは天智天皇に仕えていたと言ったではありませんか。時代が合いませんよ」

総司が口を挟んだ。行心は低い声で笑う。

「わしらは幾度も転生を繰り返す。わしは当時、秀吉抱えの陰陽師として働いておった。吉田《よしだ》梵舜《ぼんしゅん》と名乗っての」

凛は混乱していた。かみまるが、敵……。

「わしは讃良姫を追うために数多の式を放った。識もその一つじゃ。その者、出来が悪くての。姫を追うも、己が何者か見失っておったようじゃ。ただ、他の式はことごとく霊力を失い消滅したのじゃが、この者だけは生き残り、おぬしに辿り着いたというわけじゃ」

凛は、かみまるを見た。かみまるはぴくりとも動かない。

「この行心は、お前の父の霊力を手に入れたおかげで復活させられた」

詮勝は総司の背後にいる凛を覗き込むように言った。

「天智天皇にお仕えした行心がいなくば、山科陵の結界は解けぬでな」

「その結界とやらが解ければどうなるのですか」

総司が尋ねる。

「冥界の扉が開き、この地上は冥界の者で溢れ、地上は冥界となる」

詮勝は愉快そうに笑う。

「その儀式に招待してやろう」

「断ると言えば？」

「断ることなどできるかな」

行心は、凛のほうを見る。

「その儀式には、お前の父親も参加させる」

凛は目を見開いた。

「パパは生きてるの？」

「わしが転生の術で蘇らせる。そこで取り戻すことができるかもな」

行心の言葉に凛は唇を噛んだ。もし父を取り戻せるならば……。

「迂闊《うかつ》に話に乗ってはなりません。罠かもしれない」

総司がそう言うと、詮勝との距離を詰めた。

「罠か罠でないかで言うと、罠であるわな」

詮勝は平然と答えた。

「讃良姫がいれば霊力はさらに高まり、冥界の結界は崩しやすくなる。その意味では罠じゃ。しかしながら、もし姫が我らの想像を超える力を持っていれば、逆に我らは一網打尽となり壊滅させられるやもしれぬ。我らにとっても危険な賭けじゃ」

行心が詮勝の言葉を継ぎ、構える総司の剣先にあえて己の胸を晒すように近づく。

「なにより、お前が父を救う最後の機会じゃ」

「その儀式、いつなの？」

「凛さん！」

総司の制止を無視する形で凛は行心に尋ねた。

「教えて」

「時が来れば、その役立たずの式を通じて知らせてやろう」

行心はそう言うと、手招きをする。すると、するするとかみまるが行心の手元に近づいた。

「凛さま……」

かみまるが凛のほうにその体をひねって、うめくように訴えかけようとした。そのかみまるを、行心は無造作に握りつぶした。

「かみまる!!」

凜は絶叫した。総司は瞬時に、かみまるを握りつぶした右腕を斬り落とした。鮮血が流れ手首は落ちたが、その手首を行心は左手で受け止めた。

「心配いらぬ。そもそもこれは我が式。死んではおらぬ。時が来ればお前たちのもとに送ってやろう」

血まみれの姿で行心は笑った。

「次にお前たちに会うのは、山科じゃ」

詮勝がそう言うと、二人の体はそのまま宙に消えた。


どうやって警察署を出たかも定かではないほどのショックを、凜は受けていた。凜のそばに控えていた総司も、凜をおもんぱかってか声をかけなかった。父との別れの挨拶は救い出すという希望に変わり、そしてずっと自分のそばにいてくれたかみまるがいなくなった。凜にとって冥界も地上も社会も国も、さして意味はない。凜の小さな世界だけが判断基準だ。もう失いたくない。冥界の者たちが奪ったものを取り返す。復讐でも大義でもなく正義でもない。自分のために戦う。その怒りが凜を支配していた。


「やはり山科か」

平はうなずいた。凜と総司が宿に戻ると、そこには平と十兵衛が待っていた。事の次第はすべて総司が説明し、凛は一言も発しなかった。凛にとって平は、冥界の者とそう変わらない。そもそも、この男が父を連れ出さなければという思いが捨てきれない。

「明知を利用し、冥界の扉を開く儀式に使うというのは讃良姫、すなわち凛をおびき寄せるためだろうな」

「おそらく」

総司はうなずいた。

「おもしろい」

平はその整った横顔をほんの少し歪めた。冥界の者と同じく冷酷で残忍そうな横顔からは、口を開かない凛をどう思っているのかわからない。

「そういえば、かみまるは」

十兵衛が凛に尋ねた。この男は武骨で寡黙だが、平のような冷酷さは感じない。なにか不器用なものを感じる。嫌いではないが、凛にとって親しみが湧くタイプでもない。

「かみまるは、どうやら冥界の手の者でした」

「冥界の？」

十兵衛が驚いた表情を見せた。

「正確には手の者だった、と言うほうが正しいでしょう。本人は長い年月で忘れてしまっていたようです。ただ、かみまるの主人が現れたことで……」

「お前たちの動きを読まれ、待ち伏せされたということか」

「それで、かみまるは冥界側に戻ったのか」

「戻ったというか……」

総司は、凛のほうをちらりと見て、言葉を濁した。

「まぁよい。あの者などいなくとも戦力には影響ない」

「あなたにとってはね」

凛は吐き捨てるように言った。驚いたように平が凛を見た。

「あなたにとっては取るに足らない存在でも、ボクにとってはそうじゃない」

凛は変わろうとしていた。これまでのように流される自分ではない。意思を持たなければ奪われるだけ。奪い返すには、自分を解放することだ。自分の感情というものに背を向けていたが、もう抑えることはしない。

「であれば戦うのだな」

平は、またあの無機質な声色でそう言うと、そのまま空中に姿を溶かした。

「凛殿。わしは必ず力になる」

こう言い残し、同じく十兵衛もその場から消えた。残されたのは総司だけとなった。

「やっぱり、かみまるがいないと寂しいですね」

総司は笑顔で言った。それは少しでも凛を励まそうとする気遣いだ。すさんだ心に総司の笑顔が染みる。

「かみまるもパパも救う」

声を絞り出した。

「救いましょう」

総司は力強く言った。

「必ず」

「沖田さん……」

凛の切れ長の目から涙が流れ落ちた。

「そのためには凛さんが強くならないといけません」

「強く……」

「涙は、相手を利するものと思ってください」

総司は笑顔を絶やさず凛に話しかけた。

「どんな窮地に陥っても目の前のことから目を背けず、最後の一瞬まで自分を信じるんです」

「最後の一瞬まで……」

「剣と同じです」

総司の言葉は力強かった。

「どんな残酷なことが起こっても、自分を信じることです」

残酷なこと……その言葉に凛は身を固くした。

「どうすれば……」

どうすればそんなに強くなれるのか。剣の修行を極めた総司と違い、自分はなにも訓練を受けたことはない。そんな自分がどうやって強くなれるのだろう。

「手伝いますよ」

総司はほがらかに言った。

「戦うことなら教えられます」

「戦う……んだよね……」

凛はつぶやいた。身に降りかかった危険をとっさに払う、もしくは、かつて武蔵から総司を救ったような突発的な行動で、結果的に〝戦った〟ことはある。しかし自分の意思で戦うと決めるのは、また違った戸惑いのようなものを凛に与えた。

「取り戻すんです。父上もかみまるも」

総司は凛の肩に手を置いた。冷たい手だ。しかし不思議に、その手のひらから総司の熱い想いが伝わってきた。

「ボクは戦う」

自分にはもう、それしか残されていないのだ。だけどなにもなかったころとは違う。自分にはやるべきことがある。それだけでも生きている実感があった。それがたとえ死につながろうとも。もちろん、死へのリアリティはなかったが。

「明日から修練を始めましょう」

そう言った総司の笑顔は、まるで青空のように晴れ渡っていた。

☆

「行心か」

漆黒の首相執務室で、清盛の呼びかけに現れた僧形の男。朝鮮半島にあった新羅からの渡来人であり、天智天皇に仕えた。その後、天武天皇にも仕えたが、その天武の死後、後継者をめぐる争いのなか大津皇子《おおつのみこ》の謀反に関与して捕縛。しかし死罪を免れ飛騨に流された。大津皇子に謀反を勧めた張本人とされたにもかかわらず死を免れたことから、天智天皇の娘であり天武の妻である持統《じとう》天皇の意を受けて大津皇子を陥れたのではないかとされる。陰陽道に通じ、無類の才があったとされる。

「行心にござりまする」

闇の中で行心は平伏した。その剃髪された頭が闇の中で鈍く光る。

「帝に遷都の件をお伝えしたか」

「はい」

「東京などに帝がおわすこと自体が間違いじゃ」

清盛は、行心の白い頭頂部を見ながら言った。行心は宮内庁長官橘嘉之に憑依している。

「まずは京都御苑の迎賓館にお移りあそばされるよう奏上いたしました」

「よい」

清盛はうなずく。

「その後は福原に遷都する」

「海の国ですな」

行心はその骨ばった長い顔を歪めた。前歯が抜けており、そこから息が漏れてヒューッと音が鳴る。

「おぬしにとっても海はよいであろう」

「左様ですな。この東京湾もよいが、東に寄りすぎております。日の本を治めるには国の中央に都があるのが道理でございまする」

「心地よいの」

行心の返答に清盛はぽんと膝を打つ。

「それには、まず大臣どもをすべて入れ替えねばならぬ」

「儀式でございまするな」

「まずは、その下準備じゃ」

清盛は円卓の正面を見据えた。そこに井伊直弼と間部詮勝が現れた。

「詮勝。大阪では手柄であった」

「ありがたきお言葉」

詮勝は頭を下げる。

「次の策じゃ。まず、わしは西に常駐したい」

「大阪は乱が収まったばかりですから、首相がしばらく大阪に留まるのは道理かと」

直弼が答えた。

「それでは弱いの。帝を京にお移しする口実もほしい」

「となると、この東京で一芝居打たねばなりませぬ」

清盛の隣に姿を現したのは北条義時だ。

「まずは帝、そして首相の暗殺が企てられる。それらが事前に発覚し、万全を期すべく帝と首相は京へ。そのまま大臣は京に参集。東京は戒厳令のまま軍の拠点とする。これでいかがか」

「よい策かと」

直弼が賛同した。

「首謀者を見繕わねばなりませぬな」

行心が声をあげる。義時がじろりと行心を見た。

「おぬしは余計なことを申さずともよい。党内で密かに不満を持つ者を仕立て上げるわい」

「ほほ、これは申し訳ございませぬ」

行心は義時に頭を下げた。

「北条殿。ならば大臣も数名、策に加えたほうがよくありませぬか」

詮勝である。

「それは妙案じゃ。財務大臣の長嶋あたりはもはや用済み。金蔵《かなぐら》はこちらが握っておいたほうがよい」

直弼は義時のほうに体を向け、

「北条殿、いかがでござりましょうか」

と問うた。冥界の者にも序列のようなものができていた。清盛を首班とし、次席を占めるのは北条義時である。義時は直弼の言葉を受け、清盛に向かって丁重に問いかけた。

「井伊殿の意見、もっともだと思われまする」

「よかろう」

清盛は答えた。

「義時。直弼、詮勝とはかり進めよ」

「承知つかまつりました」

「それにしても民主主義とやらは、もろいものよ」

清盛は肩を揺すって笑った。

「人は所詮、群れじゃ。群れは己の安全を守るためにでき、己を守ってくれる者が長《おさ》となる。しかるにじゃ。すべて話し合いで解決するなど阿呆のやることじゃ」

「戦の負けに直結するのは、長評定*ですからな」

義時もまた笑った。

「安寧で戦なき世であれば、話し合いでもよいでしょう。しかし一度、危機が迫ると、人というものは強い長を求め従順になりまする」

直弼が言った。つねに戦乱の中にいた清盛や義時と違い、江戸という安寧の時代から激動の時代を経験した直弼の言葉は、より現代とのつながりを感じさせる。

「それが人の理《ことわり》じゃ。民主主義などというものは、それに逆らっておる。わしらは人を人に戻してやろうというのじゃ」

清盛は漆黒の闇に、その分厚い掌をかざした。

「現にこうして命の危機を見せつけてやると、早々に大人しく我らに従うではないか」

「強さは弱さと表裏一体でござるからな。差別、残虐、不条理、たらふく喰らわせばよい。さ

*長評定　合戦前に行われる作戦会議が長引くこと

すれば民は己の分を弁《わきま》え、強き者に従うものでござる」

清盛の言葉に詮勝が続く。清盛は我が意を得たりとうなずいた。

「分を弁える。そのとおりじゃ。どこまであがいても強き者と弱き者には大きな差がある。平等？　阿呆としか思えん。現実には富ある者がでかい顔をしておるではないか。詭弁を弄し、それを正義と言い募る。愚かにも程がある。このようなまやかしの国を改めるのじゃ」

「もっと不安を与えてやりましょうぞ」

義時は酷薄な笑みを浮かべる。

「国家を揺るがす大罪人どもの顔を晒し、憎しみを集める。SNSとは誠に便利なものにございますな」

直弼は肉厚な頬を歪めた。ここにいる者は人心を操る達人ばかりだ。そして、それは同時に〝人〟は時代を超えてもかくも変わらないという証明でもある。その者たちが存分に現代のテクノロジーを操れば、民衆の心などいかようにもできる。

「行心。儀式の準備をしておけ」

清盛は、末席で静かにやり取りを聞いていた行心に声をかけた。

「承知いたしております。かの者ども、讃良姫もおびき寄せる算段はついたゆえ、彼奴らの血と霊力で結界は必ず破れましょう」

「大塩を討ち取られたような不覚は取るまいぞ」

「御意」

答えたのは詮勝である。

「彼奴らの力を甘く見積もりました。しかしながら、儀式の折には幾重にも策を設けておりますゆえ、ご安心を」

「それでは皆、仕上げじゃ」

清盛は高らかに言った。重臣たちがいっせいに頭を下げるなか、闇の向こうに宮本武蔵は独り黙然と端座していた。


〇皇居、首相官邸でテロ計画。複数の大臣が関与か

昨夜、天皇陛下及び板垣首相の暗殺を企てたとして、都内数か所でテロ組織が摘発された。詳細は明らかにはされていない。板垣首相は、公安・警察・自衛隊による特別捜査班を設置。事件の解明と徹底捜査を指示。

〇テロ計画に現職大臣が関与か

先日発覚した前代未聞のテロ計画を捜査中の板垣首相直轄・特別捜査班は、このテロ計画に複数の現職大臣が関与した疑いがあると発表。板垣首相は、すべての大臣を首相官邸に招集することを決めた。

○テロ組織のアジト、次々検挙

皇居・首相官邸のテロを未然に防いだ板垣内閣は、テロ組織の壊滅に総力を挙げ、次々とその拠点を急襲、テロ組織構成員を検挙。テロ組織は反政府勢力で「日本一新の会」と判明。板垣首相の独裁的な政治手法に反対するとして、ここ数か月で組織化した模様。

○板垣内閣に衝撃。テロ組織の背後に長嶋一男財務大臣の関与

テロ組織「日本一新の会」に財務大臣である長嶋一男氏が関与していることが板垣首相直轄の特別捜査班によって明らかになった。板垣首相は、午前中の閣議で長嶋財務大臣を更迭《こうてつ》。

赤根誠民政党幹事長は、長嶋氏の党からの除籍を決定。長嶋氏は身柄を拘束された。長嶋氏は、板垣首相の独裁体制に反発し、過激化していた「日本一新の会」と協力関係を持ったとされている。当人は関与を否定したが、捜査当局はほかにも与党内に協力者がいるとし捜査を進めている。

○板垣首相がテロ撲滅へ不退転の決意を表明。国民の信を問う

板垣首相が緊急メッセージを発信し、長嶋財務大臣の関与についても言及。いまだ政府内に反政府分子がいることを懸念し、対策を講じると表明。さらに国民に、自らの責任を問う発言も。

○板垣内閣の支持率が急上昇

板垣首相の主導でテロ組織の摘発が続くなか、中東、中国、ロシア人の組織も摘発。日本の深刻な危機を国民の多くが実感。板垣内閣の支持率が急上昇し、首相のさらなるリーダーシップに期待が集まる。

○板垣首相、天皇陛下の京都御所への行幸《ぎょうこう》に言及

板垣首相はテロ対策の一環として、一時的に天皇陛下に京都御苑迎賓館への滞在を勧める考えがあると記者団に語った。テロ組織には海外の協力者もおり、対策には相当の時間を要するとの見解。天皇陛下の京都への行幸に、自身も同行する考えを示した。

○長嶋財務大臣の後任は板垣首相が兼務。より強力なリーダーシップを発揮するため

逮捕された長嶋財務大臣の後任は当面、板垣首相が兼務することが閣議決定された。板垣首相は政府の機能を分散させる案を記者団に語る。日本の危機的な状況に、より大胆な施策で立ち向かう姿勢を強調した。

「天皇陛下の京都行幸の日程が決定した」
板垣は、閣議で閣僚を見回しながら告げた。

「橘」

板垣は宮内庁長官の橘を呼んだ。橘は小柄でこれ以上ないほど痩せこけた老人である。その体をかがめるようにして椅子から腰を上げた。

「十一月五日に、陛下は京都にお移りになるとのご内意をいただいております」

「それに合わせて私も京都に移る。取り急ぎ京都府知事に申し入れ、府庁に執務室を用意するよう指示しておいてくれ」

板垣は、この閣議に政治顧問として参加している赤根のほうを向いて言った。赤根は黙ってうなずく。現在の板垣内閣は板垣と赤根によってすべての意思決定がなされている。財務大臣だった長嶋が更迭され、板垣が兼務するようになったことで、その独裁的色彩はさらに色濃くなった。

「京都ですか……。あそこは手狭ですし、大阪ならすぐにでも首相にふさわしい執務室をご用意できると思いますが……。それに京都府知事は左派傾向が強い人物なので、難色を示すのでは……」

おずおずと声をあげたのは、国土交通大臣の美作孝明である。でっぷりと太った体に禿げ上がった頭、脂ぎった額には玉のような汗を浮かべている。

「なぜ、京都府知事ごときに気を遣う必要がある」

板垣は美作を睨んだ。

「地方分権ですから、知事の監督権は政府にありませんので……」

「そんなことはわかっている」

板垣は言った。

「それを従わせるのだ。国が滅べば地方都市などない。危急の時だ」

有無を言わせぬ強い口調に、美作は体を硬直させた。

「京都府の説得は君がやれ」

板垣は美作を指差した。

「は……」

美作は開いた口をぱくぱくさせた。

「説得に失敗すれば即、更迭すると思え」

もはや失神しそうな美作はおろか、他の閣僚も長嶋の末路を見ているだけに声はない。この内閣の閣僚を務めるということは、板垣を絶対君主として仰ぐのと同義と改めて示した形だ。

「今、我らに求められているのは強い政府です」

赤根が閣僚を見廻しながら発言する。

「板垣内閣の支持率は、七割前後と高い水準で推移しています。国民の声に応えるべく我々は粉骨砕身、働かなければなりません」

高い支持率は徹底した言論弾圧と反政府活動家の排除によるもので、恐怖がベースになっている。ロシアや中国のような専制的政治手法の賜物だ。これが真の国民の支持かは疑わしい。しかし、それを口にする者は誰もいない。

「私は遷都を考えている」

板垣は言った。

「この東京も長く首都の役目を果たしてきた。その一方で東京の一極化が進み、地方との格差も激しい。日本の再生と成長を考えるなら、首都移転が最善手だ。公共事業も増え、人口の分散も図れる。ただ、首都機能をすべて移すわけではなく、東京には防衛省を含むいくつかの省庁を残し分散させる」

「その新首都が京都ということでしょうか」

経済産業大臣の物部語人が上目遣いで尋ねた。

「私が考えているのは福原だ」

閣僚一同がざわめいた。あまりに意外な地名が挙がったため、板垣の意図がわからないようだった。

「神戸市福原は海が近く国土の中央に位置し、東西の交通の要衝でもある。福原に首都を移して国家的な開発を行い、京都、大阪も含め首都機能を分散し、国力を大いに高揚するのだ」

板垣の主張に疑問を抱く者もいるはずだが、板垣の前でそれを口にする勇気のある者はいなかった。

「現在の混乱を収拾した暁には、この板垣内閣の一大事業として国内外に発表する。各大臣はその心づもりで励んでもらいたい」

誰も声をあげる者はいなかった。

「返事をせい！」

赤根が怒鳴った。閣僚たちはいっせいに頭を下げた。

「はい！」

板垣が日本の完全なる王となった瞬間である。

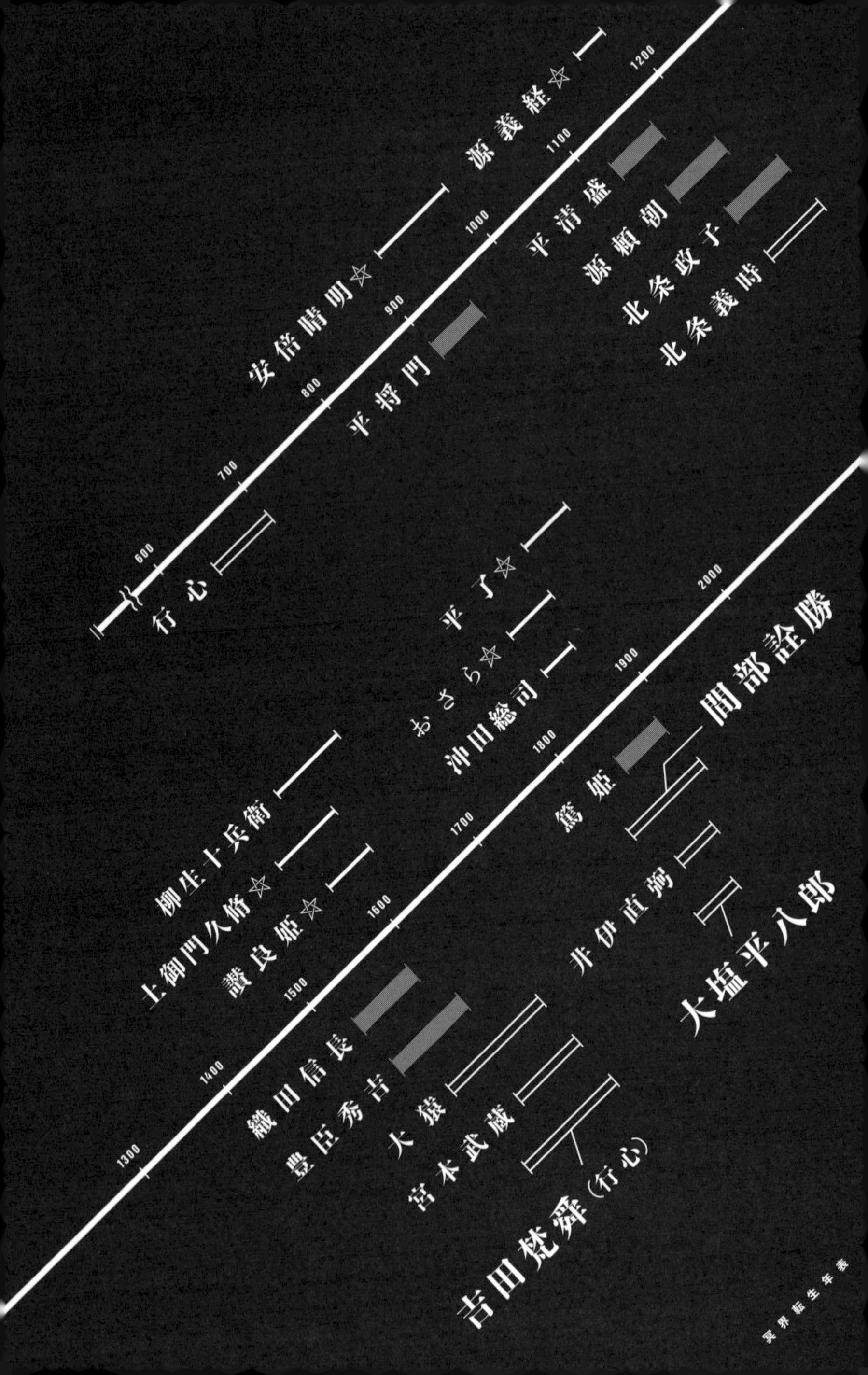

600
700
800
900
1000
1100
1200
行心
安倍晴明☆
平将門
源義経☆
平清盛
源頼朝
北条政子
北条義時
1300
1400
1500
1600
1700
1800
1900
2000
柳生十兵衛
土御門久脩☆
讃良姫☆
平了☆
おさら☆
沖田総司
織田信長
豊臣秀吉
大猿
宮本武蔵
吉田梵舜（行心）
篤姫
井伊直弼
大塩平八郎
間部詮勝
冥界転生年表

「もっと速く！」

総司が叫ぶ。凛は思いきり駆けるが、総司は瞬時に追いつく。総司の手刀が容赦ない速度で、凛の細い首に振るわれる。凛は両手を地面に向けて手のひらから風圧とともに霊弾を放つと、その反動で体が後方に撥ね飛ばされる。着地に失敗して転ぶ。そこに素早く総司が跳躍し、馬乗りになって凛の首筋に手刀を突きつける。

「ここまでです」

凛は唇を噛んで立ち上がった。砂だらけになったジャージを両手で払う。凛が滞在している山科のホテルからほど近い公園で、凛は来たる冥界との決戦に向けて総司と夜ごと稽古を続けていた。幸い、このホテルを紹介してくれた父の支援者が凛の生活を支えてくれている。父が残した多額の預金もあり、それを取り崩しながら凛は生活していた。すべては、冥界に囚われていると思われる父とかみまるを救うためだ。

「だいぶ、霊弾を自由に使えるようになりましたね」

公園を照らす外灯の薄灯のなか、総司が笑顔を見せた。

「でも、体の反応が追いつかない……。運動神経が鈍いから……」

なにしろ子供のころから運動というものが苦手だった。体力もない。総司に戦うための練習と言われても、まったく自信はない。

「筋はいいですよ」

総司は笑顔で言った。

「現に、もう術は使えるようになったじゃないですか」

総司は褒め上手だ。

「体を動かそうと思わないでください」

「え？」

「見るんです」

総司は言った。

「見る……」

「戦う相手だけを見てください。体からは無駄な力を抜く。凛さんには天から与えられた力があります。余計なことを考えて力むとうまくいきません。風になってください」

「風？」

「相手が強く振ればそれに応じて強く、相手がゆるく振ればゆるく。相手が止まれば、そよ風のように」

総司との稽古は人気がなくなった夜中に行っていたが、はじめは扱えなかった術もしだいに使えるようになり、それに伴い戦うことへの恐怖も薄れてきた気がする。総司といると自分は強くなれる。そして、総司のおかげで孤独に打ち勝てる。そんな気がしていた。なにせ母に続き父まで失った凛は、天涯孤独の身なのだから。

「もう一度やりましょう」

総司はそう言って再び距離を取った。薄暗い闇に総司の姿が溶け込む。浅葱色の羽織だけがふわりと舞う。凛は呼吸を整えて立ち上がった。

「呼吸は楽に。吸うことではなく吐くことに集中してください」

息を吐いた。深く、深く。

「見ることに集中して。息を吐くことで全身の力を抜いてください」

夜目にうっすら見える総司の姿を捉える。息を吐く。吐く、吐く。力が抜けてくる。呼吸のタイミングが掴めそうになったとき、その間合いをはずすように総司が突如、凛に向かい疾走した。速い。これまでは相手が動くと体が緊張し、その結果、相手の動きが見えなかった。凛は息を吐いた。体が緊張していない代わりに、呼吸の音が自分の耳に届く。不思議な感覚だが、総司の姿を正確に捉えられた。総司の体がぶつかってくる瞬間、両手で地面に術を放つ。気の反動で後方に弾け飛ぶ。

「風になる！」

凛は叫んだ。体に力を入れず、まるで一陣の風になったかのように。体勢が崩れず、そのままふわりと着地できた。

「まだです！」

しかし。間髪を容《い》れず総司はその凛に肉薄する。再び凛は宙に舞った。舞う。初めてその感覚を実感できた。後方に下がるのではなく総司の頭上を越え、空中で回転し、その背後に着地して、振り向く総司に反射的に霊弾を放つ。総司はとっさに両手でガードするも、霊弾の力で数メートル吹き飛ばされた。

「沖田さん‼」

凛は慌てて駆け寄った。

「不覚を取りました」

総司は立ち上がり、袴についた土を払った。

「凛さん。見事でした」

総司は笑顔を見せた。

「今の感覚を忘れないでください」

「風になる……」

「そうです。戦いは残酷で凄惨なもの。つねに平常心を保つのが困難なのは、どんな達人でも同じです。それを可能にするのは人でなくなること。意思を持たぬ風になるのです」

総司の言葉はこれから起こることを示唆するようで、凛の鼓動は速くなる。暗闇のなか総司の黒く濃いまつ毛が揺れた。

「冥界の者との戦いは死者対死者です。戦いそのものが現実ではありません。だから」

総司は言葉を切って凛をじっと見る。

「なにがあっても悲しまないでください」

別れを予感させるような言葉に、凛は思わず総司の手を握った。

「沖田さん」

「はい」

「絶対に私が沖田さんを守ります」

どうしてそんな言葉がこぼれ出たのだろう。ただ想いだけが溢れた。そんな凛を見て総司はくすりと笑った。

「私が守られる立場になるとは思いませんでした」

そう言うと、表情を引き締めた。

「あなたは私が守ります。絶対に」

雲から現れた月が二人を照らした。月夜に伸びる影は一つだけだったが、それでも凛は一瞬の幸せを噛み締めた。地上では一人きりでも、魂は一人ではないと。

☆

二か月が経った。京都の冬は寒い。しかも、ここ数年でもいちばんの冷え込みである。板垣政権は前年の十二月に大きな方針を打ち出した。それは、第二次世界大戦後、いや明治維新以来の大改革だった。

まず、天皇陛下の京都への動座が正式に決定し、京都御所の大改築が行われた。さらに東京からの遷都を決定。それに伴い京都、滋賀、奈良、大阪、兵庫、和歌山を統合して関西州とし、同様に東京、茨城、栃木、群馬、埼玉、千葉、神奈川を関東州、新潟、富山、石川、福井、山梨、長野、岐阜、三重、静岡、愛知を中部州、鳥取、島根、岡山、広島、山口、徳島、香川、愛媛、高知を西国州、福岡、佐賀、長崎、熊本、大分、宮崎、鹿児島、沖縄を西南州、北海道、青森、岩手、宮城、秋田、山形、福島を東北州とし、それぞれに州知事を置くことを決めた。

これは地方分権から、より中央集権に移行するための措置である。特に首都機能においては福原に内閣府と総務省、文部科学省を置き、財務省、農林水産省を大阪に、京都に法務省、厚生労働省、滋賀に国土交通省、鳥取に環境省、東京に外務省と経済産業省、防衛省を置くことを決定する。各地に国家機能を分散させ中央で操ることが、この施策の主眼である。

さらに政府は、より強化した国家治安維持法を国会で成立させた。メディアおよびＳＮＳの検閲権を国家に持たせ、違反者には厳しい措置を取る。この治安維持法は大きな反対もなく通過した。板垣首相は福原に首相官邸の建設を命じ、これらの施策の実行を命じたのである。

「あっさりと法案が通過しましたな」

京都御苑内の迎賓館に仮でつくらせた首相執務室に集まったのは清盛、北条義時、井伊直弼、間部詮勝、行心、そして宮本武蔵だった。

「反対する気概のある者などおるまい」

義時の言葉に、清盛は肩を震わせ嗤った。

「反対しそうな者は殺しておいたからの」

清盛は武蔵に視線を送った。武蔵はその視線に一瞥もくれず端座し、目を閉じる。

「この時代の者は言論の自由だの権利だのとやかましいが、恐怖の前には無力ですな」

直弼が、その肉厚な頬を歪めて言った。

「心の底では臣従しておらずとも、やむを得ないと思わせればいいのじゃ。法など建前にすぎぬ。民は法でなく王に従うものよ」

清盛はそう言うと行心に目を向けた。

「行心。そろそろ儀式じゃな」

「御意」

行心は頭を下げた。

「天智天皇が崩御された一月七日の丑三つをもって行いまする」

「霊力は溜められたか」

「問題ございませぬ。あとは結界の鍵となる讃良姫の血をもって臨むまでです」

「抜かりはないな」

「まずもって」

行心の返事に清盛は満足げにうなずいた。

「結界が開いた暁に、わしが呼び寄せる者を皆に知らせておこう」

清盛は懐から巻紙を取り出し、それを机の上に広げた。直弼たちはその巻紙に顔を近づけた。

漆黒の闇ではあるが紙の白さに朱の太い文字が映える。

内閣総理大臣　平清盛
内閣官房長官　井伊直弼
財務大臣　田沼《たぬま》意次《おきつぐ》
総務大臣　北条義時
法務大臣　江藤《えとう》新平《しんぺい》
外務大臣　蘇我《そがの》入鹿《いるか》

文部科学大臣　道鏡《どうきょう》
厚生労働大臣　新井《あらい》白石《はくせき》
農林水産大臣　武田《たけだ》信玄《しんげん》
経済産業大臣　荻原《おぎわら》重秀《しげひで》
防衛大臣　西郷《さいごう》隆盛《たかもり》
国土交通大臣　藤原《ふじわら》広嗣《ひろつぐ》
環境大臣　在原《ありわらの》　業平《なりひら》
国家公安委員会委員長　間部詮勝

「これは面白し。わしは内閣に入るのですな」

義時が破顔しながら言った。

「義時の後任は藤原《ふじわらの》　不比等《ふひと》殿じゃ。あのお方も策謀家じゃからな」

清盛は満足げに鼻を鳴らす。

「時代を跨いで策謀家が集いますな」

直弼が感心したようにつぶやく。

「皆、志半ばにして倒れた者ばかりじゃ。今度こそ理想の国を築き上げてみせようぞ」

直弼、詮勝、義時は漆黒の闇で互いの意思を確認するようにうなずいた。

「行心。そちはわしのそばで策を授けよ。軍師としてな」

「恐悦至極にございます」

行心は平伏した。そして、その背中の向こうに見える一人の男。

「武蔵」

清盛は己の声が冷たくなることを感じずにはいられなかった。この男は他の者とは違う。ただ獰猛な野性だけが、そこにある。武蔵は清盛の問いかけに静かに顔を上げた。

「そちは官位を望むか?」

武蔵は口の端をほんの少し歪めた。

「もう天下を取ったおつもりか」

「なんだと」

座が揺れた。絶対君主である清盛に対し、武蔵の言葉はあまりに挑発的だったからだ。

「かの者たちを討ち取って初めて天下はなる」

「そちは我らが不覚を取るとでも言うのか」

武蔵に迫ったのは義時である。義時が不機嫌になったときに特徴的な眉間のしわが深くなる。

「不覚は驕りから始まるものにござる」

武蔵は義時ではなく、その大きな瞳を武蔵に据え置いたまま黙っている清盛に言った。

「かの者たちは木偶ではござらぬ。あの平には狡猾さ、冷徹さがある」

「彼奴を恐れているのか」

詮勝が尋ねた。

「恐るるに値すると思うてよい」

「武蔵は、大阪騒乱での平のことを言っておるのだな」

詮勝は目を細めた。武蔵はうなずいた。

「あの者は勝つために手段を選ばぬ。味方をも己の駒とし容赦なく切り捨てる」

「その平とやらは何者じゃ」

清盛が興味を示した。

「平将門の子孫を名乗る、昭和初期の者にございまする。政府転覆を画策するも失敗し、処刑されたとか」

甲高い声で答えたのは直弼だ。

「将門公の……おもしろいではないか」

清盛は将門と同じく桓武天皇の血を引く桓武平氏だが、坂東（関東平野）に割拠した将門に対し、清盛は伊勢（三重）の平氏である。さらに言えば、将門は清盛の祖先にあたる平国香、貞盛親子と対立し最後は貞盛に敗れた。敵の首領と見られる平という男が本当に将門の子孫だとすれば、清盛はいわば仇敵にあたる。

「一度その者に会いたいものじゃ」

「なれば平なる者をこちらに引き込むのはいかがか」

義時がしわだらけの顔を清盛に向ける。

「危険にござりますな」

詮勝が首を横に振った。

「あの者は武蔵の言うとおり油断なりませぬ。獅子身中の虫になるやもしれませぬぞ」

「戯《たわむ》れじゃ。将門公と同じく首だけにして会ってやろうぞ」

清盛が声をあげて嗤った。

「武蔵。お前は平を討てぬと言うか」

「討てぬか討てるかで言えば討てる。ただし戦いを止めなければ」

「よいよい。心ゆくまで戦わせてやろう。次は決戦じゃ」

「ありがとうござりまする」

武蔵はそこで初めて清盛に、うやうやしく平伏した。

「冥界が地上を制すための第一歩を、この日の本で踏み出す。皆、心して参ろうぞ」

清盛は肉厚な掌を大きくポンと鳴らした。それを合図に冥界の者たちは闇に溶けていく。その最中に行心が、義時に声をかけた。

「北条様」

「なんじゃ？」

義時は胡乱《うろん》げに行心を見た。義時はこの妖しげな僧を好いていないのだろう。眉間のしわがそれを物語っている。

「少しお話がございまする」

行心はそんな義時の感情を無視し、平伏した。義時は忌々しげに行心の剃り上がった白い頭を見ていたが、舌打ちをし、

「聞こう」

と吐き捨てた。

☆

「そろそろ決戦の刻だな」

一月の京都は底冷えする。外では、夜の闇のなか雪がちらほら舞っていた。

山科での生活は五か月を超えていた。凛は父と隠れ住んだ、この一棟貸しのホテルで暮らし続けている。もちろん学校には通っていないし、連絡もしていない。近親者もいない凛を捜す者はいなかった。世情が混乱しており、平常心を保てる社会ではなくなっていることが、この生活を続けるうえで功を奏した面もある。

「決戦の場所は山科、と間部詮勝が言っていましたよ」

凛の隣には総司が座っている。この飄々《ひょうひょう》とした青年剣士は、いまや凛の心の支えであり師匠でもある。この数か月、総司の指導のもと凛の霊力を操る能力も術を扱う力も格段に上がった。凛は冥界の者と戦うことに自分の生きている意味、いわば物語を見出していた。

「山科のどこであろうかの」

「山科陵」

凛が答えた。

「天智天皇陵ということだな」

平は唇を歪めた。

「おそらく冥界の者は、そこに集結するだろう」

「どう戦うつもり？」

凛は正面から平を見据えた。凛にとって平は、やはり得体の知れない男である。父を死に追いやったのは、この男の失策ではなかったのかという疑念もある。

「霊力は我らを上回るであろう。その点では不利だ。さらには人外の宮本武蔵をどう防ぐか」

「武蔵に関しては、わしと沖田殿でなんとかしよう」

十兵衛が発言した。この隻眼の武士は大刀を肩に担ぐようにして、カーペットの上にあぐらをかいている。

「相討ちの覚悟があれば、武蔵を止めることはできる」

「私と十兵衛殿の二人掛かりで相討ちですか。傷つきますね」

総司が苦笑した。十兵衛はぎろりと総司を見る。

「わしは己の剣を過信しておらぬ。武蔵は強い」

総司は苦笑したまま十兵衛の言葉には反論しなかった。決戦を前に味方と争っても仕方ないという意思を感じる。凜はそんな総司が大人びて見えた。

「あとの連中は、我と凜で対峙するしかない」

平の言葉に、凜はじっとその青白い横顔を見つめた。この男の本音がどこにあるかまったくわからない。

「敵の首魁は平清盛だ」

平はそう言った。

「清盛を倒せるのはお前しかおらぬ」

「ボク？」

「そうだ」

「いつも思うけど、あなた勝手ね」

凜は平を睨んだ。

「勝手だと？」

平は眉根を寄せた。と同時に、凛の変化に戸惑っているようにも見えた。

「今度の戦いが最終決戦なんでしょ。なんの作戦もなく、ただ清盛を倒せって無理じゃない?」

「それは凛さんの言うとおりだな」

総司が愉快そうに笑った。

「武蔵は私と十兵衛殿が対峙するとして、残りの連中は井伊直弼、北条義時、間部詮勝、そしてこのあいだの僧。清盛を入れると五対二です。凛さんは腕を上げていますが、簡単ではないですよ」

「清盛以外は我が引きつける」

平は答えた。いつもの人を小馬鹿にしたような表情はなく、むしろ苦衷《くちゅう》の念が浮かんでいた。

「式神を使う」

「式神?」

凛が顔を上げた。頭に浮かんだのは、かみまるだ。平はゆるゆると首を横に振った。

「その式神ではない。我の式、言うなれば〝妖〟を使う」

平は左手の人差し指を上げた。その指先から煙が現れ、凛の視界が薄れる。その煙が消えると、そこには頭髪がまばらで薄汚い半裸の小男と、赤い着物を着た浅黒い顔の少女がいた。

「この人たちは?」

「名はない」

平は苦笑した。

「我に仕えし者だ。我が命で動く。この者たちと我で清盛以外の者を抑えよう。お前が清盛を倒せば、他の者は冥界に引き戻される」

「引き戻される？」

「彼奴らはすべて清盛の霊力に引き寄せられておるゆえ。清盛は冥界と地上をつなぐ冥道を開き、そこからさらなる冥界の使者を招き入れようとしておるが、逆に言えば、そこに清盛を突き落とし封印できれば他の者は倒さずともよい」

「どうやって封印するの？」

「それはお前自身がわかるはずだ」

凜はキッと平を睨んだ。

「あなたは信用できない」

「信用できない？」

平は凜を見る目を細めた。

「理由を聞かせてもらう」

「あなたはパパを見殺しにし、それを正当化した。パパの死を利用した。今もボクを利用しているのかもしれない。ボクが死んだとしても目的が果たせればいい。違う？」

「お前は死が怖いのか？」

平の言葉には不思議な〝重さ〟がある。聞く者の腹にズシンと響く重さだ。それはまるで打撃のように気力を奪い、いつしか平の言葉に従う気にさせられる。だが凛は、その言葉を思いきり跳ね返した。

「死ぬのは怖い。あなたのために死ぬ気はない。悪い？」

総司との稽古の日々は凛を変化させていた。これまでの凛なら、他人にここまで攻撃的になることはなかった。それがいいことか悪いことかは凛自身にもわからない。凛の挑発的な言葉に、平は形のいい鼻を一つ鳴らして報いた。

「悪いことではない。では、お前はなんのために戦う？」

「ボクはパパとかみまるを助けるため。それだけ」

「それなら一つは叶いそうだ」

平はそう言うと、リビングの窓のほうを見てあごをしゃくった。凛がそちらに視線を向けると、窓の外の暗闇に浮かび上がる紙切れがあった。凛が駆け寄って窓を開くと、その紙切れとともに冬の冷気が一気に室内へ流れ込んでくる。

「かみまる！」

「凛さま……」

かみまるはフラフラと舞いながら部屋に入ってきた。ところどころ破れて、くしゃくしゃになっている。

「かみまる……」

凛は涙ぐんだ。かみまるのこの姿が、どれほどのダメージを示しているのかはわからないが、相当弱っていることは声でわかる。

「行心さまからの……言付け……決戦は……一月七日の……丑三つ……」

「丑三つ？」

「午前二時のことだ」

平が答えた。

「場所は山科の天智天皇陵だな」

「はい……」

「わかった。では戻って主人に伝えろ。望みどおり赴いてやると」

「戻って？」

凛は宙に浮いているかみまるを、かばうように立った。

「かみまるは返さない」

「この者の役目が果たせぬであろう」

「かみまるは返さない！」

凛は鋭く言った。平は不快そうにため息をついた。

「その者が戻ると言ったら、どうするのだ」

「あの……」

遠慮がちにかみまるが言った。

「行心さまは戻らずともよいと……」

「なに？」

平は首を傾げた。

「凛さまたちをご案内申し上げよと……」

「罠かもしれぬな」

平は軍刀を引きつけた。と同時に平の式神と呼ばれた小男と少女がおもむろに体を起こして構えた。

「待って！」

凛は平に叫ぶ。

「かみまるは私の味方、罠なんか仕掛けない」

「しかし、その者は現に己の身分を隠し我らを騙したではないか」

「いや……騙したわけでは……うちも自分のことを長い時間で忘れてしもて……」

「苦しい言い訳だ」

「かみまるになにかするなら私が許さない」

凛は身構えた。平とその式神と、凛のあいだに緊張が走る。十兵衛は目を閉じて座ったままだ。凛は眉根を寄せ平を睨む。平はソファに身を任せたまま冷ややかに凛を見つめている。その緊張を破ったのは、総司だった。総司は突然、笑い出した。

「なにが面白い」

平が不快げに総司に聞いた。総司は笑いながら凛と平のあいだに体を入れた。

「平さんの負けですよ」

「なんだと」

「凛さんがいないと我々は目的を果たせない。清盛の封印の仕方もわからない。すべては凛さん任せです。ここで凛さんが冥界の戦いから降りたり戦う気力を失ったりしたら、困るのは我々です。いわば凛さんが我々の総大将なんですよ」

総司の満面の笑みに平は一つ舌打ちをした。そして小男と少女に目線を送る。二体の式神は体の力を抜いた。

「好きにしろ」

平は立ち上がると、そのまま空中にその身を溶かした。式神たちも同様に姿を消す。

「見事な仲裁だったな」

十兵衛が隻眼のまぶたを開いた。

「最後は十兵衛殿がなんとかしてくれると思っていましたよ」

ふんと十兵衛は鼻を鳴らして、立ち上がった。背丈は総司のほうが高いが、その骨格と分厚い胸板は見るものを威圧する。二人は向き合った。

「武蔵に勝つには、我らが武蔵の二剣と等しくならねばならぬ」

「はい」

「武芸者として不面目ではあるがな」

「確かに」

総司はうなずいた。宮本武蔵は不世出の天才であり、すべての剣士の頂点に立つと言ってもいい存在だ。時代が遠く離れた総司でも、一人の剣士として正々堂々と戦いたい。それは同時代に生きた不遇の天才・柳生十兵衛にとっては、なおのことだろう。

「役目とあらば、仕方ない。しかし必ず武蔵を倒そうぞ」

「もちろんです」

総司は力強く言った。十兵衛という男は不思議な魅力を持つ。一見とっつきにくさを感じさせるが、その奥底に眠る熱情は、総司に懐かしさに似た感情を与えた。

「かみまる、大丈夫?」

凛は宙に浮かぶかみまるを、そっと手のひらに乗せた。

「面目ない……」

かみまるはか細い声で答えた。

「しばらく凛さまのそばにいれば治ると思う……」

「うん」

凛はそっと、かみまるを撫でてやった。

「うちは凛さまを騙したり裏切ったりしない。信じて……」

「もちろんだよ」

凛は優しく言った。

「冥界の連中は恐ろしい……でも凛さまは絶対勝てる」

かみまるは、か細い声で続けた。

「なにがあっても絶対に諦めないで……」

かみまるは、うわごとのように何度もつぶやいた。凛は、その言葉にうなずき続けた。


京都市営地下鉄東西線の御陵駅から、南東に十分ほど歩いたところに天智天皇陵はある。天皇陵の場所を指す大きな看板のようなものはなく、幹線道路沿いに突如として現れる。まっすぐに延びた参道を進むと古びた門が、その奥には陵墓がある。そばには宮内庁の詰所があり数段の石段があって、そこから先は立ち入り禁止となっている。ここまで来ると幹線道路の車の音は消え、静寂に包まれる。観光地とは違う、普段から人気のない静かな場所だ。

「我が魂をもって、この封印を解きたまえ。冥界の者よ。死せる怨念で扉を開きたまえ」

漆黒の闇は地を這うがごとく、あたりを覆う。その闇に蠢く影。
天智天皇の陵墓の前で、その影は重く陰鬱な声をあたりに響き渡らせる。その数、七つ。
平清盛
北条義時
井伊直弼
間部詮勝
行心
宮本武蔵
残る一人。
白い装束を身にまとい、夜目に青白い横顔が月の光に映し出されている。清盛の呪詛のような言葉を背に、陵墓の前にそびえる鳥居の下で舞う男。
明知光太郎。
明知を背にした僧形の行心が正座し、右手を天に向かって上げ左手を地面につき、頭は地面につくほど垂れている。
清盛は声を止めた。あたりに重苦しい静寂が流れる。
「まもなく我らの望みは叶う。この地上は、すでに冥界に染まっておる。人を妬み、恨み、呪う。愚かではない。それが人というもの。一握りの勝者、残る者すべてが敗者だ。そして敗者は勝者を憎む。それでよい。支配されたくなければ、支配する側に立つほかないのだ」

清盛は独り言のように語る。

「この国の者は、まやかしに生きておる。国は民のものではなく民は国のもの。わしが正しく導いてくれよう。行心」

「はい」

「かの者たちはまだか」

「そこまで……来ております」

行心は奇妙な姿勢のまま答えた。

「明知よ。お前の娘がまもなく来るぞ。よかったの」

詮勝が声をかけたが、明知は応じることなく舞い続ける。風に白い水干《すいかん》が揺れるのみだ。

「讃良姫の巨大な霊力を喰らい、この封印を解き放つ。皆、心せよ」

清盛の声に、直弼、詮勝、義時はうなずき、行心は祈りにいっそう力を込め、明知はさらに激しく舞った。武蔵は闇のなか微動だにしない。


そのころ。

凜、総司、十兵衛、平は、かみまるの先導で天智天皇陵の長い参道を歩いていた。

「霊気が凄いな」

平が低い声で言った。

「参道の両側に霊気の壁ができておる」

凛は月明かりしかない暗い参道の両側に目をやった。参道沿いには樹木が植えられており、その向こうには民家がある。地上の人間には見えないが、その樹木には薄く赤い気が流れ、その気はどんどん濃くなっていく。それは何者をも寄せつけぬ、毒ガスのような霧である。

「凛さま、あの気を吸ったらあかんで」

かみまるが話しかけると、凛は黙ってうなずいた。

「凛さん。気に呑まれないよう両足をしっかりと地面につけてゆっくり歩くのです」

総司が凛に声をかけた。総司も十兵衛もやや腰を落とし、ゆっくりと進んでいる。二人の様子を見て敵に近づいていることを改めて意識し、凛の鼓動は激しくなった。凛は渋谷、山科、西警察署の三度の戦いで、冥界の者の恐ろしさが骨身に染みるほどわかっていた。いかに凛が天才剣士の総司と修行したとて、恐怖を克服するには至っていない。

空には低い雲が垂れ込めている。雪は降っていないが冷気が足元から全身を包む。凛はコートを羽織り、その下は高校の制服を着ていた。父の記憶にいちばん残っているのは制服姿の自分ではないか、という思いが選ばせたのだろう。父が冥界の者に操られていたとしても、自分を思い出す助けになればという願いがそうさせたのだった。

「あの門の先で冥界のもんが待ってるで……」

前方を飛ぶかみまるが声をかけた。参道の先に古い門が見える。月明かりに照らされた門の背後には、さらに鬱蒼と茂る林が漆黒の闇に溶けるようにある。凛は体をブルッと震わせた。

「凛さん」

そのとき、凛の右手にそっと総司の手のひらが重ねられた。驚いて凛は総司を見上げた。

「大丈夫ですよ。私がついていています」

総司は微笑んだ。死人である総司の手に体温はない。しかし凛は、そこに確かな総司の体温を感じた。

「ええなぁ。ええ男は……うちも体があったら凛さまを勇気づけられるのに」

宙を飛んでいるかみまるが、くるくる回りながら言った。その姿はいかにも嫉妬しているようで、思わず凛は吹き出した。つられて総司も声をあげて笑った。重苦しい空気のなか、ほんの少しだけ気持ちが軽くなる瞬間だった。

「気を引き締めろ。地獄の門が開くぞ」

その温かい空気を瞬時に凍りつかせたのは平だった。軍服の上につけたマントが一陣の風ではためく。

目の前の古い門が軋んだ音を立ててゆっくりと開くも、人影はない。平の言葉どおり地獄の入り口のような濃い闇が、その先にある。

「出よ」

平が低い声を発すると、平の式神である小男と少女が左右に現れた。

「ここから先は戦場だ。皆、己自身で戦え」

ずいぶん乱暴な言い草だと凛は腹を立てたが、目の前の深い闇と恐ろしいほどの緊張感に言葉が出なかった。

「うちについて来て」

かみまるがふわりふわりと門をくぐっていく。

「わしが先頭を進もう」

十兵衛はそう言い、平然と門をくぐった。その両脇を小男と少女の式神が固め、すぐ後ろを平が長身をかがめるようについて行く。凛はその平に続いた。総司は凛の背後を守るべく殿《しんがり》を務める。

門の内側に続く参道の両脇は山林になっており、頭上の闇を樹木がさらに深くする。ここから先に民家はなく、古き時代のままである。目前には宮内庁の詰め所、その先に天智天皇の陵墓があるが、凛の目に飛び込んできたのは白い水干を纏い舞う一人の男と、その周りを囲む異形の者たちだった。僧侶のような者が二人、時代劇の武士のような者が三人、そしてその傍らには武蔵……。

「来たか」

僧形の男が背中越しに声を発した。舞っていた水干の男が動きをぴたりと止め、その青白い顔が月の光に照らされる。

「パパ！」

凛は叫んだ。

「パパ!!」

駆け寄ろうとする凛を平が刀の鞘で止めた。

「なにするの！」

「早まるな。明知は転生の術で蘇っているに過ぎん。生前の記憶はあるまい」

「離して！」

凛はなおも前に進もうとした。

「凛さん落ち着いて」

総司がそっと凛の肩に手を置いた。

「明知殿を取り返すには冥界の者を倒すことが必要です」

「わしらを倒すか」

ゆっくりと僧形の男が振り返った。

「おもしろい」

まさに覇王といった威圧感が、その男からは溢れていた。闇の中でもぬらぬらと動く赤い舌と大きな瞳。武蔵とは違う邪気に思わず凛は後ずさった。

「わしは平清盛じゃ。今宵は一度きりの盛大な宴ゆえ、互いに名乗りをあげようではないか」

「北条義時じゃ」

清盛の隣にいた初老の武士が名乗りをあげた。粗末な麻の着物を身につけているが、そのしわが深く刻まれた容貌と窪んだ眼窩《がんか》の奥に光る瞳からは、謀略に長けた権力者特有の冷酷さが見て取れる。

「井伊直弼」

大柄でがっしりとした体に、義時と違い上等な絹の羽織袴を身につけた男が名乗りをあげた。ゆるんだ頬と重いまぶた、それに反する鋭い眦《まなじり》。人を見下すような目つきに気圧される。

「ひさしぶりであるな。よく来た」

直弼の隣にいた男が太く低い声を発した。西警察署で会った間部詮勝である。

「これで役者は揃ったようにござりまする。姫、よう参られた。行心でございます」

明知の前で奇妙な姿で祈りを捧げていた僧形の男が、ゆっくりと顔を上げる。こちらも警察署で会った男だ。

「十兵衛。其方と戦うのを楽しみにしておった」

最後に声を発したのが宮本武蔵である。

「私のことも忘れないでほしいですね」

総司が頬を膨らませて言った。この異様な緊迫感の中でも総司は飄々としている。武蔵は総司のほうを一瞥し黙殺した。

「お前たちも名乗るのが礼儀というものじゃ」

清盛は、その太い指で平を指した。

「平将門の末裔にして陰陽師、平了だ」

平はその特徴のある低音で答えた。

「お前が棟梁か」

「棟梁というほどの者ではない」

平は片頬を歪めた。

「将門公の末裔とは大きく出たものだ」

「事実を伝えたまで」

「ふふ。まぁよい。首を落とせばわかる」

清盛は肩を揺すって嗤った。

「柳生十兵衛三厳」

「新撰組一番隊組長、沖田総司」

十兵衛と総司が続いて名乗りをあげた。

「陰陽師と剣術使い……」

義時が乾いた声で嘲り、その視線を平の式神、そして凜に移した。

「それに妖と小娘か」

「どれくらいもちますかな」

直弼がそう言いながら、ジリッと右に移動した。もう戦いは始まっている。

月は雲に隠れ、あたりは一面の闇となった。そして参道の両脇に流れていた赤い気が山門の前に溜まっている。それを背中で感じた凛は体を半身にし、後ろを見た。

「ほう。小娘、冥界の結界を感じたか」

清盛は感心したように凛を見る。

「では、これはどうじゃ」

清盛は手を額にかざした。そして天に向かって何事かつぶやく。すると闇はさらに濃くなり、視界は真っ暗になる。

「凛さま、気を統一するんや！　呼吸を整えて」

闇の中でかみまるが叫んだ。凛は息を長く吐いた。冷たい夜気に吐いた白い息は、細くまっすぐ進んだのち曲線を描く。肺の空気をすべて吐ききり体の力を抜くと、一気に冷たい空気が肺を満たす。同時に凛の五感は研ぎ澄まされ、闇の中にいる冥界の者たちを捉えた。

「なるほど。だいぶできるようになったな」

詮勝が感心したように言った。

「それでこそ、この冥界が地上を制圧するための儀にふさわしい」

そう言ったのは、直弼だ。気がつけば直弼、清盛、詮勝は少しずつ立ち位置を変えている。

「それでは宴を始めよう」

清盛が手を上げた。その瞬間、凛の隣にいた総司が風のように走り出す。向かう先は武蔵である。総司は己が一振りの刀になったかの如く、体ごと愛刀・菊一文字を繰り出した。以前の武蔵との交戦とは比べ物にならない鋭さだった。しかし武蔵は総司の剣戟《けんげき》を、腰間から抜く手を見せずに脇差で防いだ。そのまま後ろに飛び下がりつつ長刀を抜き、総司の胴を薙ぎ払う。

恐るべき膂力である。

武蔵の豪刀は総司を両断するかに見えたが、地面を滑空するように走り込んできた十兵衛が愛刀・三池典太で受け止め、見事な連携を見せた。

「武蔵！」

総司は体を回転させ、武蔵の首筋を狙う。しかし、その攻撃も、またもや武蔵の脇差に防がれてしまう。すると十兵衛が地を蹴り、武蔵の頭上から剣を振り下ろす。武蔵は素早く後方に跳んで、それをはずす。

「ふ。これは骨が折れる」

武蔵は満足げに笑った。

「二人がかりなど武士の面目もないが、ご容赦いただこう」

笑みを浮かべる武蔵と対照的に十兵衛は渋面をしている。

「気にするでない。それでこそ楽しめる」

武蔵は総司に視線を送る。

「そこの若いのも以前とは違う。見事なものだ」

「武蔵殿に褒めてもらうとは、うれしいですね」

総司はまるで剣術指南を受けているような調子で笑みを浮かべた。その様子を見るに、彼らは自分と違う世界の住人だと凛は改めて思う。

「しかし、まだまだわしに刃を当てるのは難しいぞ」

武蔵はそう言うと、両の腕を翼のように大きく広げた。

「沖田！」

十兵衛は叫ぶと左側に疾走し始めた。総司は右側に旋回を始めた。武蔵は地を蹴って、十兵衛の後を追い始めた。闇のなか木々が揺れる。

「こちらも始めるとするか」

清盛の禍々しい声が響いた。

「凛。油断するな」

平が鋭く叫んだ。

「凛さま、うちがそばについてる」

かみまるが耳元にまで近寄ってきて囁いた。

「うちの言うとおり動いて」

「わかった」

凛は短く答えた。

平は腰の軍刀を抜いた。真冬の冷気に鈍い銀色が光る。

「動・即・散」

平が呪文を唱えると小男と少女は宙を駆け、その姿は瞬く間に闇に消えた。

「お前は清盛だけ狙え」

平はそう言うと間部詮勝に向かって走り出した。そして剣を突き出す。詮勝はその剣先をかわし抜刀斬りを放つも、平は軍刀でその刃を受ける。

「凛さま！」

平の動きに気を取られていた凛に、井伊直弼の巨体が迫っていた。凛は右足を後ろに引き、肘を畳んで一気に霊弾を放った。見事な動きだった。凛の放った霊弾はカウンターパンチのように直弼を捉える。直弼はとっさに両腕を交差させ、直撃を防ぐのが精一杯だった。直弼は三メートルほどふっ飛ばされ、倒れ込んだ。

「やるではないか」

清盛の赤い舌が夜目のなか、ぬらぬらと動く。

「凛さま、下がって！」

耳元でかみまるが叫んだ。あっと思い凛は地面を蹴ろうとしたが、一歩遅かった。清盛の右手から伸びた触手のようなものが凛の左足を捉える。にちゃっとした気味の悪い感覚が足首に纏わりつく。ひっと声が出て、心拍数が上がる。なんとか振り払おうとすると、かみまるが、

「呼吸を整えて！」

耳元で指示を出す。触手が強い力で凛の足を引き寄せるが、凛は口を閉じて踏ん張り、その触手に向けて霊弾を叩き込んだ。触手はするりと離れる。しかし踏ん張っていたぶん、いきなり抗う力を解放された凛は体勢を崩した。そこを目掛けて清盛から霊弾が放たれる。

「あ……」

避ける余裕がなかった。

清盛が霊弾を撃てるとは予測できなかった。思わず目をつむる。しかし、その霊弾が凛に当たることはなかった。駆け寄ってきた平が軍刀で防いだのだ。

「大丈夫か」

平に声をかけられ、凛はうなずいた。さらに鼓動が激しくなる。地面から伝わる冷気と裏腹に、興奮で頭が熱くなってきた。

「冷静さを失うな」

平はそう言うと刀を下段に構え、凛を守るように凛の前に立った。

「凛さま、息を吐くんや。吐けば自然に落ち着く」

かみまるが凛に声をかける。目の前では倒れていた直弼が立ち上がり、清盛、間部詮勝とともに平と凛に圧力をかけている。凛は息を吐いた。息はたちまち白い霧となる。深く吐ききると、代わりに新鮮な冷たい空気が肺を満たす。酸素が脳に届くと頭が冴え、冷静さを取り戻す。平は清盛たちの間合いから絶妙に距離を取り、大きな円を描くように、右へ右へと移動する。凛もそれに合わせて動く。清盛は、つねに二人に正対するよう体の向きのみを変える。清盛の背中からは無数の触手がまるで雨後の筍《たけのこ》のように無数に生えてきた。この現実味のない光景は、ハリウッド映画でも観ているかのようだ。

「讃良姫よ。お前も父と同じく我らの仲間になるがよい」

清盛の赤い舌が踊る。平の背中越しに、天智天皇の墓前にある鳥居の下で再び舞い始める父の姿が見えた。

「凛、挑発に乗るな。まずは間部詮勝を討ち取る。我が動いたら、お前は清盛に霊弾を放て」

平は凛にだけ聞こえるように囁いた。凛はうなずく。

「かみまる。お前が凛に合図を出せ」

「平はん、うちを信じてくれるんか」

かみまるの声が上ずった。

「お前ではない。凛を信じる」

平は無愛想に答えた。そして息を一つ吐いた。

「行くぞ」

平は、左側の直弼に向かって走り出した。直弼が身構え抜き打ちで斬りつける。直弼は居合の達人でもある。平は軍刀で斬撃を横薙ぎに払うと、その勢いを利用して一気に中央の清盛を飛び越え、右側にいる詮勝に向かい跳躍する。

「凛さま。霊弾を広く網のように撃つんや！」

かみまるが叫んだ。清盛の触手が大きな放物線を描くように平を捕捉しようとする。それに対し凛は腕を左右に大きく広げ、その触手の描く円を大きく包むように霊弾を放った。それは見事に、清盛の触手をまるで壁のように跳ね返した。

「そのまま霊弾を固めて！」

かみまるが続けて指示を出す。一瞬戸惑ったが、すでに凛は霊弾の扱いに慣れていた。突き出した両手をそのままに体の力をすべて両手に送る。それによって霊弾は、まるで氷のように凝固した。清盛の触手は霊弾の壁に捕らわれ、その動きを封じられた。

それは一瞬の出来事で、平は一連の動きを妨げられることなく詮勝の前に着地した。詮勝は腰の刀を抜こうとしたが、平の軍刀のほうが速かった。詮勝の右の手首ごと吹き飛ばし、そのまま跳躍して離脱する。


二刀で疾走する武蔵を追走しながら、沖田総司は不思議な感覚に囚われた。幕末、幾多の死線を潜り抜けてきた。自分の戦う能力に疑いはない。むしろ転生し〝ヒトガタ〟と呼ばれる生きた屍《しかばね》になった今、死病に悩まされることもない。かつてないほど完璧な剣士となった自信がある。しかし眼前を走る不世出の剣聖は、総司が知る剣士とはまったく異質なものであった。

野獣。

そう表現できるだろうか。本能のままに戦い、そこには思想も作法もない。ただ闘争本能のみに心身が支配されている。それは、ともに戦う柳生十兵衛もだ。もちろん二人とも剣法を背負っている。武蔵は二天一流、十兵衛は柳生新陰流。しかし、それらはあくまでも戦いに勝つため、さらに言えば生存率を高める方法でしかない。

総司が学んだ天然理心流は幕末に実戦的と評され、総司の師である近藤勇は〝真剣を持てば天下無双〟とも言われたが、それでも武蔵や十兵衛に比べれば洗練された技である。武蔵と十兵衛はもっと野性的だ。そこには獣が獲物を狩るような非連続な運動が連鎖している。

総司の頭にそんな考えが浮かんだ刹那、武蔵が唐突に体を反転させ右手の大刀が総司の頭上を襲う。不意を突かれた総司は、その一撃を避けるべくとっさに転ぶ。そうしなければ避けること能《あた》わなかったからだ。必然、体勢は崩れ次の防御が遅れる。その危機を救ったのは十兵衛だった。武蔵の動きに呼応して自らも反転し、武蔵の背中に刃を送り込んだ。まさに野獣の反応である。恐るべきは、その動きにも反応して再び反転し脇差で刃を防いだ武蔵だ。

「柳生十兵衛。できる」

武蔵は笑みを浮かべた。

「わしの剣気を感じるとは」

武蔵は、総司のほうをちらりと見た。

「若いの、救われたな」

すでに総司は立ち上がって構えている。

「確かに」

総司は苦笑したが、心中は穏やかでない。これでは十兵衛の足手まといだ。しかし、その感情を表に出して集中を途切らせるほど愚かでもない。武蔵を相手に一瞬たりとも集中を欠かすことはできない。間合いも動きも、過去の経験は役に立たないと思ったほうがいい。総司は半歩下がり、半身を木の幹の後ろに置いた。

「ほう。間合いの外に出たか。学ぶ力はあると見える」

武蔵は十兵衛に正対した。総司の位置からでは刃は届かないと見切られたとも言える。しかし総司は、あえてそうした。武蔵の動きを少しでも学ぶ。もしも十兵衛が簡単に武蔵に敗れれば各個撃破の憂き目にあうが、総司は十兵衛を信じた。

「柳生新陰流、楽しませてもらおう」

武蔵は脇差を腰に納め一刀になった。二刀を軽々と扱う膂力を誇る武蔵が一刀になれば、その剣速は倍化するだろう。武蔵は刀を上段に構えた。その瞬間、十兵衛は一歩下がった。総司、武蔵、十兵衛が直線で並ぶ。天智天皇陵の背後にある林ゆえ、剣を振るうには木の幹が障害になる。直線の踏み込みが勝敗を大きく分けるだろう。

「沖田、間合いを見失うな」

十兵衛は総司に声をかけた。

「わかりました」

総司は全神経を研ぎ澄ました。武蔵は一見すると無防備に背中を晒しているが、迂闊に踏み込めば瞬時に反転して総司の剣戟に対応するだろう。一刀になった武蔵の剣筋は見ていないため、それを見極めずして勝機はない。


「柳生十兵衛。お前が父、但馬守《たじまのかみ》に匹敵するか試してくれよう」

武蔵はジリッと十兵衛との間合いを詰めた。その武蔵の背を総司は見ている。

伝説の剣士の戦いを見守りたいという思いと、隙あらば、という欲が交錯する。

武蔵は上段。

十兵衛は青眼。

息が詰まるような緊張感に、総司は包まれた。

「若いの」

背中越しに武蔵は、総司に声を掛けた。

「好きなだけ間合いを詰めてよいぞ」

武蔵の不敵な態度だった。

「ではお言葉に甘えて」

総司は大きな声をあげ、あえて大きな足音を立てながら武蔵に近づいた。武蔵の挑発を利用した仕掛けだ。

ほんの一瞬、武蔵の意識が総司に向いた。

「きえぇぇえええええ!!!」

虎の咆哮のような十兵衛の気合いが炸裂した。同時に総司は後方へ跳び間合いの外に出た。

十兵衛の剛剣が武蔵を真っ二つにすべく頭上から襲う。しかし武蔵は避けることなく逆に踏み込んだ。十兵衛の剣と武蔵の剣が交錯した。そして目にも留まらぬ速さでお互い後ろに跳び、間合いの外に出る。

「柳生新陰流無刀取り……」

十兵衛がつぶやいた。眼帯がはらりと落ち、一筋の血が流れ落ちる。

「さすがは柳生の跡取りじゃな。仕留めきれなんだ」

武蔵は感心したかのように言った。その武蔵の胸元にも一条の血が流れている。

互いに神業の如き攻防だった。武蔵は十兵衛の攻撃を、そっくりそのまま己の技とした。十兵衛の始動のほうが早いぶん、本来は武蔵の動きは遅れるはずだ。しかし武蔵の並外れた膂力から生み出される剣の速さは、その遅れを取り返すのみならず、十兵衛の振り下ろす剣速を上回った。

その十兵衛もまた超人であった。武蔵の剣が速いことを察知し、わずかに踏み込みを浅くした。そのため武蔵の剣は十兵衛に致命傷を与えられず、さらに十兵衛の剣もまた武蔵を掠めるに留まったのだ。

「新陰流の奥義を盗もうとしたが、さすがに簡単ではなかったの」

武蔵は胸元の血を拭った。

「さすがは宮本武蔵……神速とはこのこと……」

十兵衛は滴る血をそのままに青眼に構え、対峙する。武蔵には血を拭う余裕があるが、十兵衛にはない。これは明らかに武蔵に分があることを示している。

「まいったな」

総司は唇を噛んだ。異次元だ。総司は自分の剣に絶対の自信があった。特に速さにおいては師である近藤勇をも凌駕すると思っている。しかし武蔵と十兵衛の戦いは、その総司の自信を粉々に打ち砕いた。

「十兵衛。しかし、もはやお前の剣は見切った」

武蔵は剣を右手のみで持ち、浅く握り直した。そして、ゆっくり上段に持ち上げていく。

「なんだ、あの構え……」

武蔵は右腕を伸ばしきった。武蔵の腕による高さに刀の長さが加わり、まるで腕と刀が一体化し、一本の槍になったようだ。

「巌流島では、佐々木小次郎の長剣に対抗すべく船の櫓《ろ》で戦った。敵の間合いの外に己を置いて打ち倒すために、より長い得物を持つ。じつに簡単なことじゃ。しかし、これで勝つには、敵より剣を速く振れねばならぬ。十兵衛、お前の剣は短く、わしより遅い。ゆえに、わしには勝てぬ」

武蔵はまるで剣の講義を行っているかのようだった。楽しんでいるのだ。

十兵衛は武蔵の言葉に、ほぼ無視を貫いた。ただ、その重圧にジリッと一歩後退する。武蔵の圧力に押されている。

「勝てない……」

総司はつぶやいた。十兵衛が武蔵と一対一で戦って勝つ見込みはない。なれば、自分はどうすればいいのだ。総司は初めて戦いの最中に困惑した。武蔵は野獣のような獰猛さを見せることもあれば、哲学者のような一面もある。それは、これまで感じたことのない圧と恐怖を総司に与えた。

そのとき。

「逃げるんや！」

背後でかみまるの声が聞こえた。

「早く」

地面に落ちた枝を踏み締める音が聞こえる。そして息遣い。すぐに凛のものとわかった。息遣いの乱れ、その後ろを追う者の足音。凛が追いつかれることは間違いない。

武蔵に迫られ十兵衛はジリジリ下がっていく。同時に総司と武蔵の間合いも広がる。わずか数秒、総司は己がどうすべきか迷った。

「沖田はん！」

かみまるの絶叫で総司は決断し、半身を翻す。直弼と詮勝に追われる凛の姿が目に入る。続いて、爆発のごとき激しい衝撃音とともに、翻った総司の頭上を何者かが通り過ぎた。

「平さん！」

平の体はちょうど武蔵の真後ろあたりに叩きつけられた。それに反応して武蔵が振り返りざま平に剣を下ろすが、走り込む十兵衛を見て、わずかに動作が遅れた。平がその武蔵に霊弾を放つ。武蔵はそれを振り払い、斬り込んでくる十兵衛の一撃を脇差で受け止めた。やはり武蔵の闘い方は臨機応変。まさに天才としか言いようがない。

その一連を目にしながら総司は再び反転し、凛を追ってきた井伊直弼の肩口に飛び込むように剣を突き出した。幕末では絶対的な強さを誇る総司の必殺の剣である。井伊直弼も心深流居合術の達人だが、それでも総司の敵ではない。肩口を深々と貫かれ絶叫した。総司は素早く剣を引き抜き凛を助け起こす。

「沖田さん！」

倒れて土まみれになった顔で凛が総司を見上げた。

「大丈夫ですか」

総司は優しく凛に声をかけた。

「沖田！」

背後で、平が総司を呼んだ。

「役割を交代だ」

平はそう言うと、武蔵に向かって霊弾を放った。武蔵が跳び下がって避けるあいだに、十兵衛が平の隣に移動した。

「武蔵には飛び道具があったほうがいい」

平は総司に言った。

「残念です」

総司は乾いた声で笑った。

「ただ、私は凛さんを守る約束をしましたから、ありがたいことです」

「なら、あとは頼んだぞ」

平は続けざまに武蔵に霊弾を放ち、林の中を走り始めた。戦線を完全に二つに分ける意図だ。

総司は直弼に向き合う。直弼は、すぐさま総司に霊弾を放った。それを刀で受け止める。衝撃で、大きく体が後ろに下がる。その間に直弼は背走し、再び天智天皇の墓に向かう。陣形を整えるつもりなのだろう。

「沖田さん！」

凛は立ち上がった。足が震えている。

「行けますか？」

総司は凛を支えた。

「行きます」

凛は息を吐いた。

「私は沖田さんを守らないといけないから」

「そうでしたね」

沖田は微笑んだ。

「守ってもらうんでした」

「沖田はん！　後ろ!!」

凛の周りを飛んでいるかみまるが叫んだ。

沖田は振り向きざま刀を振るい、清盛の触手を叩き落とした。

「趣味の悪い……」

総司は刀を振って、べったりとついた緑色の血を払った。

「行きましょう」

武蔵との戦いも気になるが、今はまず目の前の敵を倒すことだ。総司は走り出した。凛もその後をついていく。

林を抜け、月明かりが照らす墓前の広場に戻る。総司の視界に入るのは踊る明知、その前で一心不乱に祈る行心。その左右に手負いの直弼と詮勝が片膝をついた状態でいる。

「清盛がいない……」

凛がつぶやいた。総司は全身の神経を研ぎ澄ました。

いる……。

次の瞬間。

「危ない！」

総司は凛を突き飛ばし、自身も転がった。二人のいたところに人形のようなものが叩きつけられた。それが人形でないことは音でわかった。

「平さんの式か……」

地面には、無惨に両手両足をもがれた、あの小男の遺骸があった。凛が息を呑み目を逸らす。

総司は凛の前に立ち、遺骸が見えないようにしてやった。

「沖田はん、上や」

かみまるの言葉に見上げると、天空高く清盛が浮かんでいる。

「平という者、術者としてはたいした力がないようじゃ。その式神、まるで役に立たなかったの」

宙に浮いた清盛は不敵に笑った。

「讃良姫よ。怖がらずともよい。それはただの紙じゃ」

清盛の言葉が終わるか終わらぬかのうちに小男の姿は紙に戻り、風に飛ばされて消滅した。

「沖田とやら、不覚を取ったわ」

直弼が肩口を押さえながら唇を歪めた。

「大老といえど、剣では私に勝てませぬ」

総司はそっと剣を構えた。頭の中では忙しく計算をしている。直弼、詮勝、清盛はいずれも霊弾を放てるようだ。それは鉄砲を手にしているようなもの。こちらで放てるのは凛のみ。平との組み合わせより戦力は落ちたかもしれない。

「沖田はん。うちが凛さまに指示を出すさかい、あんたはんは好きに動いて」

耳元でかみまるが囁いた。

「わかりました」

総司はうなずく。

「参るぞ」

清盛の声と同時に、直弼と詮勝がいっせいに間合いを詰めた。

「下がって！」

総司は素早く進み出た。直弼と詮勝は手負いだ。二人の攻撃を食い止める。

「一人で戦うつもりか」

清盛が嘲笑うように、頭上から霊弾を放つ。総司はそれを素早く弾き落とす。

「沖田さん！」

「凛さんは私が守ります！」

しかし三人の攻撃に、瞬く間に総司は手一杯になった。

「凛さま、まだ前に出たらあかん！」

かみまるの声が響いた。同時に、

「沖田さん、私のことは気にせず」

凛の声が総司に届く。

「私は大丈夫」

声が気迫に満ちていた。その響きに、ほんの少し違和感を覚えた。それまでの凛とはなにか違うものを感じたからだ。

「ほう」

清盛が一瞬、攻撃の手を止めた。清盛もまた、凛の変化に気づいたようだ。

「**我、ここに介在す。天地鳴動し、穢《けが》れを祓うべし**」

凛から発せられる声が響いた。すると辺りの空気が一気に澄んだように感じられる。

「雪が……」

総司はつぶやいた。束の間の静寂。

雪が舞っていた。

暗闇の中に白い雪が蛍のように舞う……総司は背後の凛に目をやった。美しい切れ長の目が闘争心に染まっている。それは一人の戦士だ。凛は明らかに別のなにかに変わっていた。

「沖田はん！」

かみまるの声に意識を凛からはずす。静寂は再び修羅の戦いへと変わった。清盛の触手が総司の右腕に絡みつこうとするのを斬り落とす。

「凛さま！　清盛や！」

かみまるの指示に凛は、総司の前に躍り出て霊弾を放つ。清盛は触手で防ごうとするが、凛の霊弾は触手とともに清盛自身を吹き飛ばした。清盛は空中から地面に降り立った。

「別物じゃな」

清盛は目を細めた。

「まるで別物じゃ」

その視線は凛を捉えている。

「左頬の痣が鮮やかよな……」

清盛は驚いたように声をあげた。凛の左頬にあった禍々しい痣は、光を放つようになって凛の左半面を覆っていた。それは、まるで兜の面頬《めんぼお》のようである。

「内なる者が覚醒したか。霊力もけた違いじゃ」

総司は前に立つ凛の背中を見た。その背中に宿る闘気は総司の知る凛のものではない。危険な術者の匂いがする。


「娘の父親を返してもらおう……」


凛は清盛に言った。それは明らかに凛ではない……不思議な声だった。総司は息を呑んだ。

「天智の霊気……いや……。ここに眠る別の……面白し」

凛が吐いた息が白い糸となって空中を舞い、雪と混じり合って消えていく。

「直弼、詮勝……仕留めよ……」

手負いの直弼と詮勝が左右から一気に、総司と凛に向かって駆け寄る。

「凛さん！　気をつけて‼」

総司は叫んだが、次の瞬間、我が目を疑った。凛は突っ込んでくる直弼と詮勝に向けて、目にも留まらぬ疾さで霊弾を放った。直弼に一撃を浴びせ、体を反転させて詮勝を撃ち抜く。二人はとっさに防ごうとしたが、凛の放った霊弾はその防御を吹き飛ばした。

「沖田殿！」

凛が叫んだ。その言葉に反応して総司は疾走し、体勢の崩れた直弼と詮勝を両断した。二人は絶叫し、血飛沫のなか地面に倒れた。

「清盛、覚悟！」

凛は走り込んだ勢いを急停止させ、その反動を利用して全身をひねり霊弾を放った。

「行心！」

清盛はすべての触手を体の前面に出してその霊弾を防ぐ。同時に行心が宙を駆ける。行心は空中で術を放ち、凛が放った霊弾をからめ捕った。

清盛は、それを見届けて触手を凛に伸ばすが、その触手は総司が刀を一閃させて防ぐ。

「宴も最高潮を迎えたようにございまする」

行心は静かに言った。その視線は凛を捉えている。

「かつて……この地で、冥界で初めて地上の王となった天智天皇は、ある者に封印されました。その封印を解くときが今、訪れたのです」

「興味深い」

清盛は赤い舌を踊らせた。

「語るがよい。行心よ」

行心は白い顔を歪め口を開く。その声は地を這うように響き渡った。

「天智天皇を封印すべく立ちはだかったのは、弟の大海人皇子でありました。陰陽の術に長けた大海人皇子ではありましたが、それでも天智天皇の持つ冥界の力には敵いませぬ。しかし大海人皇子の周りに一人だけ、その力を秘めた者がおりました。それは皇子の妻であり天智の娘である鸕野讚良《うののさらら》にございます」

行心の視線は凛に注がれる。

「そして鸕野讚良はこの地で父と戦い、父である天智天皇を冥界に封じた。その封印を解くには……」

明知の舞いがぴたりと止まった。そして、その痩身をゆらりと動かし行心のそばに歩み寄る。

「パパ……」

凛の背中から闘気が消えた。

「パパ!!」

「明知よ」

行心は囁いた。

「娘を殺め、天智の封印を解くのだ」

明知が、そのうつろな視線を凛に向ける様子を、総司は言いしれぬ恐怖をもって見ていた。

凛は金縛りにあったかのように動けなかった。父がゆっくり近づいてくる。それまで自分を包んでいた高揚感や闘争心は溶けるように消えていた。

「凛さま、あれはもうご当主さまやない、気を取られたらあかん！」

耳元でかみまるが叫ぶ。いくら父ではないと言われても、その姿は父そのものだ。

「凛さま、霊弾を放たないと……」

「そんな……」

目の前の父は、ただゆっくり進んでくるだけだ。凛への敵意は感じない。

「パパ‼　凛よ‼　思い出して‼　パパ‼」

声をからして叫ぶ。しかし明知は反応を示さない。その二人のあいだに総司が入った。ゆっくりと剣先を明知に向ける。

「だめ！」

凛は総司を押しのけ、覚悟を決めて父に駆け寄った。

抱きしめれば父の意識が戻る、そう思った。父の目の焦点がゆっくりと自分に合った。

その瞬間。

「危ない！」

明知は凛に霊弾を放った。総司が飛び出して、それを刀で弾き飛ばす。

「凛さま！　ご当主さまはもう死人でしかないんや、倒すしかないんや」

耳元でかみまるがわめく。

「でも……」

明知の霊弾が次々と凛を襲い、それを総司が防ぐ。

「凛さん、距離を取りましょう」

反撃しない凛に総司はそう言い、凛をかばうように走り出す。引きずられるように凛も走る。

すると明知も二人を追って走り出す。

「パパ！　やめて!!」

凛はなおも叫ぶ。それが無駄なことだとしても、そうせずにはいられなかった。


「行心」

清盛は、そんな凛を見ながら行心に声をかけた。

「あれでは話にならんのではないか」

行心は薄い唇を歪めた。

「鵺野讃良の魂が閉じ込められておりますな」

「手はないのか」

「父を慕う気持ちを超える感情を生み出し、今一度覚醒を促すことが必要かと」

「どういうことじゃ」

「かの者が大切にしている者を奪う、例えば……」

行心は逃げ惑う凛に視線を戻した。

「凛さま、戦うんや！　逃げてるだけでは勝機はあらへん！」

凛の周りを飛び回るかみまるに、行心はその骨ばった指を向けた。

「ふん！」

行心が念を送ると、かみまるが宙で釘付けになった。


「かみまる？」

走っていた凛はかみまるの気配が消えたことに気づいた。振り返ると、後方でかみまるが止まっている。

「凛……さ……ま……」

かみまるがかすれた声を出す。明知がそのかみまるに近づいてくる。総司が凛の前に立ち、かみまるを救うべく明知に駆け寄ろうとしたとき、清盛の触手が総司の右足を捉え、そのまま大きく触手を振った。不意を突かれた総司は転倒し、そのまま凛から引き離される。

「沖田さん！」

凛は叫び、清盛に霊弾を放った。しかし動揺していることもあり大きく逸れる。

「凛さん、かみまるを！　私は大丈夫です」

総司の声が耳を打つ。視線を戻すと、明知がかみまるを摘まんでいた。

「凛……さ……」

「かみまる！」

明知はうつろな瞳で手にしたかみまるを見つめている。

「パパやめて!!」

「滅……」

明知はなにかつぶやいた。すると、その指先から蒼い炎が上がる。その炎は、じわじわとかみまるを燃やしていく。

「やめて!!!」

かみまるはその薄い紙の体をよじった。苦しみが凛にも伝わってくる。

「やめろ――!!!」

凛は叫んだ。

「り……ん……………さ……」

かみまるが断末魔の叫びをあげた。蒼い炎はかみまるをすべて包み込んだ。

「凛さま戦って。それしかご当主さまを、す……」

明知は無情にも、そのかみまるを握りつぶした。灰になったかみまるが雪とともに風に流されていく。

「許さない……」

凛の中でなにかが弾けた。同時に意識が急速に遠のく。そして、己の中で浮かび上がる記憶。

「帝を……」

「もはや帝を止める方法はない」

「しかし……」

「讃良……お前の気持ちはわかる。お前は黙って見届ければいい。帝を止めるのは弟である私の役目だ」

雪の中。

対決する父と夫。父はその魔力で夫を圧倒する。血にまみれ倒れた夫を踏みつける父。

「やめて！」

何度も叫ぶ。

「冥界の使者たる私に逆らったこと、後悔するがよい」

白い世界で冷たく言い放つ父。

「許さぬ」

雪の中を走った。夫を救うために。

そして。

父を倒すために。


明知が吹き飛んだ。

「凛さん……」

清盛の触手を断ち切って地面に転がり落ちた総司は、目の前の光景に驚いた。凛が恐ろしい速度で、明知に攻撃を加えている。一方の明知もまるで宙を駆けるようにその攻撃を防ぎ反撃する。それは人ならぬ者同士の戦いだった。互いの霊気が激しくぶつかり、火花を散らす。

「覚醒したようじゃな」

清盛は行心に言った。

「あれはまさに鵺野讃良にございまする」

行心は満足げに答えた。

「識もようやく己の役目を果たせて満足でございましょう」

「あとは、鵺野讃良を倒せばよいだけか」

「御意」

清盛は凛と明知に視線を送る。

「思い起こせば我が宿願も、九郎義経によって海の底に沈められた。安徳が生きながらえれば、海にも冥界は広がったのじゃ。皇統に宿る封印を今、解かん」

清盛は、己の体を凛のほうに向けた。

「そうはさせません」

その清盛の前に総司が素早く移動した。

「あなたの相手は私です」

「小僧」

清盛は苦笑いした。

「お前を相手にしている暇はない。時が迫っておる」

「時とは？」

総司は刀を下段に構えた。清盛がどう動いても反応できる。清盛に疾さで劣ることはない。

「まもなく天智天皇が鸕野讃良に葬られた時刻。そのとき冥界の扉が開く」

「行心！」

鋭く清盛が声を発した。

「余計なことは言わぬでよい」

「これは、失礼をば」

行心は、うやうやしく頭を下げた。

「お前たちもそろそろ邪魔じゃ。ふさわしい相手を揃え、勝負を決めてやろう」

清盛は分厚い掌を口に当てた。

「武蔵！」

清盛の咆哮は闇の中をこだまする。ピンと張り詰めた緊張感のなか一陣の風を感じた。

「沖田！」

十兵衛の声が闇を切り裂く。同時に総司は刃が空を切る音を耳にするも、避ける余裕はない。とっさに体を反転させ剣を伸ばすが、相手の姿は捉えられない。勘を頼るほかなかった。

火花が散った。

激しい衝撃を受け、総司は地面にもんどり打つ。

「大丈夫か」

その総司の前に立つ広い背中。十兵衛である。

「若いの、よく凌いだ」

清盛の前に立っているのは、両手に二刀をだらりと下げた武蔵である。その手に握るは己の大刀、そして平の軍刀だった。

「追い詰められて力を発揮するようじゃ」

武蔵は愉快そうに笑った。

「こちらはだいぶやられたようじゃな」

「直弼と詮勝が討ち取られたわい」

清盛が武蔵に言った。

「思いのほか手こずったが、これでしまいじゃ。その者らは任せてよいか」

清盛は十兵衛と総司を指差した。

「楽しめそうじゃ」

武蔵はうなずいた。

「時はそうないぞ」

「剣士の勝負は一瞬にござる」

武蔵は二刀をゆっくりと上げる。

武蔵の視線の先にいる十兵衛の背後では、明知と凛が激しく戦っている。霊弾が飛び交い、それがお互いを傷つけ、地面に倒れては、また激しく宙を舞う。


凛の意識は、遠く深い闇に沈んでいる。その闇がうっすらとひらけていく。雪が降りしきるなか自分とよく似た娘と、父によく似た男が激しく戦っていた。二人は中国史宮廷劇で見るような奇妙な服を着ている。無言でひたすら戦う二人には、不思議と憎しみや怒りを感じない。

そこにあるのは、ただただ重い、逃れられない修行のような荘厳さだ。そして、それは聖なる儀式のようでもあった。

凛は立ち尽くし、その聖なる戦いを見つめていた。

いつ果てるかわからない戦い。そのとき二人のあいだに、ある男が現れた。秀麗な顔立ちに鋭い目、長身を軍服に包んだ男……。

凛の意識は急速に天空に引き上げられる。


「讃良姫よ……いや……明知の娘よ……」

低く湿った、纏わりつくような声。

次に衝撃。

気がつくと凛は地面に伏していた。


(出てきてはいけませぬ)


頭の中で声が響いた。

「誰?」

体が自分の意思とは別に動いた。跳ね上がるように立ち上がると、宙を飛び、目の前の父に霊弾を放つ。霊弾が立て続けに父の体を撥ね飛ばすと、父は数メートル先の木の幹に叩きつけられた。

「やめて!!」

凛は叫んだ。急に体が軽くなった。

「娘よ。お前は父を滅するつもりか」

清盛がこちらを見ていた。

「わしら冥界の者の力で父は蘇ったのじゃぞ。お前は真の仇を間違えておる」

「真の仇……」

「大阪での乱で、お前の父を殺したのは我らではない」

清盛の視線が動いた。倒れた明知がゆっくりと体を起こす。

「殺したのは……」

清盛が太い指を凛の背後に向け、凛は振り返る。そこに立っていたのは、軍服に身を包んだ長身の男。

「平……」

平はいつものように冷めた表情を湛え、立っていた。

「この男は父を奪い、その怒り、悲しみ、絶望を利用し、お前の力を覚醒させようとした」

（その者の話を信じてはいけませぬ！　私に任せるのです！）

頭の中でまた声が響いた。しかし、その声は次の清盛の言葉でかき消された。

「疑うならば、これを見よ」

頭の中に映像が差し込まれる。

暴徒に囲まれた父、平、十兵衛がいる。その前後に武蔵と大柄な侍、大塩と呼ばれていた男だろう。暴徒が群がり、それを父が風を起こし倒す。武蔵と十兵衛、そして平が交戦。そこに大塩が凄まじい勢いで父に突撃する。父は術で見事に迎え討つが、その父を背後から軍刀で貫いたのは……。平だった。

「そんな……」

凛の前には幽鬼のように蒼白な顔で立っている白装束の父がいる。その胸から流れる血潮がみるみる白い装束を染めていく……。凛に憎しみの感情が沸き上がった。平への疑念はずっと消えていない。あり得ないことではなかった。

「その者は己の野心のために、お前の父を葬ったのだ。お前はなぜ、その者のために戦う。我らとともに歩めば父と生きていけるのだぞ」

清盛の言葉は凛の耳を、体を、心を縛った。平への不信と怒りが充満していく。

「弁明はあるか」

清盛は片頬を上げ平に言った。平は一瞬、表情を歪めたが、すぐに冷徹な表情に戻った。

「ああするほかなかったのだ。それが明知の運命でもある」

爆発した。

声にならない叫びをあげた。


（だめ!!）


頭の中で制止する声が聞こえたが、もはや凛の怒りのエネルギーは止められなかった。

平に向かって走る。平がとっさに防御態勢に入ろうとするも、その暇を与えず、凛は体勢を低くし怒りによって発生したエネルギーを一気に放出する。

これまでになく巨大で高密度な霊弾が平の体を吹き飛ばした。小爆発のような衝撃が空気を揺るがす。

「これは凄まじいものじゃ」

清盛がその大きな目を見開いて言った。

「鸕野讃良を封印した状態で、この力とは……」

「形代《かたしろ》に思いのほか力がありまする」

行心が言った。

「しかし力は使い果たしてござりましょう」

行心の言葉どおり、凛は呼吸すらままならない状態だ。


（呼吸を整えて立ちなさい。そして私と代わるのです）


頭の中で声が響く。

「パパ……」

その声を無視し、凛が明知に近づくと明知は腕を振り上げた。それが術を発動する行為と気づくも、すでに遅かった。


（身を伏せて！）

頭の中の声が響いたときには、凛のみぞおちに明知の放った霊弾が食い込んでいた。息が止まって目の前に火花が走り、そのまま凛の意識は途絶えた。

「沖田、お前は左を取れ！　わしは右を取る」

「承知！」

武蔵に対し二人の取った策は、総司が攻撃で武蔵に動きを持たせ、その武蔵の動きに十兵衛が対応するというものだ。二人がバラバラに動くことで武蔵のリズムを乱す作戦である。

しかし武蔵は、なおも超人だった。さらに上がった総司の最高速度に対応し、十兵衛に対しては長刀で間合いを操る。その動きを支えるのは、武蔵の常人離れした足腰の強さである。もちろん十兵衛も総司も体幹や足腰の強さは並はずれているが、その二人をもってしても敵うものではない。ただ、さすがの武蔵も、総司と十兵衛を相手に鉄壁の防御までは可能だが、攻撃に転じることはできない。

凄まじい攻防のなか、誰かの体力と集中力にわずかでも乱れが生じたときが勝負を決する。

息つく間もない攻撃を受け、総司は己の集中力と技術がさらに研ぎ澄まされていく感覚をおぼえていた。宮本武蔵という怪物が、総司を覚醒させようとしている。そんな感覚が総司を包んでいた。

一瞬。武蔵の動きが緩慢に見え、その機を逃さず総司は踏み込む。一度の踏み込みで三度放てると言われた総司独特の突き。その踏み込みが限界を超え、剣がもう一段伸びた。

「む」

武蔵はその切先を払いきれず、浅くではあるが、武蔵の胸下に剣が届いた。武蔵は踏ん張って後方に下がったが、それにより体のバランスが崩れた。そこを十兵衛は見逃さなかった。下段から武蔵の右腕を斬り裂いた。武蔵の血飛沫が飛ぶ。しかし武蔵は、素早く体を反転させて地面に転がり、総司と十兵衛の次の斬撃を防いだ。

「若いの……剣が伸びたの……。死して腕を上げるとは見事なものだ」

「武蔵殿のおかげです」

総司は答えた。肩で息をする。限界を超えた代償は大きかった。足が震え、目がかすむ。

「十兵衛」

武蔵は十兵衛にも声をかける。

「お前も見事であった」

「勝つところまでは辿り着けませなんだ」

十兵衛は、右頬を手のひらで押さえている。指のあいだから血潮が迸る。

総司は全身の肌が粟立つのを抑えられなかった。あの状況から武蔵はひと太刀浴びせたのである。しかも総司には、その剣筋がまったく見えなかった。

「お前たちを二人同時に斬り伏せるつもりであったが、そういうわけにはいかぬようじゃ」

武蔵は己の傷を眺め、そして立ち上がると二刀を青眼に構える。構えた先は総司であった。

「若いのから、にするか……」

「望むところです」

総司は息を整えた。今なら武蔵と互角に渡り合える。そんな自信が総司の心中に芽生えていた。刀を低く構える。

その瞬間、背後で爆発音のようなものが聞こえ、思わず振り返った。倒れている凜の姿が見えた。

「凜さん！」

そこに武蔵が走り込んできた。

「沖田！」

十兵衛の叫び声が聞こえた。

身を翻す暇もなかった。左腿に激痛が走る。武蔵の一刀が総司の左腿を貫き、もう一刀は十兵衛が防いでいた。

「行け！」

十兵衛が叫ぶと、総司は力任せに脚を引き抜き血飛沫が上がった。その勢いで武蔵にひと太刀送る。武蔵は大きく飛び退き、十兵衛も武蔵の間合いを出て総司を凜の方向に押し出した。

凜は明知にのしかかられていた。

「凜さん！」

総司は脚の痛みをこらえ、大きく跳躍した。

凛は再び夢の世界に入っていた。

同じ場所。

二人の男女が舞うように戦っている。

そこには憎しみも悲しみも怒りも、すべての感情が存在しなかった。ただただ美しい。

宙を駆け、凛と同じく術を放つ。互いの霊弾で傷つき、溢れる血が雪に覆われた白い大地を染め上げる。凛は、ただそれを眺めていた。

戦いは、唐突に終わりを告げた。男が放った霊弾を避けた女が、その懐にするりと入り込んで放った掌底。それが鋭い刃となり、男の胸を貫いた。

男はおびただしい血を吐き、朱に染まった大地に倒れた。

「お許しくださいませ、父上……」

女はつぶやいた。

男の顔がこちらを向く。その顔を見て凛は息を呑んだ。

「パパ……」

駆け寄った。父と瓜二つの顔をした男の瞳孔は開き、もう魂は離れているようだった。

「パパ‼　パパ‼　起きて‼　なんで‼　パパ‼」

すがりついた。その凜の肩を女が、そっと抱いた。

「私は私の役目を果たしたのです。すべての悲しみを背負って、この闇を、晴らさねばなりません」

凜は女の顔を見上げた。

「あ……」

その顔は自分だった。

「あなたも自分の役目を果たしなさい」

女はそう言った。

「自分の役目？」

「あなたは孤独だったでしょう」

女は優しく言った。

「人は誰も孤独では生きられない。しかし孤独に嘆く人を救うために、孤独を受け入れなければならない宿命を持つ者もいる。私もそうだった。父の野望のために父の弟に嫁ぎ、父の野望を断つべく戦う夫のために父を葬った。それが私の役目だったから。そうしなければ、この地上の人々が皆、互いを信じることができず皆が孤独になる。それを防ぐために、私は孤独と戦いを受け入れた。あなたも……自分の……役目を……果たしなさい」

女は大粒の涙をこぼした。その温かい涙が落ちて凜の左頬を伝う。

奥深くに沈んでいた意識が覚醒していく。闇の中の冷気が全身を巡ると、頬に伝うものが鉄の匂いを帯びていることに気づいた。そっと頬に手をやる。粘り気のあるそれは血潮であった。視界が急激に蘇る。そっと頭を上げると、視界に入ってきたのは口から血を流す総司。そして、その背後に冷徹な表情で立っている父の姿……。

「よかった……間に合った……」

総司はそう言うと、ゴボッと口から血を吹きこぼし、そのまま倒れ込んだ。

「沖田さん！」

凜は総司を支えた。その背後の父が総司に一撃を加えるべく手を上げたのを目にした。

（戦うのです。守るべき者のために）

頭の中で女の声が響いた。反射的に凜は霊弾を放つと父に直撃し、その体は後方に吹き飛んだ。

「沖田さん！」

凜はぐったりとする総司に必死に声をかけた。総司は背中と左足に大きな傷を負っており、雪が赤く染まっていく。

「しっかりして‼」

「……言ったでしょ……私があなたを守るって……」

総司は血まみれの顔で微笑んだ。

「あなたも守ってくれましたね……私を……」

凛はただ総司を強く抱きしめた。言葉が出なかった。なんとか総司の血を止めようと傷口に手のひらを当てる。総司の魂が流れ出ていくようだった。

「沖田さん！」

何度も呼んだ。かみまるも失い、沖田も失えば自分にはなにが残っているのだ。


凛さま！


突然、頭の中でかみまるの声が聞こえた。

「え？」

凛は耳を疑った。


凛さま。前を見て。

かみまるの声が聞こえる。凛は頭を起こし前を見た。

「あ……」

父が立って近づいてくる。

凛さま……ご当主さまを救えるのは凛さまだけや……もう休ませてあげて……。

かみまるの声が届く。

「どういうこと……」

「かみまるの言うとおりです……」

総司が苦しそうな息遣いで言った。

「あなたの手で……」

「私の……」

（私もともに戦いましょう）

頭の中で、あの女の声が響く。

（あなたは一人ではありません。私も苦しみを背負いましょう）

凛の体の芯に、力が宿る気がした。しかし、それは引き裂かれるような哀しみに包まれた力だった。

「パパ……」

走馬灯のように、父との記憶が頭に浮かぶ。父はできるかぎり凛のそばにいようとしてくれた。その父を避けるように過ごした、ここ数年。そして父を近くに感じた、この数か月。そのすべてが愛おしかった。胸を刺すような痛み。父を救えるのは自分だけ……。その想いだけが凛を支えた。

凛さま……勇気を持つんや。

（あなたと私は同じ……父上は望んでいるのです。あなたに救われることを……）

「凛さん……父上を……守ってあげて……」

かみまる、女、総司の声が重なる。凛はそっと総司を大地に横たえると、立ち上がった。父が近づいてくる。その真っ白な顔とうつろな瞳。ゆっくり術を発動する構えに入る。凛は呼吸を整えた。浅く、深く、深く、浅く……。

冷たい空気が肺を満たし、吐き出すと白い霧になる。しだいに凛の思考が、黒い闇が消えていく。白い世界が凛を包む。

そしてその白が父をかき消した瞬間、凛は自分の中の気を吐き出した。それは霊弾ではなく、一陣の風であった。

明知光太郎は、その風で粉々になって消えていく。

「パパ！」

凛は叫んだ。光に包まれた父は、かすかに笑ったように見えた。そして父は風とともに消滅していった。

「ごめんなさい」

崩れ落ちるように凛はしゃがみ込む。涙がとめどなく溢れた。

「行心……」

清盛は隣の行心を睨みつけた。

「どういうつもりじゃ」

「どういうつもりとおっしゃいますと」

「おぬし、識を始末しなかったな」

行心は首を横に振った。

「明知の霊力が弱かったようにございます」

清盛はフンと鼻を鳴らした。

「父が娘を倒す。それで冥道が開くのではなかったのか」

「冥道は開いておりまする」

「なに？」

清盛は、行心の言葉に目を見開いた。

「ご覧くださいませ」

行心は天智天皇の墓室のほうに手を向けた。すると、その墓石の扉が開き黒い妖気が溢れ出ている。

「このうえで鸕野讃良を葬れば、冥道は完全に開きまする」

「鸕野讃良を葬れば……」

清盛は視線を凛に向けた。

「武蔵！」

清盛は叫んだ。

「娘を討ち取れ!!」

凛さま‼　油断したらあかん‼

かみまるが頭の中で叫んだ。

凛は顔を上げる。

土煙を上げて走ってくる男。赤茶けた蓬髪をゆらし両刀を長い腕に下げている。

「凛さん……」

総司が声を出した。

「十兵衛殿は……」

武蔵の背後から、よろめきながら追ってくる十兵衛が見えた。しかし遠目から見ても十兵衛は深手《ふかで》を負っているようだった。


沖田はん、十兵衛はんは右腕に深い傷を負ってるで……。


かみまるの声が響いた。

「娘。不憫ではあるが、お前を斬る」

武蔵は淡々と言った。

その瞬間、背後から十兵衛が斬り込んだ。武蔵はそれを振り返ることもなく、左手の軍刀で受け止め、半身となって右手の大刀で十兵衛の腹を薙いだ。十兵衛はそのままのけぞり後ろに倒れ込んだ。

「十兵衛さん！」

凛は声をあげた。武蔵はすぐに凛に正対する。その殺気に、凛は思わず後ずさりした。

凛さま……逃げたらあかん……呑まれたら終わりや……。

かみまるの声が聞こえたが、武蔵の殺気は凛の精神をどんどん削っていく。恐怖のあまり霊弾を放ったが、動揺で呼吸が乱れていたため思わぬ方向に飛んでいった。

（落ち着きなさい。あなたの霊力は底をつきかけています。無闇に使えば、すべてを失います）

頭の中で女の声が響く。

「どうしろって言うの！」

パニックになった凛は叫んだ。恐怖が全身を駆け巡る。武蔵は、他の冥界の者にはない圧倒的な死の恐怖を感じさせる存在である。今の凛は、ただの女子高生だ。足がガクガクと震え、呼吸が浅くなる。走って逃げたいところだが、武蔵の圧はそれを許さない。

「凛さん……」

総司が立ち上がった。

「あなたは私が守ります」

総司は刀を杖にし肩で息をしている。血は傷口から流れ続け、もはや立っていることすらままならない状態だ。

「若いの」

武蔵は総司を見て眉をひそめた。

「無駄なことをするでない。その様子では剣も振るえぬ。十兵衛も倒れ、娘を救う策など千万に一つ」

「万に一つもあれば……十分です……」

総司は笑った。凄絶な笑顔だった。

「凛さん……お願いがあります……」

総司は小声で言った。

「私が動いたら、私の背中に霊弾を放ってください。全力で」

「そんなことしたら……」

「それしか勝つ道はありません」

総司は言った。

「なにを話しておるか知らぬが、気の済むようにするがよい。待ってやろう」

武蔵は平然と言った。

「武蔵！　時をかけるな!!」

清盛の怒鳴り声が響き渡った。その声には焦りのような苛立ちが混じっていたが、武蔵は平然としていた。

「凛さん……お願いします。私にあなたを守らせてください……」

総司は振り返ることなく言った。血まみれの背に白く輝く誠の文字に、雪が積もっていく。

「凛さま……やるんや。沖田はんの願いを叶えてあげて」

かみまるが言った。

「わかった」

凛は覚悟を決めた。

恐怖はある。

まだ打ち消せない。

しかし目の前に総司が立っているだけで、その恐怖がほんの少しやわらぐ気がする。

「呼吸を整えて」

総司が言った。


（息を吐くのです）


頭の中で女の声がする。息を吐く。吐ききれば冷たい空気が肺を満たす。満ちるとともに五感が冴え渡った。

「では、参る」

機が熟したと見たのだろう。武蔵は両腕を広げ疾走してくる。

「行きます！」

総司の背中の羽織が動いた。


（撃て！）

頭の中で女が叫ぶ。凛はすべての力を解放し霊弾を放つ。その霊弾は沖田の背中に当たり、恐るべき速度を総司にもたらした。総司の剣はその勢いに乗って伸びきる。武蔵はその鋭利な切っ先を防ごうとしたが、想定外の速度が武蔵にそれを許さなかった。総司の剣は武蔵の右の脾腹《ひばら》を貫いた。かろうじて致命傷を避けたのは、さすがであった。

「沖田さん！」

凛はとっさに息を吸い込み、もう一度霊弾を放った。霊弾は、さらに総司の背中を捉え加速させる。武蔵は剣を扱うこと能わず、さらに後方まで総司もろとも吹き飛ばされる。

もう凛に力は残されていなかった。その場に崩れ落ちる。

しかし。

それでも武蔵は怪物であった。吹き飛ばされる力を利用して右脚で総司を蹴り飛ばし、右腕の大刀で総司を両断しようとした。

「ぬ……」

武蔵の右腕が奇妙な形に折れ曲がり、そこから血飛沫が迸った。

「十兵衛……」

武蔵は振り返った。そこには十兵衛が、渾身の一撃を加えた姿勢のまま立っていた。

「貴様……」

「油断召されましたな」

十兵衛は荒い息の中で言った。武蔵の斬撃を受けた十兵衛は、致命傷ではあったものの絶命はせず、そのまま気配を消していたのだ。柳生新陰流の奥義・活人剣の究極である、死を受け入れ生を得る技だ。起死回生の一手である。

「むん!!」

武蔵は左手の軍刀を振りかぶった。

「武蔵ぃいい!!」

その武蔵の胸板を総司の一刀が背後から貫いた。武蔵は、その巨躯を硬直させ、仁王立ちになった。

「我……生涯にわたり……六十余度戦い……無敗……」

武蔵は口から血を噴きこぼしながらつぶやくと、そのまま前のめりに倒れた。

同時に十兵衛も倒れる。総司は刀を杖に立っていたが、力尽きたように横倒しになる。

「沖田さん!!」

凛は駆け寄ろうと立ち上がるが、足が震えて力が入らない。もう凛には足を前に進める力すらなかった。それでも凛は総司のもとに歩み寄ろうとした。


「義時。娘にとどめを」

清盛は倒れた武蔵を一瞥すると、冷酷な命を下した。井伊直弼、間部詮勝、宮本武蔵は倒れた。しかし最側近である北条義時は、いまだ戦いに加わっていない。清盛の勝利は目前であり、残るは霊力を使い果たした小娘一人のみなのだ。

「義時、なにをしておる」

義時の返事がなく清盛は苛立った。そういえば開戦以来、義時の姿はない。

「義時！」

清盛は怒鳴った。あたりを見回すも見当たらない。

「行心、義時は!!」

「はて？」

行心は首をひねった。

「そういえばおられませぬな」

「なにを呑気なことを言っておる！　お前はいつまで義時を見ておったのじゃ!!」

行心は困り顔になった。

「わたくしめも戦いの最中にありましたゆえ……」

清盛は行心を睨みつけていた。

勝利は目前である。しかし清盛は、完全に勝利を掴むまで油断してはならないと自身を律する。かつて源氏を滅ぼしたと過信し、頼朝、義経兄弟を生かしたことが平家の滅亡につながったことは、決して忘れようはずがない。勝利への道のりは最後まで計算どおりであることを要する。いまや義時は戦場を不安定にさせる要素でしかない。

「上様、御覧ください。もはや冥道は完全に開いております」

行心は醜悪な笑みを湛え、天智天皇の墓標を指した。石室が開き、その向こうの闇が大きく裂けて黒い霊気が漏れている。

「あの娘に、もはや霊力は残っておりませぬ。上様のお手でお討ちなさりませ。千万に一つも我らに負けはございませぬ。あの冥道に逆に落とされぬかぎり」

行心の言葉は清盛を動かすに足るものだった。いずれにせよ勝機は無駄にできない。清盛は腰の刀を抜いた。


凛は朦朧とした意識のなか考えていた。

私はなんのために戦い、なんのためにここにいるのだろう。

父を救えず、総司を救えず、失うばかりではないか。そもそも自分はなんのために、この世に生まれたのか。

不意に、怒りが込み上げる。

これまで抑えていた憎しみが沸き上がった。

その凛の脳裏に、走馬灯のように映像が浮かんだ。

暗い山道をひたすら走る少女。それはまさしく凛自身だ。しかし、今の自分ではない。擦りきれた着物の裾、幼い顔は傷だらけで歯を食いしばり、荒い息を吐く。吸い込む空気は薄く、鼓動は激しくなる。

それでも走る。なんのためだろう。

「お前はなにがあっても生き延びよ。お前こそがこの世の光なのだ」

そう言ったのは師匠であり育ての親である土御門久脩だ。いつしか凛の意識が変化していく。それは讃良姫と呼ばれた少女だ。さらに、その意識が時代を遡る。

（あなたは私なのです）

女の声が頭に響く。白濁した意識は、やがて高貴な身分と思わしき年老いた女が御簾《みす》の中に臥している映像に切り替わる。その女が体を起こす。横に控えている男に気づく。その男は行心であった。

「讃良姫。あなたのことを、そう呼びましょう」

いつのまにか凛は、その少女となって女の前に座っていた。

「私の命はまもなく尽きます。父を葬り夫の後を継ぎ、この国を治めてずいぶん時が経ちました。しかし父を葬った場所は、いまや冥界への扉となりました。世が乱れれば、ここから冥界の者が地上に現れるでしょう。私の肉体は滅びようと、魂はこの世に残し、父がもたらした冥界の闇を防がねばなりません。私自身は長く現世を生き、やむにやまれぬこととはいえ悪事にも手を染め、人を欺き、殺め、心を穢してしまいました。私の魂に残った清い部分だけを取り出したのが、あなたです。その代償として、あなたは幼く、弱い。けれど、あなたの清らかさはやがて大きな光となるでしょう」

女の言葉は切なく、そして優しかった。

女はゆっくりと凛に体を寄せ、そして抱き寄せた。そのぬくもりは、これまで感じたことのないものだった。金木犀《キンモクセイ》のような甘い匂いが凛を包んだ。

「あなたは孤独を抱え、時代を彷徨《さまよ》うことになるでしょう。いつかあなたは同じ孤独を持つ者と出会います。そのとき、あなたは孤独から救われ光を得ます。そして、その光は大地を照らします。闇がなくなることはありませんが、光もなくなることはありません。悪があるから善がある。憎しみがあるから愛がある。すべては表裏一体です。あなたが、孤独から救われるとき、あなたはその役目を終えます。それまではつらく苦しいでしょうが、許してください」

女の涙が自分の頬に伝った。

視界が白濁し風景が変わる。

暗い部屋で目の前に座っているのは、痩せた中年の公家のような格好をした男だった。師匠。

自然に思い出した。道に倒れていた自分を助け、育ててくれた、陰陽寮の長官たる陰陽頭土御門久脩である。

「讃良姫よ。お前の孤独を埋めてやることは、私には叶わぬ。長い旅は続くであろう。私はお前を守る。この国の戦乱は、太閤の強大な力で治まった。しかし、その反動は再び闇をもたらすやもしれぬ。私はそれを防がねばならぬ。お前は生き延びよ。そして来たるべき闇に備えるのだ」

久脩の顔が父、明知光太郎に入れ替わったときに意識が引き戻された。

眼前に清盛がいた。その手には恐ろしく長い刀、そして背中には無数の禍々しい触手が蠢いている。その触手が凛の体に絡みつき身動きがとれなくなった。続いて凛の喉を捉え気道を圧迫する。息が止まる。

この男が……。

凛の中で憎悪の炎が燃え盛った。

倒さねばならぬ。父も総司も十兵衛も、すべてこの男に奪われた。使命も運命も関係ない。

凛は右頬に燃えるような痛みを覚えた。

「右頬に痣が……」

清盛が驚いたように目を見開いた。凛の右頬に真っ赤な痣が広がっていく。それは左頬の痣を侵食していくように。

「奇怪な……」

清盛はうめくようにつぶやいた。そして己が意思を固めるように刀を逆手に持ち替えた。

「讃良姫とやら、これで終わりにしてやろう。父とともに冥界に堕ちるがよい」

清盛が刀を凛の胸に突き刺すべく、身動きできぬ凛の胸に当てた。


「呪・解」


遠くで、行心の声が聞こえた。

瞬間。清盛の体が大きく後退した。

「行心！　貴様……」

清盛は動揺を顔に表した。凄まじい形相で振り返ると、行心が印を結び祈っている。

「零・賛」

行心はさらに印を結び返した。清盛の触手が吹き飛んだ。凛の体は地面に投げ出され、清盛も土煙を上げて転倒した。

「行心……」

清盛は素早く立ち上がり、目を細めた。その明晰な頭脳が瞬時に動揺も怒りも消す。

「おぬし……何者だ。冥界の者ではないな……陰陽師……」

清盛は刀を構えた。

行心はゆらりと前に進んだ。そして、そっと右手で顔をぬぐうと、その顔は一変した。高い頬骨に一重の涼やかな目、薄い唇に額に刻まれた深いしわ。行心に湛えられていた酷薄さは消え、不敵かつ茫洋とした、不思議なカリスマ性を感じる佇まいになっていた。

「改めて名乗りましょう。安倍晴明と申す」

「安倍晴明……かの陰陽師として名高い男か」

清盛はうめくように言った。

「おぬしが、この者たちの首魁か……」

清盛は行心……いや晴明を睨みつけた。晴明は軽く嗤った。

「首魁ではござらぬが、冥界の侵攻を防ぐ者を生み出した者ではありましょうな」

「防ぐ者を生み出した?」

「天智天皇の御代以来、度重なる冥界の地上への進出を防ぐ手立てを、我ら陰陽師は考え続けておりました。その結果たどり着いたのが、毒は毒をもって制す。魔は魔をもって防ぐとでも申しましょうか。本来、陰陽とは光をもって影と対峙するもの。しかし光と影は対になって動くだけで、影の侵攻を止めることはできませぬ。大きな影による地上の混乱を防ぐべく我ら陰陽師は泰山府君の力を借り、その霊力で冥界の霊力を無効化してきたのです。しかしながら時として、こうして冥界の者が地上に出て力を持ち、大混乱を招く。今回は不覚でござった……いや……讃良姫にとっては、これもまた必然だったのかもしれませぬ」

晴明は飄々とした口調で言った。

「ということは、貴様がわしの相手をするというのか」

清盛は刀を晴明に向けた。

「残念ながら、私では真の英傑たる清盛殿には敵いませぬ」

晴明は顎に右手をやり、首を傾げた。

「貴方様の霊力は強力にございます。私ごときでは到底力及びませぬ。やはり、貴方様の相手は、この冥界を最初に封印した鸕野讃良こと讃良姫でなければなりませぬ」

晴明の視線は凛に向けられた。凛は、その晴明を見返した。

「わしが讃良姫を倒せばどうなる」

清盛は晴明に問うた。

「その場合、手立てはございませぬ」

「わしは若きころ、天下を夢見た。その志を叶えるべく取引をしたのじゃ。そして我が願いは叶えられた。しかし、わしの野望は源氏の小倅……九郎義経めに打ち破られた。彼奴もまた陰陽師であったわ。わしは冥界に堕ちてからも、地上で再び我が願いを叶える日を待ち望んでおった。それがもはや目の前じゃ。讃良姫。そちを倒し、我が宿願を果たす」

凛は、清盛の体から真っ黒な闇を彷彿とさせる邪気が放出されるのを見た。清盛は、ある意味で純粋だった。己の欲望にすべてを捧げている。

「清盛」

凛は立ち上がった。その顔はすでに痣に覆われていた。

「なにをもっても、お前を滅す」

凛の背中からも清盛と同様の邪気が放出されている。その目は清盛への激しい憎しみと怒りを湛えている。

「良い目じゃ」

清盛は肩を揺すって笑った。

「見事わしを封じてみよ」

凛の姿が消えた。

と思われた瞬間、間合いを神速で詰め両手で清盛の体に霊弾を叩き込む。

「ぬ！」

清盛は後方に吹き飛ばされた。その後ろには冥界につながる裂け目が、闇を吐き出しながら間口を広げている。

「小癪《こしゃく》な‼」

清盛は、空中で凛に目掛け霊弾を放つ。凛はその霊弾を避け、自身も宙を舞い、清盛との間合いを詰める。

二人は雪の舞う闇夜のなか激しく霊弾を撃ち合う。霊弾の光と雪の白さが交わり、幻想的な美しさを描き出していた。


「悪鬼同士の戦いよ」

晴明はつぶやいた。

「凛さまはどうなります」

晴明の横にいつの間にか小さな童が立っていた。白目のない瞳、その額には角らしきものがある。上半身は裸だが、その皮膚は赤い。愛らしい表情の子鬼である。

「清盛と戦うには、清盛と同等の闇の力がいる」

晴明は子鬼をちらりと見た。

「心配か、識……いや、かみまると呼んだほうがよいか」

「晴明さま。うちは讃良姫ではない凛さまが好きや。凛さまが凛さまでなくなるのは……」

「それがあの者の運命。逆らえぬ」

晴明は無表情に言った。

「凛は、讃良姫とともに清盛を冥界に堕とさねばならん」

「それは……」

「凛も、冥界に落ちるということだ」

晴明の言葉は冷酷であった。


「貴様……讃良姫だけではないな……」

激しい攻防戦。清盛は、冥界の裂け目の前まで押し込まれた。二人は霊力のかぎりを尽くして戦い、空中から地上に降りて霊力で押し合う。互いの背中から出る黒い邪気は、冥界から噴き出る闇と混ざり合い、それは磁力で引きつけられるように冥界につながる裂け目へと流れ込んでいく。

「我は、夫の後を受け、夫の息子であり姉の子である大津皇子をこの手で葬った。すでに我は闇に染まっていた。闇を封じた我は、時を経て闇に堕ちた」

凛の唇からおどろおどろしい言葉が吐かれた。右頬に現れた赤い痣は黒く変色し、凛の顔はその美しい瞳を残し黒く染まっている。

「なるほど……わしと同じ者か。ならば」

清盛は、冥界の裂け目に押し込もうとする凛を睨みつけた。その唇が歪む。

「わしは負けぬ」

清盛は咆哮すると、邪気を体に納めた。それに呼応するように凜の邪気も消える。

「やはりな」

清盛は乾いた笑い声をあげた。

「わしとお前は一体か。ならば肉体を滅すまで」

清盛は触手を伸ばし、凜の腕、足、胴、首に絡める。

「凜さま！」

かみまるが走り寄ってくるのを、触手で封じる。

「無駄なことじゃ」

清盛は荒い息を吐いた。そして晴明を見る。

「晴明、お前はどうする？」

「私は戦わぬ」

晴明は平然としていた。

「この戦いは清盛殿と讃良姫のものゆえ」

「わしが敗れると思っておるのであろう」

清盛は怒りをあらわにした。

「そうはいかぬ。わしは戦で敗れたことはない」

清盛は、刀を振り上げた。

「痣が……」

清盛は思わず言葉を漏らした。凛の顔からすべての痣が消えていた。

「なんと……」

晴明が驚きの声をあげる。

「讃良姫が……消えた……」

その声は絶望の響きを帯びていた。清盛に対抗しうる唯一の存在、讃良姫が……。

「凛さま!!!」

かみまるが絶叫する。

「なるほど」

清盛は唇を歪めた。

「わしの霊力が勝ったか。この者から讃良姫は消え失せた。負けを悟り逃げたか。しかし逃がさぬ。この者の魂の奥底にでもおるのであろう」

清盛は、もう一度、刀を振りかぶった。勝ちを確信した清盛の目には、観念したかのように目を閉じる凛の姿が映る。しかし晴明は、その凛の鼻と胸が動いているのを見た。

深く、深く、吐き、そして吸う。

呼吸が大事だ。

凛、自分の力を信じろ。


父の声だった。凛はまぶたを開いた。

「首を刎ねてくれる」

清盛は全力で刀を振った。

その瞬間。

凛は息を吐いた。

風が。

猛烈な風が舞った。

その風が清盛の刀を吹き飛ばし、触手を引きちぎる。

「おのれぇえええ――――!!!」

清盛は絶叫した。

かみまるも吹き飛ばされ、晴明の足元に転がる。

「あれは……明知に残しし術式……」

晴明はうめいた。

凛は猛烈な風のなか鋭い眼差しで立っている。

清盛は冥界の裂け目近くまで吹き飛ばされ、必死に耐えている。

「負けぬ……負けぬ……負けぬぅううう!!!」

清盛は体を満たしていた黒い邪気を、一気に吐き出した。それは清盛の最後の力であった。

「武蔵ぃいいいいいいいい!!」

「しまった！」

晴明が叫んだ。清盛は残された霊力をすべて武蔵に注ぎ込み復活させたのだ。

「讃良姫を討てぇえええええ!!」

土煙をあげて肉薄する武蔵を晴明は見た。

とっさに晴明は術を発動しようとしたが、武蔵の超人的な速さはそれを許さなかった。

「いかぬか！」

晴明は叫んだ。

凜は息を吐いた。

風になる。

いつか総司が、凜に言ったことがあった。

強く振ればそれに応じて強く、相手がゆるく振ればゆるく、止まればそよ風のように。

凛は風になった。

迫り来る武蔵の繰り出した剣は、凛の起こした旋風に吸い込まれ、その軌道を変える。そして風になった凛は武蔵を包み込む。

「パパ……沖田さん……」

凛は体を回転させた。通り過ぎる武蔵の背に手のひらを当てる。

武蔵は、動きを止めた。風が武蔵を包む。

時が止まった。

「もう戦わなくていいよ」

凛の表情はやわらかくなっていた。痣が消え白く透明な頬に雪の結晶が落ちて、溶ける。武蔵は何事かつぶやいた。そして、その左手から刀が落ちた。

「そう。もう……休もう」

凛は優しく武蔵に言った。

「あなたは、もう戦わなくていい。自分のための戦いなんて意味がない。あなたは誰かのために戦うべきだった」

「誰かのために……」

武蔵はボソリとつぶやいた。

「あなたにもいたはず、そんな人が」

「誰かのために か……」

武蔵は右手の刀も落とした。そしてゆっくりと凛のほうに振り返った。その眼差しは穏やかなものであった。

凛は知っていた。

剣に生きたこの男も、また孤独だったのだ。

「あなたはもう一人じゃない」

やさしい風が武蔵を包む。孤独のつらさは形は違えど凛にもわかる。

凛の言葉に答える代わりに武蔵はゆっくりと膝を折り、雪の中に倒れていった。

「武蔵ぃ！」

清盛は叫んだ。その背後には冥界の裂け目が口を開いている。

「もう終わり」

凛はその清盛に視線を向けた。

「あなたは、ここで終わるの」

「終わるだと」

清盛は嘲笑った。

「もうお前に力は残されておるまい。わしがここを逃れれば、まだわしの物語は続く。お前には、もはやなに一つ残されておらぬ。たとえ冥界の者を呼び寄せられずとも、わしがおれば続く。この愚かな時代の愚かな民どもを英傑たるわしが率いて、輝かしい国をつくるのだ！」

「そんなこと誰も望んでない」

「なんだと？」

「ボクたちは愚かかもしれない。人を妬み、憎み、嘲り、自分のことだけ考えて自己承認欲求だけが大きくなる。そうかもしれない。だけどね」

凛は強い眼差しを清盛に向けた。

「みんな必死に今を生きてる。それは自分のためだけじゃない。みんな誰かのために生きている。生きようとしている」

凛は自分の孤独の正体がわかった気がした。自分は誰かのために生きたかった。そのことをただ望んでいたのだと。

「あなたの言う輝かしい国は誰のため？　それはあなただけのためじゃないの」

「なにを言う！　それが、この国の、この国の民のためなのだ!!」


「方便」

凛は言った。清盛は、その言葉に体を硬直させた。

「九郎……」

かつて自分を葬った、あの男の記憶が鮮明に蘇る。

「人は自分の近くの誰かのために生きてるんだ」

凜の体の中から不思議な感情が湧いた。言葉が溢れる。

「みんな自分で生きるんだ。命が尽きる、そのときまで。自分の物語を生き、そして終わるんだ。そして、その物語は誰かのためになる」

この瞬間のために、この世に生まれてきた。そう思えた。

讃良姫ではない明知凜として、自分の意思で、この戦いを終わらせる。

「ボクも一緒に終わってあげる」

清盛の目は、初めて恐怖の色を浮かべた。

「凜さま!!　あかん!!!」

かみまるが叫んだ。

「ボクの終わりは誰かの始まりになるんだ」

凜はつぶやいた。

「凜さま!!」

その声に凜は気づいた。

「あなたは……かみまる……」

「凜さま!!　凜さま!!!」

赤い愛らしい子鬼が声をからし泣いていた。

「よかった」

凛は微笑んだ。かみまるが生きていた。それだけでもよかった。

「あかん!!! 凛さまは終わったらあかん!!!」

かみまるは絶叫した。

その言葉に、もう凛は応えなかった。

そっと構えた。いつか父と修行した、あの朝のように。凛を風が包み込む。

「やめよ、小娘!!」

清盛は、凛の考えを察知し叫んだ。

終わる。

考えたこともない言葉だった。死してなお戦い続けた。死してなお求め続けた。それは飽くことのない、この世への執着であった。それを捨てて終わることが、なにを意味するのか。

「終わるなどありえぬ!!!」

「凪になる」

凛は声をあげた。

なにもない人生。

誰からも求められない人生。

その考えも、また執着だったのかもしれない。

なにかのために。

誰かのために。

そんなことを考えなくてもよかったのかもしれない。

その執着を終わらせることで始まることがある。

今はそれを信じられる。


「沖田さん……十兵衛さん……。パパ……」

凛は、かけがえのない者たちに声をかけた。

「みんな……一緒に終わってくれる？」

倒れているはずの十兵衛が自分の後ろに立っている気がした。皆、自分のそばにいる。

「沖田さんは？」

総司は笑みを浮かべていた。凛の大好きな総司の笑顔だった。

「私は凛さんのおかげで願いを叶えられましたよ。ありがとうございました。大切な人を最後まで守って戦えた。心置きなく私の物語を終わらせられます」

そんな声が聞こえた気がした。

「パパ」

父はやさしくうなずいていた。

「ありがとう」

凛は微笑んだ。

「さらら姫、あなたも」

孤独を抱え転生を繰り返した讃良姫にも声をかけた。

心の中の姫もかすかに微笑んだ気がした。彼女の長かった旅も、ここで終わる。

凛は、清盛を見た。

「や、やめよ！　娘!!　やめよ!!!」

凛は息を吸った。

「凛さま！」

かみまるが叫んだ。

「うちも連れてって！」

「かみまるは、まだやることがあるでしょ」

凛はかみまるを見て笑った。

「あなたのおかげで本当に助かった」

そして大きな声で叫んだ。

「さよなら。またいつか」

冥界の扉は強烈な風とともにすべてを吸い込み、そして閉じた。あたりには白い雪が舞い降り続けていた。

☆

政府は大混乱となっていた。首相の板垣、官房長官の椎名、さらに公安委員長の松崎の死が発表になったのだ。死因は不明とされ、暗殺も含めさまざまな憶測が飛び交った。

民政党の幹事長・赤根誠は、この事態に際し卓越した指導力を発揮し、党内の長老である山口克敏を担ぎ出して板垣の後継に据え、政権の安定を図った。その後、板垣、椎名、松崎は、三人が会食をした際の食中毒による事故死と発表された。会食先の責任が問われたが食材に付着していた細菌によるものとされ、店側、調理人の責任はなしと判断された。

新首相の山口は引き続き三人の死の解明に努めると発表。山口は、板垣の政策を引き継がず首都を東京に戻し、穏健な政治姿勢を見せた。その施策は、赤根の強力なバックアップがあってのものだった。

一方、京都ではある不思議な事件が歴史関係者の注目を浴びていた。山科にある天智天皇陵の墓室の近くから、着物を着た少女の即身仏が発見された。調査の結果、それは平安時代のものと思われ、なぜ突然現れたのか、いつからそこにあったのか、天皇陵を管理する宮内庁をはじめ皆、煙に包まれたようであった。

☆

「それにしても義時を使うとは、よく考えたものだ」

新宿の雑踏を歩く二人。一人は、黒のレザーコートを羽織った長身の男。その隣を歩く男は、濃紺のスーツにシルクハットをまぶかに被っている。

「あれを収められるのは義時しかおるまい」

長身の男の問いにシルクハットの男が答えた。

「いつ寝返らせた」

長身の男、平了は尋ねた。

「あやつは私を疑っておった。そこで取引を持ちかけたのよ」

シルクハットの男、安倍晴明は含み笑いで答えた。

「取引?」

「さすがは権謀術数に長けた男だ。奴にとって前世は裏切り、寝返りは当たり前のことだったからな。万が一、冥界側が敗れたときに備え手を打ったわけだ」

晴明は足を止めた。周囲の人々は次々と、その横を通り抜けていく。ここ数か月の騒乱が夢幻だったかのように日常の生活を取り戻している。

「あの決戦でやつが身を隠したのは、どちらにも与せずということか」

平は、晴明の前で足を止めて振り返らずに尋ねた。

「そうだ。そのように私が勧めた。清盛に気づかれずに済んでよかった」

「しかし彼奴をそのまま地上に留めて大丈夫か。彼奴が清盛に代わればいかにする」

「この混乱を収めるには強力な悪の力が必要だ。それをできるのは義時しかおるまい。もし彼奴が冥界の扉を開こうとするならば討ち果たすまで。しかし、それは起こるまい」

「なぜそう言える。彼奴も冥界の者だ」

平は振り返って晴明を見た。

「冥界の扉を開く者は覇王の器がなければならない。闇だけでは覇王にはなれぬ。国の未来を描く構想力や、それを人々に信じさせる光がなければならない。清盛には、それがあった。光と闇を兼ね備えて初めて冥界の使者となり得る。義時は、鎌倉において己が権力を確立することだけに、その力を捧げた。鎌倉に幕府をつくったのは源頼朝であり義時ではない。その意味では、義時は完全なる闇の住人だ。彼奴はこの地上でも、己の権力を確立することに夢中になるだろう。そのためには、この時代の人間に媚びることも迎合することも厭《いと》わない。それゆえ彼奴の存在は、この地上に馴染むであろう」

「この地上もまた穢れておるからな」

平は声をあげて笑った。

「穢れがあるから清らかなものがある。闇があるから光がある。しかし、そのどちらかが極端に大きくなると、この地上に大きな災いをもたらす」

「確かにな。ある者にとって清らかな理想でも、その理想が清らかで大きいほど、それを為すために犠牲を払うこともやむなしとする。清らかであればあるほど穢れが生まれやすい」

平は歩く人々の横顔を眺めながら言った。その横顔が穢れているかのように。

「我ら魔界の者は、穢れておる。穢れておるからこそ、清らかなものを生み出せる。それが陰陽というものだ」

晴明はそこで言葉を切って、平の秀麗な横顔を見た。

「それにしてもお前も人が悪い」

「どういう意味だ」

「凛に吹き飛ばされたのをいいことに高みの見物を決め込んだな」

平は鼻を鳴らした。

「弁明を聞く様子もなかったのでな。ああするほかなかった。それに晴明」

平は晴明の顔を覗き込んだ。

「人が悪いのはお前のほうではないか」

「ほう」

晴明は挑むように平の視線を跳ね返した。

「聞こう」

「お前、最後に我の式神を依代に使ったな。そのために残しておいた」

晴明は視線をはずし、やわらかい笑みを浮かべた。

平はしばらくのあいだ晴明を見つめていた。


「魔をもって魔を制す。讃良姫だけでは清盛を封印すること叶わなかった」

晴明は静かに言った。

「ゆえに明知を復活させ、沖田、十兵衛の犠牲を凛に見せた」

「憎しみのなか持統女帝を蘇らせたのだな。讃良姫の左頬の痣に対し、右頬の痣が持統女帝ということか」

平の指摘に晴明はうなずいた。

「鸕野讃良は持統女帝となり、己が権力のため冥界に堕ちた。彼女は自分がそうなることを見越し、己の清らかな部分を讃良姫という形で残しておいた。清盛の巨大な闇の力に対抗できるのは、同じ冥界の者でなくてはならぬ。そして、その者には清盛同様に光、それも純粋な光が必要だった。それを可能にするのは讃良姫と持統女帝だけだ。しかし……」

晴明は言葉を切って苦笑した。

「凛の体で持統女帝と讃良姫は互いを消し合ってしまった」

「陰陽というわけだな」

平は仏頂面で晴明の横顔を見つめた。

「天下無双の陰陽師がとんだへまをしたものだ」

「そのとおりだな」

晴明は目を細めた。

「我らは凛に救われた。凛は終わらせると言ったが、あの者の物語はあのときに始まったのだ。あの者自身の力によって」

「そこまで見越していたのではないか。だからこそ識……かみまるを残しておいた」

「平。お前は私を蘇らせたとき、魔界を〝再び〟創ろうと考えたか。冥界と地上のあいだにもう一つの世界をつくる。最初からそう考えたわけではあるまい」

「そうだな」

平は素直にうなずいた。そして、

「今回は地上の者を冥界から救ってやったが、次は我ら魔界の者が、この地上を滅ぼすやもしれぬ」

と言葉を継いだ。

「お前は地上の者にやさしいが我はそうではない。この時代の者の愚かさは度し難い」

平は街行く人々を眺め、唇を歪め吐き捨てる。

「この時代の者は自分勝手で、嫌なことがあれば他人のせいにし、自分はできもしない正義を振りかざし、声高に正論を吐く。承認欲求だけが肥大化し、己の醜さに気づきもしない」

「いつの時代も変わらぬ。それが人というものだ」

晴明は穏やかに言った。

「お前はそれでよいと思っているのか」

晴明は平の疑問には答えず、そのまま歩き出していた。平は、その背中にさらに声をかけようとしたが、やめた。聞かずとも晴明の答えはわかっている。

晴明の後ろ姿は、すぐに雑踏に消えた。

「凛に希望を託すと言うか」

それもまた、おもしろい。

平は小さくつぶやき、ほんの少し、そうあれかしと願いを込めてみたのであった。

ブックデザイン　吉岡秀典＋及川まどか（セプテンバーカウボーイ）
装画　右崎もゆ子
執筆協力　春日宙、株式会社エクスパンド
校正　鷗来堂
DTP　高本和希（有限会社天龍社）
編集　小元慎吾（サンマーク出版）

眞邊明人（まなべ・あきひと）　**脚本家／演出家**

1968年生まれ。同志社大学文学部卒。大日本印刷、吉本興業を経て独立。独自のコミュニケーションスキルを開発・体系化し、政治家のスピーチ指導や、一部上場企業を中心に年間100本近くのビジネス研修、組織改革プロジェクトに携わる。研修でのビジネスケーススタディを歴史の事象に喩えた話が人気を博す。また、演出家としてテレビ番組のプロデュースのほか、ロック、ダンス、プロレスを融合した「魔界」の脚本、総合演出を務める。尊敬する作家は柴田錬三郎。

冥界転生

2025年2月14日　初版印刷
2025年2月26日　初版発行

著者　眞邊明人
発行人　黒川精一
発行所　株式会社 サンマーク出版
〒169-0074
東京都新宿区北新宿2-21-1
（電）03-5348-7800
印刷　株式会社暁印刷
製本　株式会社若林製本工場

定価はカバー、帯に表示してあります。
落丁、乱丁本はお取り替えいたします。

ホームページ　https://www.sunmark.co.jp

ISBN978-4-7631-4199-6 C0093

©Akihito Manabe,2025　Printed in Japan